给你 我的 全世界

狐小妹

作品

吉林出版集团有限责任公司

图书在版编目（CIP）数据

给我你的全世界 / 狐小妹著 . — 长春 : 吉林出版
集团有限责任公司, 2014.9
ISBN 978-7-5534-5288-3

Ⅰ . ①给… Ⅱ . ①狐… Ⅲ . ①长篇小说－中国－当代
Ⅳ . ① I247.5

中国版本图书馆 CIP 数据核字（2014）第 169356 号

给我你的全世界

著　　者	狐小妹	
责任编辑	顾学云　奚春玲	
封面设计	林　果	
开　　本	880mm×1230mm　1/32	
印　　张	8	
版　　次	2014 年 9 月第 1 版	
印　　次	2014 年 9 月第 1 次印刷	

出　　版　吉林出版集团有限责任公司
地　　址　北京市西城区椿树园 15–18 号底商 A222 号
　　　　　邮编 : 100052
电　　话　总编办 : 010–63109269
　　　　　发行部 : 010–51582241
印　　刷　北京天宇万达印刷有限公司

ISBN 978-7-5534-5288-3　　　　　　定价　29.80 元

人生应该经历两件事：一次说走就走的旅行，一场奋不顾身的爱情。

目　录

楔子 第 32 次做伴娘

算起来，唐心已经是第 32 次穿上独属伴娘的小礼服了。

如果说新娘是红花的话，那伴娘就是绿叶；如果说新娘是明月的话，那伴娘就是星辰；如果说新娘是恐龙的话，那伴娘就是哥斯拉……总而言之，伴娘是恰恰比新娘丑一个档次的存在。作为金牌伴娘，唐心总是深受新娘欢迎，这次也不例外。

"唐心，你穿这 pink 的裙子真是太可爱了啦！你就好像是童话里的 princess！"

公主……呵，穿成这鬼样的一定是被恶毒继母皇后虐待得精神失常的公主吧！

看着新娘张甜兴奋的面容，唐心假装没看到伴娘礼服裙上层层叠叠的蕾丝以及她头上硕大无比的蝴蝶结，礼貌道谢。然后，她听到张甜说："阿紫，妈妈就要结婚了，你不要难过。妈妈不会不爱你，世界上又多了一个爱你的爸爸，我们会是幸福的一家！阿紫，你高兴不高兴？"

阿紫？难道这新娘居然是二婚，还有个拖油瓶？

八卦的热情在血管中燃烧，唐心企图在房间里找到某个小孩，却见张甜正在亲吻一只小泰迪狗。

张甜见唐心朝自己看来，满怀期待地问："唐心，你觉得我女儿漂亮吗？"

"漂亮，和你简直是一个模子刻出来的！"唐心恭维地说。

"我也觉得是这样。唐心，你能带我的宝贝上厕所吗？它一个人会害怕。对了，你千万不要用它的毛巾哦，不然它会生气。"

张甜甜美笑着，看着唐心，唐心当然无法拒绝。她先去张甜父母那拿了戒指，然后带着小狗去它那被布置成紫色城堡一般的梦幻厕所，顺便看着镜子里的自己。虽然妆容精致，但她觉得她的怒火简直用脂粉都遮掩不住。

和这样的"公主病"待一天，简直会折寿十年吧！唉，为什么狗住的地方都比我的好！真不知道这帮有钱人的脑子里都有什么，是"阿紫"的便便吗！

唐心妒忌地想着，洗了手，顺便拿起一块毛巾把手擦干。只见那只小泰迪猛地扑了过来，还企图咬她，她见周围没人，轻轻拍了它一下。小泰迪愤怒地朝她叫，她嘲讽地说："怎么，你妈嫁人你伤心啦？天要下雨娘要嫁人，你可拦不住。"

说话间，她不小心把放在洗手台上的戒指掉在了地上，刚想弯腰去捡，没想到小泰迪居然一口把戒指咬住，然后吞了下去。唐心顿时石化，她不可置信地掰开小狗的嘴巴看，最终不得不接受了它把戒指吞下去的事实。她猛地抓头发，抑郁到了极点。

怎么办怎么办！为什么千防万防还是出了差错！不行，我不能让金牌伴娘的声誉毁掉，绝对不能！

她想着，整理下杂乱头发，重新走进了新娘的卧室。她是那么庆幸她的包里有为了减肥买的泻药，只是一想到即将发生的事情，脸色有些奇怪。张甜见她一个人回来，奇怪地问："阿紫还没好吗？"

"啊，它说它有点便秘，要过会再来。我再去看看它，免得它寂寞。"

唐心不动声色地走了出去，掰开阿紫的嘴，给它喂了泻药，然后耐心等待。二十分钟后，她拿着闪亮的戒指重新回到了房间，而阿紫恹恹的，看起来精神差到了极点。

张甜抱着阿紫，疑惑地看着唐心问道："阿紫怎么了？"

"可能是看到你出嫁，心情不好吧。真是情深意重啊！"唐心爱怜地摸摸小狗的脑袋。

张甜了然，亲吻阿紫："哦，可怜的小东西！"

一个小时后，新郎终于来接亲。唐心见惯了腰缠万贯却长得随心所欲的新郎官，遗憾地发现这新郎居然五官端正、温文尔雅，和正常人没什么区别——这样的人已经可以称得上是地道的高富帅了。婚礼用了 55 辆奔驰超跑，车队一会儿扭成"N"形一会儿扭成"B"形，在高速公路上飞驰着，一路上收获了不少艳羡的目光。到了婚礼现场后，唐心急忙查看了现场布置，然后招呼化妆师给张甜补妆，柔声说："半个小时后就是婚礼了，你不要紧张，一切按照程序来就好。你在花台停留五分钟左右的时间，然后新郎会给你送捧花，你们在音乐声中一起走红地毯。再然后就是宣誓、交换戒指，你只要听从主持人指挥就行。"

"我不要捧花，我要抱着阿紫。"张甜说。

"行，到时候让新郎把阿紫抱给你，你们一家三口其乐融融！"唐心简直想掐死这个奇葩。

"唐心，人家还是小姑娘，第一次 merry 好紧张。"张甜眨巴着大眼睛，"姐姐，虽然你也没结婚经验，但你年纪比人家大，经验比人家足，人家就全靠你了啦。"

"放心吧，我一定会给你最完美的婚礼。"

唐心职业化的微笑终于给这个柔弱的新娘信心，她好像没那么紧张了，开始在皇冠到底选金色的还是淡紫色中纠结。虽说不是第一次伺候这种娇小姐，但张甜的各类要求还是让唐心烦躁不已。当音乐响起，看着张甜抱着阿紫，和新郎手牵手朝着礼台走去时，唐心终于松了一口气。

接下来就是看主持人发挥，而唐心只要负责递戒指就好。她看着布置得"梦幻"到让人怀疑自己一夜回到了幼稚园的场地，看着亲友兴奋的面容与新娘父母号啕大哭的样子，看着新郎、新娘紧张的表情，突然觉得一切是那么厌倦。

已经是第 32 次了。我游走在各个酒店，见证着别人的快乐和幸福，而我永远只是陪衬。到底什么时候我也能穿上白纱，幸福地宣告我爱你？那一天真的会来吗？唐心出神想着，只觉得疲惫不堪。

此时，已经是互换戒指环节。她看到新郎把钻石戒指给张甜戴上，再看着张甜把从阿紫排泄物里拿出的戒指戴到新郎手指上，觉得自己就要吐了。她别过头，注意力被一个穿着西装的正走上台的男人吸引了。直觉告诉她，婚礼可能有巨变。

难道……难道是抢婚？天啊！

作为金牌伴娘，唐心紧张地往前迈了一步，挡在了张甜面前。她正要开口，张甜拽拽她的胳膊，轻声说："这是陪我一起长大的青梅竹马，人家以为他已经放弃了默默守候我，真的没想到他也会来……怎么办，都那么多年了，他怎么还爱着我啊？不要，我不要这样！虽然我知道我很漂亮聪明讨人喜欢，但他应该追求自己的幸福！我情愿他不再爱我！"

闭嘴！唐心在心里咆哮。她对来人微笑道："这位先生，现在是婚礼时间，能不能请你……"

"跟我走。"那人只说了三个字。

张甜捂住脸："浩宇哥哥，我都要嫁人了，你不要这样！我的心有一百个痛，一千个痛！你能不能原谅我的冷酷无情？"

"给你最后一次机会。"

与新郎的温文尔雅不同，来人就好像是一匹桀骜不驯的黑马，让唐心在心中暗叹怎么天底下的好男人都被这个矫情女遇到了。她正准备阻止张甜继续演戏，而新郎却突然点头道："好。"

……

于是，黑马王子一把拉住了新郎的手，和他跑开。全场一片寂静，甚至音响师都忘记播放音乐。唐心只见梦幻女孩张甜的脸先是变得楚楚可怜的雪白，然后变成令人心碎的红。最后她大叫一声："你奶奶个腿的！老子搞死你全家！"

然后，一场闹剧就这样拉开了帷幕。当唐心回到家，已经是深夜 12 点了。

直到现在，她还清楚记得被当众侮辱的娇弱新娘拿起切蛋糕的餐刀四处追杀新郎和青梅竹马的场景。当时，她的小狗也不甘示弱地拼命咬新郎的裤腿，一人一狗霸气外露到极点，甚至把警察和新闻媒体都引来了，所以她只好陪着善后。解决完所有纷争后回到家，她精疲力尽地脱下伴娘礼服，把它放进了衣柜，而衣柜里正整齐摆放着不同颜色、不同款式的其他 31 件礼服。她猛地关上了衣柜，瘫倒在床上。

我已经参加了 32 场婚礼，还能在第 33 场婚礼把自己嫁出去，完成大学时期的梦想吗？要是我结婚，我不会选那么幼稚的蓬蓬裙和皇冠，也不会要求把南瓜车作为婚车，一切简简单单就好。我会穿着贴身的鱼尾礼服，就在户外的草坪里，在大家的欢呼声中交换彼此的戒指。然后，我要踮起脚尖，亲吻他的嘴唇……

只是，那个人到底什么时候才会来？

如果，他是夏云起就更好了。

第一章　我的真命天子在哪里

昨晚的闹剧很快就上了新闻头条，唐心也成为喜洋洋婚庆公司的大红人。大家把报纸上她穿着粉红裙子、戴着粉红蝴蝶结、瞪大眼张大嘴的白痴照片打印出来挂在墙上，供全公司员工欣赏。为了怕别人的注意力被新郎新娘吸引，他们还生生在她脑袋上画了个大红圈，让她觉得自己就好像即将上刑场的战犯。

唐心选择性失明，对极品同事的奇葩行为视而不见，一进公司就直奔自己办公室。但他们并不放过她，纷纷闯了进来，笑嘻嘻地问她那天的细节。唐心没办法，只好把当天的情形讲了一遍，他们发出满足的叹气声，真恨自己当时不在现场，不能目睹那充满激情的一幕。

"唐心姐，以后你出去当伴娘带着我，也让我见识见识那些稀奇古怪的事情呗。"小戴满怀期待地说。

"我也要去我也要去！上次新郎要跳楼的单子你已经带小戴去了，唐心姐不能偏心啊！"

"我倒是想看婆媳大战！呵，上次你遇到的换 5 套礼服，非要和新娘抢风头的极品婆婆现在怎么样了？"

"想知道吗？"唐心笑嘻嘻地问。

"想！"大家集体说。

"下辈子告诉你们。"

"好啊，唐心姐你现在去死，然后托梦告诉我们吧。"

大家七嘴八舌开着玩笑，突然老张喊唐心到办公室一趟，也算解救了被奇葩包围的唐心。老张是一个年近五十，非常有男人魅力的老总，沉默寡言又极具绅士风度，也是公司所有女员工的大众情人。他见到唐心后严肃地说："唐心，坐吧。"

唐心忐忑不安坐下，开始回忆自己最近是不是犯了什么事。她想起自己有一天生气后拿豆浆浇花，后来花全死了，她却义愤填膺和大家一起找凶手的事，冷汗一下子流下来了。老张的沉默让她越来越慌，当她不断纠结要不要"坦白从宽"的时候，老张终于开口："把抢亲的事情好好说一下。"

……

看着老张文雅的金丝眼镜后那双八卦的眼睛，唐心只好把故事再次讲了一遍，心中为自己居然在这样奇葩的公司干活默默流泪。为了在老板面前好好表现自己，她说得那叫一个声情并茂，她觉得再发展下去，自己简直能去和单田芳一较高下了。老张听得满足地叹气，遗憾地说："那天我真的该去现场指挥，偏偏我老婆从国外回来，真是太不巧了。"

"是啊，你可太亏啦。"唐心干笑。

老张大度一笑："没事，以后还有机会——反正这帮有钱人的体质就跟柯南似的，跟着他们总会有好戏看。对了，金牌伴娘，你去楚颜那里拿合同给夏总签一下，有问题再来反馈。"

"是。"唐心低眉顺眼地说。

其实，唐心一点也不喜欢"金牌伴娘"这个称谓。

她的职业明明是婚礼策划师，她最大的梦想就是看到自己的方案圆满实现和新人们幸福的笑靥，但大家似乎对她的陪衬功能更感兴趣，她在"伴娘界"的名气比她在"策划界"的要大得多。如果可以选择的话，她一点都不想做孤单单的绿叶，更愿意做那娇艳的红花，让所有人都跪倒在她的裙摆下——就和前20年的生活一样。

"抓住机会啊，年轻人。"

老张对唐心意味深长地笑，唐心一时之间没明白他到底在暗示自己要抓住升职的机会，还是抓住夏总这个钻石男，克制住羞红的面容，直到出了办公室才长舒一口气。为了把最好的状态呈现在夏云起面前，她去洗手间补妆，觉得镜子里的自己看起来真是完美极了。

合身的西装凸显着她纤细的腰肢，虽说颜色有些暗淡，却很成熟内敛。她的妆容是大地色的职业妆，珍珠耳环给她增添了一份优雅和信赖，并不性感，却让人赏心悦目。她正补口红，突然听到一阵高跟鞋的响声，甜腻的香水味也随之而来。闻到这个味道，她就知道是可可到了。只见可可走到她身边，掏出桃红色的艳丽唇膏，一边给自己补充唇彩，一边问唐心："唐心，你刚从老张办公室出来啊。"

"嗯，是啊。"唐心尽量不让自己看她纤细的腰肢和呼之欲出的胸部。

"你和老张是校友，他对你那么照顾，真是让人羡慕哦。"可可酸溜溜地说。

"老张对每个员工都是一视同仁，哪里有什么特殊照顾。你打扮得那么漂亮，要去见客户啊？"

"是啊，去和君来洲际的老总谈驻场，基本上今天能搞定。"

"好厉害，加油。"

"那当然。"

可可对唐心抛个媚眼，收拾好化妆包走出了洗手间，而唐心的笑容一直持续到她离开才消散。可可走后，唐心鄙夷地撇嘴，因为她打心眼里瞧不起的就是可可这样靠美色和身材赢得客户的女人。可让她烦恼的是，就是这样学习不好、只会撒娇的女人，居然一步步坐上了公关经理的位子，甚至是除她以外的成为副总的热门人选⋯⋯

不，如果可可成为公司副总的话，公司还是直接改为夜总会更方便点。副总的位子，当然是留给最有能力的人，比如说靠自己实力走到今天的她。今天是她的幸运日，会是她和夏云起关系突飞猛进的一天也说不定。

当然，在此之前的 1161 天里，她也是这样想的。

唐心走到楚颜办公室门口，发现里面有个男人正跪倒在地，好像正准备切腹认错，又好像在求婚。楚颜依然是一脸倨傲，神情是那样不耐烦。

"快起来，不然我喊保安把你扔出去。"

"颜颜，你是心疼我的，你还是爱我的！"

"我是不想地板被你的裤子弄脏。"楚颜冷冷地说。

楚颜的冷漠并不能让他退却："颜颜，我爱你，嫁给我吧，你会是世界上最幸福的女人！我会给你最大的钻戒，最大的房子，还有最豪华的车子，让你成为所有人羡慕的对象！"

"你说的那些我都可以自己得到，我为了未来自己会有的东西牺牲自己，也太可笑了。"

"颜颜，我爱你！"

"爱情是最虚无缥缈又最容易消散的，你真要显示诚意不如把你名下所有财产都过户给我啊。"

"这个⋯⋯"

"怎么，犹豫了？你不是说愿意付出任何代价吗？"

楚颜居高临下看着男人，就好像女王一样，让人不寒而栗。后来，男人终于绝望地问："你对我到底哪里不满意，我可以改！"

"你对我到底哪里满意，我也可以通通改。"

楚颜的话终于让他捂着脸泪奔而去。唐心有些尴尬地想躲开，而楚颜却扬声说："看够了就进来吧。"

唐心只好走了进去，"楚颜，我来拿给夏总的合同。"

"等一下。"

楚颜一手把合同给唐心，一手把玫瑰丢进了垃圾桶。唐心小市民意识发作，只觉得非常心疼，讪讪地问："这花扔了多可惜啊。"

"这花的颜色太艳丽，我不喜欢。"

"可那总是别人一片心意啊。"

"他都不知道我的心意，我管他的心意做什么？你要的话就去拿吧。"楚颜漫不经心地说。

唐心看着垃圾桶里的花，撇撇嘴，还是没好意思要。拿着文件夹下了楼梯，她到了夏云起所在的器材公司，对前台微微一笑，径直走进了夏云起的办公室。她推门进去的时候，夏云起正在练哑铃，见唐心进来急忙把哑铃放下，笑着说："抱歉，不知道你会来，我这样真是很失礼吧。"

唐心根本不知道自己该说什么，因为她的目光被夏云起衬衫扣子下露出的肌肉所吸引，她甚至听到自己大声咽了一下口水。她急忙掩饰性地咳嗽几声："今天真热……夏总，我带来了合同。"

"辛苦了，唐心。还有，和你说了多少次了，直接叫我的名字就好。"

夏云起接过合同的时候，手指在唐心的指尖划过，唐心的心一下子跳了起来，但装作什么都没发生的样子。因为和夏云起已经认识三年了，她索性自顾自在沙发坐下，一边喝茶一边看着他认真工作的样子，觉得他真是迷人极了。她的脑海里忍不住幻想她穿着婚纱和他交换戒指的场景，然后他们一起度蜜月，然后要小孩……不知道他喜欢男孩还是女孩？

"什么男孩女孩？"夏云起疑惑地问。

唐心不知道自己居然把幻想的话就这样说了出来，忙掩饰地说："我的意思是……不知道夏总……不，夏云起你度假想去'南海'还是'北海'？"

"现在那么忙，根本没有时间度假。唐心，你有什么计划吗？"

"呵呵，我也没什么特别想去的地方。"

她当然在撒谎。事实上，她最喜欢做的事情就是看各大网站的旅游攻略，最向往的地方就是意大利。她想，这么美丽的地方当然要和自己的爱人一起去，她更希望自己的旅伴会是夏云起。

"有计划一定要告诉我，我有朋友在旅行社。"夏云起说。

"放心，我肯定会麻烦你的。"

他们寒暄结束后，唐心又不知道自己该说些什么了，面对客户的好口才此时忽然消失不见。她忐忑不安地在脑海中想一些既能表现她风趣幽默又能体现她学识渊博的话题，而夏云起突然说："唐心，你下班后有活动吗？"

"没有，怎么了？"

"如果可以的话，我想请你共进晚餐。"夏云起微笑着说。

唐心不记得自己是怎么走出夏云起的办公室又回到自己的座位，而全办公室的人都齐刷刷注意着这个明显陷入了爱情的女人。唐心一会儿微笑，一会儿叹息，当她要把洗衣粉倒进杯子里的时候小戴阻止了她。

小戴试探性地问："唐心，遇到什么开心的事情啦？"

"没有啊。"

"你笑得嘴巴都咧到耳朵了。"

"哪有那么夸张，只是咧到腮帮罢了——我说我的事情你们那么起劲干吗，通通干活！"

"终于对夏云起下手了吧！"

同事中有人不知道死活地喊了一句，唐心狠狠瞪她一眼，然后继续自顾自地冒粉红泡泡。她真的没想到长达三年的暗恋终于在今天有了结果，她简直想到街上去吼一声"我是世界上最幸福的女人"。为了慎重对待这次约会，在路过茶水间的时候，她忍不住问楚颜："楚颜姐，你说……你说男人约女人吃饭是什么意思？"

"有事相求或者生理需求。怎么？"楚颜挑眉。

"没什么，我随便问问，呵呵。"

"不就是晚上要和夏云起吃饭吗，你满脸都写着恨不得把他扒光。"

"啊，没有，真的没有！"

至少不是今天啊！

"食色性也，男人可以想性，女人也可以想，没什么大不了的。晚上打扮得漂亮点，多分泌点雌性激素，我祝你成功。"

楚颜说着，飘然离去，只给她留下一个女王的背影。唐心暗恨自己居然向她请教，但觉得楚颜至少有句话是对的——晚上要打扮得漂亮一点。她想，如果继续穿套装的话会让夏云起有一种自己在谈公事的感觉，她必须打扮得随意又休闲。为此，她特地请假回家，一套套试衣服，最终选择了一套当初当伴娘时穿的黑色礼服裙。她把头发盘起，喷上香水，觉得自己简直是美丽极了。

"加油，唐心。夏云起会是你的。"她对镜子里的自己说。

一切当然会非常完美。

晚上6点，夏云起准时来她家楼下接她，和她一起去了法式西餐厅。在服务生缓缓倒红酒的时候，夏云起说："唐心，你今天非常美丽。"

"是吗？"她尴尬地整理头发。

"当然。"

昏暗的烛光下，她也觉得夏云起英俊异常，她是那么庆幸他看不清自己脸上的红晕——以及昨天刚长的痘痘。悠扬的音乐响起，他们轻轻交谈，时不时微笑，唐心觉得自己就好像公主一样。她想，这是她二十八年来最浪漫的一个夜晚，也是她最接近婚纱的时刻。她永远不会忘记。

"唐心……"

"夏云起……"

他们突然同时开口，然后相视一笑。

唐心说："你先说。"

"不，女士优先，当然要你先说。"

唐心轻咳一声，然后说："我要谢谢你请我吃饭。今天晚上，我过得非常高兴。"

"应该的。唐心，算起来，我们认识已经三年了吧。"

"是啊，三年了。"

是三年两个月零五天。唐心默默想着，露出了微笑。

她还记得第一次见到夏云起时的场景。

那时的她大学刚毕业，怀着满腔热血与不知该何处挥发的精力步入职场，却没想到第一天上班就被困在了电梯。她拼命敲打着门，几乎要放声大哭，身边的男人却不声不响递给她一块纸巾，温柔地说："不要怕。"

她忘记了哭泣，只是呆呆地看着来人，觉得他的身上几乎散发着金色光环。

后来，她知道那个男人叫夏云起。

因为工作有所交集，唐心和夏云起接触越来越多，甜蜜的回忆数不胜数。她是那么期待他们的关系有进一步发展，也等待着夏云起将要说的话——最好是深情热辣的表白！

夏云起微微一笑，说道："我记得你说过，想在第33场婚礼前把自己嫁出去。现在，你已经参加了几场婚礼了？"

唐心面红耳赤地说："刚参加完第32场，希望下一场婚礼我是新娘，但机会好像并不大。你怎么突然问起这个？"

难道你想满足我的愿望，要在这里求婚吗？我愿意，我愿意！

唐心热切的眼神几乎要把夏云起戳穿。夏云起终于不负众望地说："唐心，我想……"

"唐心？是你吗？"

就在唐心专心致志等待夏云起表白的时候，肩膀突然被人轻轻拍了一下，她愕然回头。她看着来人，犹豫地说："你是……"

"我是刘舒雅，你不记得了吗？以前我们可是同桌。"

唐心简直不敢相信她就是刘舒雅。

刘舒雅是她从小学到高中的同班同学，成绩不算好，人长得也一般，一直都是被忽视的存在，但她们的关系却一直不错。刘舒雅在高考失利后不知道为什么就和唐心断了联系，想不到多年后会再次相遇，而她看起来就好像变了一个人一样。

曾经干瘪瘦削的身材变得窈窕性感，曾经平淡无奇的脸变得明艳照人，精心打理的卷发、精致的指甲、无名指上的钻戒以及名牌皮包无不显示着她过得非常不错。唐心相信打扮能改变一个人的容貌和气质，但请问她的单眼皮是怎么变成双眼皮了？难道她的皱纹那么会长？

"刘舒雅，你漂亮得我都认不出来了。"唐心真心实意地说。

"哪有，我觉得和以前没什么变化啊。我可以坐在这里吗？"

她说着，已经坐了下来。唐心当然不好赶她走，只好对夏云起抱歉一笑，而夏云起轻轻摇头表示自己不介意。

刘舒雅看着晶莹剔透的葡萄酒，眼睛一亮，"这是霞多丽吧。"

"看来刘小姐对白葡萄酒很在行，喜欢红酒的人总是会多一些。"夏云起有些诧异。

"我在法国留学的时候学过一些。美人如酒，酒如美人，虽然大家都喜欢红酒，但我更加偏爱白葡萄酒的清淡味美。就好像这瓶霞多丽，魅力在于其多变的风格和广泛的适应性，无论在任何气候条件下，她的质量还都不错。她是一位标准的职业女性，活跃、果断、迷人；白诗南可能是世界上面貌最多的葡萄品种了，从极细致高贵的甜白酒，到一般不甜的餐桌白酒，都可以由它酿造而成，是一位自然大方、几乎从不化妆的女人；雷司令已经成为了德国葡萄种植业的一面旗帜，不同性质的土壤确保了德国雷司令葡萄口味丰富，魅力诱人。她像一位成熟的伯爵夫人，欣赏她需要时间，但这时间值得花……"

刘舒雅侃侃而言，而唐心一直看着夏云起，警惕地发现他眼中的光芒越来越亮。她忍不住插话："舒雅，你……"

"话说回来，我觉得唐心的个性更像红酒。她就很像张裕干红，虽然貌不惊人，却价廉物美，是做妻子的最好人选。"

夏云起强忍住笑意，飞速看了一眼唐心。唐心虽然不懂刘舒雅到底在开她什么玩笑，但她总觉得有些不太舒服。她继续插话："舒雅，你现在在做什么？"

"我是旅行作家，去世界各地旅游，偶尔写本书给出版社交差。"

“那你对旅游一定很在行。”夏云起说。

“不敢当，只是去了几十个国家，走的路比较多罢了。”

“我打算休年假的时候去意大利，你有什么推荐？”

“意大利是一个很不错的地方……”

接下来的一个小时，夏云起和刘舒雅相谈甚欢，而唐心只能一个人默默喝着苦涩的葡萄酒。唐心只觉得气氛奇怪万分，桌子下似乎有什么动静，刘舒雅在敬酒的时候更是不小心把酒洒在了夏云起身上，真不知道她为什么会那么笨手笨脚。她见刘舒雅不停地给夏云起擦拭、道歉，而夏云起的脸莫名其妙变得有点红，心里突然有种不好的预感。饭后，夏云起要送唐心回家，而刘舒雅立马说自己还想去喝点酒，笑盈盈问夏云起肯不肯赏脸，夏云起犹豫下还是答应了。

刘舒雅此时才问唐心：“唐心，你要不要也去？”

“我就不去了。我有点上头，想早点回家睡觉。”唐心假意推辞。

刘舒雅立马说：“那好吧，酒吧你就别去了，早点回家休息。云起，我的包好沉啊，你能帮我拎一下吗？”

刘舒雅说完，笑盈盈地看着夏云起，而夏云起居然真的接过她手里巴掌大的包。一旁背着大包的唐心顿时觉得自己是一个女汉子。刘舒雅已经自然地搂住夏云起的臂膀：“云起，我们送她回家吧，唐心可是不能超过晚上十点回家的乖宝宝哦。”

云起？我和夏云起认识三年都没这样亲昵地叫他！还有，谁允许你搂他的手臂，谁允许你说我是乖宝宝？我明明是一个成熟的女人！

唐心气得发怔，却只能坐着夏云起的车回家，然后眼巴巴地看着他们两个人绝尘而去。

她突然有了一种很糟糕的感觉。

这样的感觉，让她如坠深渊。

第二天上班的时候，同事们都问她昨天约会得怎么样，唐心保持着刘胡兰一般的保密决心，什么都不肯透露。中午和楚颜一起出去吃饭的时候，她到底忍不住问："楚颜，如果你和男人约会，后来那男人和其他女人一起进行第二场活动，你会怎么想？"

楚颜一边翻菜单一边说："呵，绝对不会有这样的如果。"

"只是假设一下嘛。"

"你真是很无聊。你可以直接告诉我，昨天你和夏云起第一次约会，但出现了一个女人搅黄了你们的约会，他们看起来似乎一见钟情。"

"没有！他们绝对不会一见钟情！刘舒雅她哪里配得上夏云起。"

唐心嘴硬地说，但心里到底起了疑云。

要是在上学的时候，夏云起这样的男人会是学霸加篮球队长，卑微的刘舒雅当然配不上他。但现在的刘舒雅已经变得漂亮迷人，他们看起来居然……有点般配。不，我怎么会这样想？我是重点大学毕业生，是优秀白领，和夏云起相配的人当然是我！对，一定是这样。

唐心给自己精神催眠，而楚颜已经嘲讽地说："是不是配得上是你说的，可不是男人认为的。女人不可能嫁给除了帅气以外一无所有的男人，男人却会娶一个什么都没有的美女，这样的家庭架构已经获得了社会的认同。我看你啊，就准备好失恋吧。"

"吃饭吃饭，不说这个了。"

唐心觉得楚颜真是讨厌极了。

回公司的路上，她和夏云起在电梯里再次相遇，心脏不受控制地猛烈跳动了起来。夏云起向她问好，她也忙说："好巧啊……你昨天晚上是什么时候回去的？"

这话一说完，她就知道自己说错话了——这样简直好像是妻子在盘问丈夫！她尴尬无比，而夏云起不以为然："我们是 2 点回去的，好像不知不觉就聊了很晚。你昨天喝了很多酒，现在还好吗？"

"没关系，谢谢关心。"

巨大的信息量和危机感让唐心觉得手足无措。她的脑中浮现着刘舒雅妩媚风情的模样，想在夏云起面前也展现出自己风情万种的一面，让他为自己意乱神迷。她一咬牙学着刘舒雅的样子猛地一甩头发，没想到没把握好力度，头重重撞到了电梯上。她清楚感觉到脑袋上正慢慢鼓起一个包，欲哭无泪，夏云起也忙问："你没事吧？怎么会撞到了电梯上？"

"没事，没事……"

情不自禁流出的泪水把唐心的眼睛染成了熊猫眼，她急忙用力一擦，然后更加惨不忍睹。她用力挤出微笑："夏云起，你那天有话对我说，是什么话？"

夏云起一愣，然后说："那个啊……我是想谢谢你给公司介绍了很多生意。"

"不客气。"唐心失落地说。

唐心顶着乌黑的眼睛，黑着脸进了办公室。她满脸写着"惹我者死"，所以一贯爱开玩笑的同事也不敢和她随便说话，甚至不敢提醒她的妆容现在是什么样。她刚进办公室，老张就打电话让她去会议室接待客户。唐心调节了一下自己的情绪，微笑着推门进去，只见两个年轻男人正在等待。

一个男人见到她立马起身问好，另外一个过了很久才把目光从报纸上移开，"你就是唐心？"

"是，您就是张先生吧？"唐心面满笑容地问。

对方的笑容更灿烂，"唐小姐，我终于懂了为什么女人结婚都要找你做伴娘——只有你才能衬托出每个人的美丽。"

这该死的家伙！

唐心心中腹诽，但还是忍气问："不知道张先生的婚期是什么时候，对婚礼有什么特别要求？"

"你这妆容是最近流行的淤青妆吗？还是说你们公司已经贫穷到让策划主管都没有钱买好一点的化妆品？"

"张先生，这是我的私事，我们先谈正事好吗？"

男人微微一笑，露出洁白的牙齿，"我不觉得我们有什么好谈的。"

他说着，身边的男人终于看不下去："唐小姐，我朋友就爱开玩笑，你不要介意。其实要结婚的那个人是我。对了，忘了自我介绍，我叫张杰，他叫顾邵松。"

说话恶毒的顾邵松是一个相貌出众的男人，张杰和他相比就有些不显眼，但唐心喜欢的恰恰就是张杰这种温和内敛的男人。她和张杰商讨起结婚的细节，不再搭理顾邵松，而顾邵松就在一旁百无聊赖地玩手机游戏。

当张杰说到新娘的母亲因为癌症于去年去世的时候，唐心顿时贴心地摆出了同情的表情，而顾邵松突然哈哈大笑道："太好了！"

张杰郁闷道："邵松，我在说到我丈母娘去世的事情。"

"嗯，这样的话题是不太适合这里的氛围。请你们出去谈吧，别吵到我打游戏。"

唐心不可置信地看着这个任性的家伙，而张杰已经听话地站了起来。看着唐心惊愕的眼神，他害羞地说："那个，不如我们出去聊吧。"

唐心当然不会反对。

张杰是一个很容易沟通的客人，他们花了一个小时就把婚礼的方案通通敲定，也说好由唐心担任伴娘——她的梦想就这样终结，终将迎来第 33 场婚礼，一如既往只是一个小小的配角。他们谈好正事后，就去会议室找顾邵松，然后目瞪口呆——不大的会议室里居然塞了八九个女人，她们每个人手里都端着一杯饮料，而顾邵松好像皇上那样舒服地坐在老张的位子上。他喝了一口阿莲递过来的茶水，一下子吐了，"难喝。"

"尝尝我的！"

"先尝我的啊！"

唐心忍无可忍，"你们都不要上班了，通通做茶水小妹去吧！都去工作！"

女同事们恋恋不舍离开，而张杰一副习以为常的样子，拉着顾邵松说："走吧，我都谈好了。"

"真是烦死了。"

顾邵松毫不客气地抨击，走出门的时候，他回过头对唐心说："以后买好点的茶叶招待客人——这茶怎么和你一样啊，年纪大又不新鲜，干涩得不行。"

"好的，顾先生，欢迎您下次再来。"

到时候我可以给你喝敌敌畏。

唐心想着，送走了他们，然后急忙去洗手间看自己到底是什么样子。她捂住脸，简直不敢相信自己居然就用这样的面貌向夏云起撒娇，但现在后悔已经来不及了。她气恼地抓头发，然后长长叹气。

算了，反正来日方长。下次见面再让夏云起动情吧。她这样安慰自己。

唐心没想到的是，自从上次在电梯里见面后，她竟是一个月都没看见夏云起。她曾悄悄向夏云起公司的员工打听，他们说他去外国度假，要月底才回来。唐心虽然有些郁闷，但也没什么发脾气的理由——他们现在什么关系都没有，他出去当然不需要知会她。

她的心情就和去超市买到了没调料的方便面一样郁闷，每天的气场都阴沉万分，看什么都不顺眼。她变身成挑剔又毒舌的哥斯拉，当同事们都忍不住盘算怎么把夏云起打包送到她床上的时候，事情有了转机。

当时的唐心正在责骂买错了油漆颜色的行政人员，收到夏云起约她晚上见面的短信后顿时多云转晴，阳光万丈。她笑嘻嘻地安慰小姑娘："把紫色买成红色罢了，有什么大不了的。别担心了，反正那客户是色盲，根本分不出颜色，就算他分出来了我也能告诉他红色喜庆。"

小姑娘惴惴不安道："我还把婚纱定小了一号。"

"正好督促新娘减肥。"

小姑娘心一横："我还和朋友抱怨新娘长得丑人品差，结果被新郎听到……"

"如果因为你的闲话拯救了一个即将受苦受难的男人，那真是你行善积德啊。好了，出去吧，别担心，世界是很美好的哟。"

唐心满面春风地送小姑娘离开办公室，想到晚上的约会就喜笑颜开。她急忙去洗手间化妆，整理衣服，还忍不住问楚颜蹭了一点香水，见自己因熬夜而难看的脸色重新鲜活起来才松了一口气。她心情愉悦地哼着歌来到办公室，没想到同事带给她一个噩耗——张杰打电话来取消订单了。

婚礼的准备工作已经进行得差不多，现在取消订单的话有很多麻烦的事情要处理，所以唐心想说服张杰还是选择喜洋洋婚庆，其他方面都好商量。她和张杰在咖啡厅见面，没想到张杰的第一句话就让她放弃了所有说辞："唐小姐，我的未婚妻和别人跑了。"

……

"你怎么会那么惨啊！不，我的意思是天涯何处无芳草，张先生一定能找到更适合自己的女孩。"

"她已经是第三个放我鸽子的未婚妻了。"

这下，饶是经验丰富的唐心也不知道说什么好。

也许是面对陌生人的时候反而更容易敞开心扉，张杰一股脑地说："唐小姐，我真的不明白，我的婚姻道路为什么会那么曲折！我也算是名牌大学毕业，收入不菲，可我就是不招女人喜欢，怎么也成不了家。第一个女朋友是我大学同学，说好毕业后就结婚，但她后来出国后就和师兄结了婚，这我能理解；第二个女朋友是相亲认识的，我们非常有共同语言，都喜欢足球和体育，但我送她足球帽做生日礼物的时候她骂我自私，非要分手；现在这个是我在酒吧认识的，我们两个一见钟情！她是一个非常清新的女孩子，爱穿长裙，长发飘飘，喜欢银器，特别有个性。我们本来都商量好结婚了，可她接过我精心挑选的求婚戒指后就反悔了！为什么会这样！"

张杰说着，捂着脸痛哭流涕，唐心他们顿时成了众人瞩目的焦点。唐心只好递给他纸巾，轻声安慰："旧的不去新的不来，你只是缘分没到罢了，我相信你会遇到更好的。张先生，我不得不提醒你现在取消婚礼的话只能退款百分之二十，你真的要这样，不继续努力下吗？"

"可以继续努力吗？"张杰满怀期待地看着她。

"当然可以！有时候女人就爱口是心非，你给个台阶她们也就下来了。不如你买点礼品去道歉？"

"你能陪我去吗？"

面对张杰哀求的眼神，唐心发现自己根本无法拒绝。她想，要做一名金牌策划，付出的东西实在是太多了。

张杰带着她进了本市最高档的商场，却没往女装、女包柜台走，而是去了保健品柜台。唐心见他买了好几盒静心口服液，忍不住好奇地问："这是送给你未来丈母娘的吗？"

"不，是给佳佳的——我的未婚妻。"

"你送她这个？"唐心觉得张杰实在是太腹黑了。

"这是她自己想要的。前几天她要和我分手的时候，就说她要静心一段时间啊。"

唐心盯着张杰看了很久，张杰不解地和她对视，到后来唐心终于不得不承认张杰的大脑回路似乎真的和一般人不一样。她试探地问："你送给她的戒指她还给你了吗？"

"还了，被她丢了出去。"张杰苦恼极了。

"能给我看看吗？"

张杰把包装极其精美的蓝色丝绒盒子给唐心，唐心打开一看就愣住了——这里面居然不是钻戒，也不是铂金戒指，而是一枚普通到极点的银戒指！

"这戒指有什么故事吗？比如是你亲手做的之类的？"

"哪有什么故事，是我在商场选了一个小时才选到的。唉，戒指大多是钻石的，要选个银的还真难。"

"那你为什么要拿银戒指求婚？"

"因为她说最喜欢银器啊。她还说只要和我在一起，就算戴着易拉罐拉环也是开心的，可我觉得那个毕竟不算好，所以送了这个——难道她就是为了这个生气？她想要的是拉环？"

唐心终于同情起那个叫佳佳的未婚妻来，觉得她能活到现在真是一个奇迹。她只好说："呵呵，这个我真的不清楚……但我觉得你要是买个皮包什么的送给她，她也会喜欢。"

"她会喜欢这么庸俗的东西？"张杰不信。

"试试看吧。张先生，实在不好意思，我突然想到晚上还有事，我必须先回去了。具体情况您第二天再联系我好吗？"

唐心在张杰还没反应过来的时候就飞速离开，因为她可不想晚上陪着张杰一起挨打。有了张杰的对比，她越发觉得夏云起是一个不可多得的好男人。

也许，她该主动一点？

真的已经等了太久了啊。

为了迎接即将到来的第二次约会，唐心下班前特地去理发店吹了头发，用面对最刁难客户的心态面对这次约会，力求把夏云起一举拿下。他们这次是在一家泰国餐厅用餐，里面还有精彩的人妖表演，但唐心的目光一直没离开过夏云起的面容。

一个月没见，他黑了些瘦了些，却也更有男人味了。虽然夏云起今年已经有三十五岁，眼角和额头都有着淡淡的纹路，但这些纹路反而为他增添了成熟的气息，让他比青涩的男人更具魅力。唐心实在爱极了他身上的阳光味道，笑盈盈地问："出去度假玩得很开心吧？"

"还不错。我突然发现之前的生活实在是太无趣，我早就该享受年轻和激情。"

"工作狂也会有这想法？"

夏云起笑道："唐心，我们是一类人。为了工作，为了目标，我们可以什么都抛弃。也许别人不理解我们，觉得我们是掉进了钱眼里，但其实工作本身就带给我们无以言语的快乐。"

"夏云起……"唐心突然不知道说什么好。

她对工作的痴迷早就引起了许多人的不屑和不满，但正如夏云起所说，她的快乐又有谁知道？她喜欢看到新人喜悦的面容，喜欢看到自己努力设想的方案成为现实，更喜欢看到自己给他们留下了美好的回忆。她越发觉得自己和夏云起实在是天造地设的一对，而夏云起接着说："这次旅行让我收获很多，我觉得我错过了许多东西，但愿现在弥补还不算晚。"

"当然不会晚。"

唐心的脸已经红得发烫。

天啊，他不会下一句话就向我求婚吧，闪婚这样的事情不适合我们啊！不过现在结婚的话，下个月去蜜月，然后生个孩子，说不定还能在三十二之岁前生二胎……

"所以……我下个月要和舒雅结婚了。"

什么？

唐心愕然抬起头，方才设想的美丽蓝图在瞬间化为碎片。她目瞪口呆地看着夏云起，夏云起有些羞涩地说："遇到舒雅前，我也没想到我会闪婚，但缘分有时候就是这样神奇。和她一起去南美洲的那段时间，我爱上了她，我一刻都不想等，只想尽快和她结婚。我们都喜欢安静，喜欢旅行，喜欢素食，喜欢轻音乐和白葡萄酒……唐心，我真的要谢谢你，要不是你的关系，舒雅和我根本不会认识。遇到你，真是我最大的幸运。你愿意做舒雅的伴娘，参加我们的婚礼吗？"

面对夏云起的邀请，唐心不知道该怎么回答。

她想微笑，但是鼻子酸得不行，眼泪居然不受控制地就要落下。为了不让夏云起看到自己狼狈的一面，她猛地站起身，朝门口走去，正好撞到了正在招待客人的人妖。人妖用男人的嗓音，娇滴滴地捂着自己胸口说疼，而唐心没有精力回答，只觉得狼狈不堪。她强忍住泪水走出了饭店，觉得自己简直就是落荒而逃。

她失败了。

她真的没想到自己败给的居然是刘舒雅。

可这真是最好笑的笑话。

刘舒雅在第二天亲自去公司找了唐心。

她的左手无名指戴着一克拉的明晃晃的钻戒，亮得刺痛了唐心的眼睛。刘舒雅偏偏还说："我只要个指环就好了，云起偏要给我买这个，真是沉死了，穿衣服的时候还容易勾到头发，一点都不实用。"

呵，觉得钻戒沉就把手砍掉好了啊！

"还有啊，他家的别墅也太大了，想到未来要住在那么大的房子里就有些害怕。其实，我更喜欢小户型的房子呢，这样多甜蜜。"

去住桥洞吧，保证你更甜蜜！

"我本来就想简简单单办一场婚礼，可云起非说要给我最好的，这不，我就找到了你。唐心，谢谢你介绍云起和我认识，你真是我最好的朋友。"

看着刘舒雅明媚的容颜，唐心真的很想伸手挠花她的脸！她是多么恨自己那天晚上居然没反对她和他们一起吃饭，他们单独出去的时候又没跟上！现在好了，她把自己的白马王子拱手让人了，而且那人还曾经是她的手下败将！

唐心的心被仇恨充满，所以一言不发。刘舒雅惊讶地问："唐心，你不会生气了吧？难道你对云起……"

"当然没有生气，我只是比较吃惊罢了，毕竟云起不像是会闪婚的人。"

"那是因为他之前都没遇到对的女人。"

"是吗……"唐心看着远方。

"唐心，我们还是说正事吧。我们打算去意大利举行婚礼，请你当我的伴娘，你看怎么样？麻烦你写个方案给我看，争取这几天就定下来哦。"

唐心拒绝："我很忙，不一定有时间。"

"可是我和你们老总聊过，他很赞成呀。唐心，你不会是生我的气吧。"

刘舒雅貌似担心地问，但眼睛里满是笑意，这刺激到了唐心的自尊心。为了挽回仅有的尊严，唐心忙说："当然不是，我为什么要生气，这可真是很奇怪的问题。我只是为你们考虑，毕竟请我去外国当伴娘的话费用可不少，何必烧这个钱。"

"没关系，云起会负责的，他说希望给我一个最完美的婚礼。好可惜你没有男朋友哦，不然正好让他做伴郎，省得云起找那个家伙。"

刘舒雅说着，微微皱眉，唐心虽然好奇是谁会让她那么厌恶，却也实在没精力和她在这个事情上纠缠。她只是说："既然你们都商量好了，我当然要全力以赴。我只有一个要求，我的费用都自己来，就当做我送给你们的礼物。"

唐心觉得声音都不像是自己的。当她许下要在第 33 场婚礼前把自己嫁出去的愿望的时候，绝对不会想到那时的她不仅没男人要，还要给自己最爱的男人当伴娘。

第二章　最爱男人的伴娘

"我很喜欢大海，想在游艇上办一场盛大的 Party。人不要特别多，几十个亲朋好友足矣，他们都要欢呼着见证我的幸福。我要穿长拖尾的镶嵌钻石的婚纱，让四个花童帮我拎着，花童最好分别来自亚洲、非洲、欧洲、美洲，这样可以显示我们的爱情受到了全世界人民的祝福。对了，喜糖什么的别拿中式的，特别俗，要花卉形状的盒子，里面包着手工做的巧克力……"

虽然刘舒雅已经走了很久，但她的声音还是在耳边不停回响，唐心发现自己的心被熊熊怒火包围，根本无法安心工作。她大叫一声，愤怒地把桌上的东西通通扫到地上，抱住了头，泪水也终于滚落。

夏云起，她真的就要失去他了。苦恋三年，却比不过一个月的相处吗？男人到底是什么样的生物？他们真的有心吗？

好不甘心……输给刘舒雅了真的好不甘心！为什么会这样！

她是多想骄傲地告诉刘舒雅，她根本不想做她的伴娘，但她想到老张最近对她的暗示，还是犹豫万分。她从老张的话中判断，如果她今年继续给公司带来良好业绩，就可能战胜可可得到升职，所以她要是拒绝了刘舒雅的订单，领导面前还真是不好交代。工作和爱情，自尊和未来，到底要选哪一个？唐心只觉得自己从来没这样痛苦过。

"对不起，我可以进来吗？"

门外响起一个男人的声音，唐心急忙擦干眼泪整理头发，然后让她的好顾客——张杰进来。张杰一进门就苦着脸说："唐小姐，我都按照你说的做了，但佳佳还是不肯原谅我。"

"你是怎么做的？"唐心耐着性子问。

"我把皮包和静心口服液都送给她，她看起来还挺开心的，然后我们开车去湖边散步。我早就让她带上外套，她偏不肯，后来又喊冷，我就说你跳跳就不冷了。然后，她给了我一个巴掌，就再也不肯见我了。"

唐心一愣，实在没有心情去做知心姐姐，敷衍地说："呵呵，也许你们真的有缘无分吧。那婚礼要退吗？"

"只能这样了。给你们添麻烦了，非常抱歉。"

对于没有新娘的婚礼，饶是金牌伴娘也无计可施。唐心只好和张杰一起核算婚礼的费用，忙完这件事后已经到了下班的时间了。她送张杰出门的时候楚颜正好回公司，风吹起她齐腰的长发，美丽到了极点。她看了他们一眼，从他们身边就这样走了过去。唐心早就习惯楚颜的没礼貌，张杰却过了很久才呆呆地问："她是谁？"

"是我同事，叫楚颜。张先生，有问题吗？"

"没，没有。"张杰忙说。

他看起来心事重重，但唐心并不关心他在下一刻会不会因为未婚妻跑了而自尽，急着走到停车场，以免和夏云起碰面。她没想到今天夏云起居然提前下班，下意识地想躲到车子后面，但即使这样她还是被夏云起看见。

夏云起诧异地问："唐心，你在那里做什么？"

"我的鞋……我的鞋刚才掉了，呵呵。"唐心反应迅速。

夏云起走到她身边，微笑着说："舒雅今天去找你了，对你的方案非常满意。唐心，真是辛苦你了。"

唐心尽量让自己的声音冷淡："没什么，这是我应该做的。有什么需要的话可以随时打我电话。"

"我订了下个月 7 号的飞机票，你看时间上可以吗？"

"客户要什么时间，我们就有什么时间，你不需要特意问我意见。"

"你……是不是心情不好？"

"没什么，你多心了。"唐心淡淡一笑，"上次突然有事就走了，很抱歉，我还忘了祝你新婚幸福。"

"唐心……"

"婚礼见，夏总。"

唐心，你真牛。

她默默对自己说。

她只能用冷漠来祭奠自己的爱情。

又或者，她也该投入新的恋情了吧。

唐心自认是一个可以把工作、生活分得清清楚楚的理智型女人，所以她干脆把这次的婚礼策划当做是一场考验，看看她到底能做到什么程度，这样一想倒也豁达了一些。刘舒雅每天都拉唐心陪她逛街选结婚用品，只看东西好坏从不看价格，买的东西就随手丢给唐心，这样的感觉让唐心非常不爽，总觉得自己无形中沦落成她的小跟班了——和十年前相比，还真是角色互换！

无聊等待刘舒雅试衣服期间，唐心去珠宝专柜闲逛，再一次去看她几个月前就很喜欢的项链。这条项链款式简单，应该非常符合她的气质，但价钱却有些贵，所以她一直在犹豫。刘舒雅不知道什么时候来到了她身边，撇嘴说："这项链设计得很好，就是太过简单了，估计只有老女人才喜欢。"

唐心有些不高兴地说："我倒觉得很漂亮。"

"好吧，既然你这么说，麻烦小姐你帮我包起来。"

刘舒雅用一分钟时间买下了唐心纠结了几个月的项链，唐心目瞪口呆，忙问："你不是说不喜欢吗？"

"我是不喜欢，但反正便宜，以后送人也好。啊呀，你不会喜欢这项链吧，那可怎么办啊。"

刘舒雅嘴上虽然这么说，但似乎一点没有让出项链的意思，唐心也不可能和她抢，只好一个人默默生闷气。刘舒雅好像什么都没察觉到，亲热地说："好无聊啊，我们去健身房锻炼吧。"

于是，唐心也只好前去。跑步机上，她妒忌地看着刘舒雅被运动服包起来的丰满的胸部、挺翘的屁股以及若隐若现的结实小腹。她发现刘舒雅真的是一个特别有魅力的女人。

如今的刘舒雅是一个小有名气的作家，网上对她的议论层出不穷。有人说她继承了名模母亲的艳丽五官与火爆身材，继承了富商父亲的大笔信托基金，是一个连指甲都散发着光芒的女人，而最为男人称道的是她那双和母亲一模一样的眼睛。她的眼睛不算顶大，但细长妩媚，眯起来的样子就好像慵懒的猫，长长的睫毛能勾走男人的魂。据说，她的母亲就是用这双眼睛在 20 岁的时候勾上了刘舒雅的父亲，刘舒雅当然会青出于蓝。

唐心细细回忆，还是想不起刘舒雅的母亲到底长什么样，但她至今无法相信一个人的容貌、气质会有这么大的改变。她忍不住问："舒雅，你也快三十岁了，怎么身材还那么好？你是怎么保持的？"

"我天生吃不胖，要是哪天多了些肉也是多在胸上，真是烦恼啊。唐心，我可羡慕你丰满的身材了，云起说他喜欢丰满型的女人哦。"

刘舒雅说着，微微一笑，而唐心真不知道她的话有几句真，几句假。刘舒雅一边跑步一边轻擦额头的汗水，喘息声有些大，胸部有规律地起伏，同时轻轻舔上嘴唇，健身房的男人就好像蜜蜂闻到花香——不，是苍蝇闻到臭味一样凑了过来。不少男人请她喝饮料，而刘舒雅笑着拒绝。她对唐心说："每次来健身都好麻烦哦，总有一大堆男人来献殷勤。我好羡慕你，根本没这样的烦恼。"

唐心装作没听到。

"对了，三个月后要举行同学聚会，据说所有任课老师都会来。我收到了邀请邮件，你收到没？"

"我没收到啊。"其实她只看了标题就把邮件删除了。

"不会吧，他们怎么会忘记你这个优等生呢。那现在我告诉你了，到时候我们一起去哦。"

"到时候再说吧，我不一定有时间。"

"不行，你一定要去。你可是我们的班长，是我们的骄傲。"

刘舒雅对唐心抛个媚眼，袅袅离开，唐心的心一直空荡荡的。

虽说进入社会之后，她已经习惯了自己不再是第一名，但是被不如自己的女人超越的感觉还是十分差劲。她当然知道一个人成功与否不能靠金钱衡量，但是心里为什么会那么不舒服？为什么刘舒雅就能不眨眼买下她期盼很久的项链，而她只能暗自神伤？难道，她真的是一个失败者？在她二十八岁那年？

不，她有最好的事业，她绝对没失败！

唐心不敢再让自己想下去，继续努力跑步。为了转移注意力，她搜索帅哥来调节情绪，发现在左边角落健身的那个男人非常不错——最重要的是，他没有向刘舒雅献殷勤，真是太有眼光了。她悄悄看四周，见没有人注意她，鼓足勇气学习刘舒雅刚才的样子，加重了喘息，然后用力舔嘴唇。她觉得自己的嘴唇都要被舔烂了，可那个男人居然还不走过来，气得她真想搬起跑步机砸到那个男人头上去。

算了，也许他是个瞎子，看不到我的魅力吧。我要尊重残疾人啊。

唐心自我安慰地想着，绝望地关闭了跑步机。她的身体一晃，然后被一只有力的手臂一把抓住。那个男人担忧地看着她："小姐，你没事吧？"

"没事。"唐心呆呆地说。

"我看你刚才一直喘息，又舔嘴唇，是失水过多吧。那里有矿泉水，可以免费饮用。"

……

虽然没达到预期中的勾引效果，但好歹能让男人主动说话，这样就够让唐心受宠若惊了。她决定这一次慢慢来，不要一开始就问生孩子的事情吓跑他——可以先从婚后要不要和婆婆住问起嘛。

她刚想开口，男人率先问："小姐，你了解安利吗？"

从健身房出来的时候，天已经黑了，刘舒雅早就开着跑车离开了。因为习惯在晚上写方案的关系，唐心很久没有感受一下城市的夜晚，今天倒正好给了她一个机会。她呼吸着独属于夜晚的清新空气，信步走到了美食街，觉得此刻才真正放松了下来。

比起灯红酒绿的夜店，她更喜欢这条美食街。这里的食物不会那么高档，有着烟熏火燎的气味，但这样的味道是她小时候最难忘的美好记忆。她见一家烧烤摊生意不错，就去坐下点了食物和啤酒，等待上菜的时候却发现老板长得有些眼熟。她一直盯着那个老板看，老板也抬头看了她一眼，然后迅速把头低下去了。唐心在脑中拼命回忆，终于想出来他是谁，大喊一声："大头！"

老板的身体颤了一下。

"大头，我是唐心啊，你不认识我啦！我们以前可是同桌！"

吃烧烤的人都好奇地朝他们看去，老板只好放下手中的烧烤，吩咐伙计去做，装作兴奋的样子朝唐心走去。他憨憨笑着："唐心，好久没见了啊，都认不出你来了。"

"我也没认出你！你可比以前胖了两圈了！你现在在开店啊，怎么也不告诉我，我可以早点来捧场。"

大头只是笑着，没有说话。

"你怎么样，结婚没？"

"结了，老婆有孩子了，明年我就当爸爸了。"

"呀，真是恭喜你！"

"你呢，最近怎么样？"

"就那样，混混日子。"

"高材生居然说自己混日子，太谦虚了吧。"大头不信。

唐心抿嘴一笑，给他留下自己很厉害但是非常低调的印象，感觉好极了。她依稀记得大头在上学的时候也是一个学霸级的人物，总是把自己以后要进航天局的宣言挂在嘴边，现在却在卖烧烤——都是点火，也许总算稍微搭点边吧。

酒过三巡，唐心终于问起他怎么会卖烧烤，大头苦笑道："成绩好有什么用，名牌大学毕业又有什么用，没有好爸爸不还是只能靠自己。我还记得大学毕业前，我自信满满地问老师像我这样的高材生在社会里是什么地位，老师说我是'底层群众里受教育水平最高的'，当时我还特别不乐意。现在想起来，老师说的都是金玉良言啊！说实话，我真的挺怕看到以前同学的，因为我现在混的……啊，以前坐我后面那小子数学都考不及格，现在倒是公司的 CEO 了，我面试的时候最后还是他签字把关，你说好笑不好笑？哈哈！"

大头说着，猛地喝了一大口酒，而唐心也不知道说什么好。她毕业后也有一阵子找不到工作，所以她太理解大头的感受了。她转动着杯子，说："收到同学聚会通知了吗？"

"收到了，但我不准备去。那都是你们这帮成功人士去的，哪里轮得到我。"

"大头，你不要这么说。"

"好啦，我也只是牢骚几句，还不至于报复社会。我算是看开了，你们女孩子啊，学习好不如长得好，长得好不如嫁得好！我们班上那个只会照镜子的姑娘前几天来我这吃烧烤了，呵，那钻戒大的！不过你放心，你肯定也能选个好男人，不会嫁给像我这样卖烧烤的。"

"瞎说，你这样也算是自主创业，总比给别人打工要强。以前的事情啊……都不说了，我们要向前看。"

"对，向前看！"

吃好烧烤，大头硬是不肯收唐心的钱，他大着肚子的老婆也笑着和唐心打招呼，一副幸福美满的样子。他们的幸福刺痛了唐心的眼睛。

她想，她的不幸福是因为满足得太少，又要得太多。

可她从头到尾都是这样的人，不会改变。

在健身房的艳遇以完全失败而告终后，唐心觉得自己变了。她第一次怀疑自己的人生是不是真的这样成功。

从小到大都是好学生又怎么样，现在考验女人成功与否的标准却是能不能嫁一个好老公。她努力工作、努力生活、一直给自己充电，力求拥有完美的头脑，但男人喜欢的却是女人完美的脸蛋。也是，这个社会那么浮躁，大家只会关心女人胸部的 Size，又有谁关心头脑的容量？就算是她，在买苹果的时候也会选一个好看的，而不是长相奇怪却可能味道甜的，不是吗？

也许……真的该把精力放在找男朋友身上？这样她还能赶在刘舒雅结婚前也有交往对象，赢回这一局。

唐心想着，就立马付诸行动。她当然不能把相亲这样丢人的事情让亲朋好友知道，于是去交友网站注册了会员，她为自己的邮箱会不会爆满而担忧。可她没想到的是一直到下班时间，才有两个人联系她，一个是月薪2000元的离异带孩男，另一个长着一张智力有问题的脸，除此之外居然连假装自己在国外继承了大笔遗产就等着娶一个中国新娘的骗子的来信都没收到。她非常不甘心，又等了几天，终于陆续有人自投罗网，那些人也终于让唐心对相亲绝望。

后来，唐心像无数俗世女子一样突然迷恋上了占星术，安慰自己想遇到真命天子需要命运之神的引导。她混迹于各大网站，每天都要用塔罗牌占卜吉凶，然后发现塔罗牌确实有一些道理——塔罗牌说要小心小人，结果她在路上真的被一个小孩子泼了一身水；塔罗牌说小心口舌之争，她的嘴里真的起了溃疡……所以，当看到今日运势上明明白白写着"善良的心会让你在意想不到的地方遇到真命天子"时，她激动万分，却又发了愁。

意想不到的地方……那究竟是哪里？公园、体育馆还是书店？该死的，为什么不给一个明确点的提示！又或者……意思是随心所欲？

唐心怎么想都想不通，干脆继续忙工作。她听到可可在走廊里传来的撒娇声忍不住撇嘴，暗想要是输给这样的女人，还不如直接买块豆腐撞死。她给张杰打电话，想问他什么时候来拿余款，但电话一直没打通。唐心不知道，此时的张杰正在酒吧里一杯杯喝着闷酒。

张杰身后竖着硕大的"热烈庆祝张杰失恋"的横幅，引来无数人好奇的目光。张杰苦着脸看着顾邵松问："你那横幅非要放在这里吗？这样好丢脸。"

"我们打赌你输了，这是你应得的惩罚。张杰，你就认命吧，你这辈子是不可能结婚了，如果你不会去越南买新娘的话。"

"顾邵松，我还不至于那么可怜。"

"是啊，只是谈了三次恋爱被甩三次罢了，被甩的几率是百分之百——一般人想达到这个概率都很难。"

"唉，可能我天生不讨女人喜欢吧。不像你，明明是个混蛋，却有很多女人喜欢。"

张杰对自己长相出众的朋友非常羡慕妒忌，认为喜欢他的女人都是瞎了眼，但事实证明这个世界上双目失明的女人实在是超出他的想象。他无法理解女人们为什么情愿听顾邵松嘲讽自己，也不愿意听他的深情表白。

顾邵松挑眉道："知道女人喜欢什么样的男人吗？"

"什么样的？"

"180 ㎡，180cm，180mm。"

"什么意思？"

"就是房子180平方米，身高180厘米，还有你的某样器官要有180毫米。你啊，一样都没达标。"

被打击到的张杰抑郁地低头看看自己某个部位，然后不服气地说："你怎么知道我没达标啊，你量过啊！那没达标的男人就一辈子找不到女人了？"

"不是，只是会比这样的优质男人花费更多的时间和精力罢了。"顾邵松转动酒杯，骄傲地说。

"顾邵松，你说佳佳会不会重新回到我的身边？我多希望她会反悔，到时候我会深情地对她说，她在我心里永远有一块丰碑，我的心也永远为她敞开。"

"你还不如说会在你心里为她建一个纪念馆，时时刻刻等着她前去诈尸。"

"唉，想不到云起那个不婚主义者都要结婚了，我们两个还单着。想到他要去意大利结婚，我就妒忌得不行！"

"请不要把我和你混为一谈，谢谢。还有，他啊，应该会后悔吧。"

"什么？"

"看到那边那两个对我们笑的女人没？"顾邵松微微一笑，不再继续这个话题。

张杰顺着顾邵松的目光看去，果然见到两个美女，惊讶地手一松，把酒杯都摔在了地上。他不可置信地说："你，你，你打算去追求她们？她们很漂亮啊！"

"漂亮的女人更容易感到孤独，她们两个人结伴来酒吧就是一个信号。我看我们今天晚上不会孤单了。"

顾邵松说着，喊服务员给那两个漂亮的女人送去两杯鸡尾酒，后来她们果然一前一后走到了他们的桌子旁。一个个子高些的叫高爽，矮一点的叫谢静，都是航空公司空姐。一听到她们的职业，张杰激动地颤抖，高爽疑惑地问："你是有帕金森吧，这样还喝酒？"

"不，不是。我只是从没见到过活的空姐，比较激动。"

谢静笑了，"那你从没坐过飞机吗？"

"坐过，但我们的对话仅限于'我要喝橙汁'和'再见'。"

"你真幽默。"

谢静明显对张杰非常感兴趣，和张杰相谈甚欢，知道他的职业是程序员的时候，对他更感兴趣——虽然顾邵松认为决定性因素还是张杰放在桌上的奔驰车钥匙。他和高爽也聊得不错，高爽一直积极主动，而他只是笑而不语，他更关心张杰今天晚上会不会有艳遇。他目睹张杰和谢静一起去了洗手间，感兴趣地挑眉，高爽也凑了过来："顾先生，我是不是在什么地方见过你？你坐过我们的头等舱吗？"

"可能有过吧。"

"我想起来了，你和我的初恋男友长得真是一模一样。"

"都什么年代了，你还用这样老土的搭讪方式？"顾邵松笑了。

"你真坏！"高爽虽然尴尬，却也觉得刺激非常。

她还是第一次遇到这样不赏脸的男人，也被勾起了征服欲，她发誓要把这个男人拿下。她转动酒杯，娇情地说："这里的酒不算好，平时我都喝 82 年的拉菲，少一年我的皮肤都会过敏。我的衣服也都是大牌货，要是穿低于一万的，我的身上会起红疹子。还有我对金属制品也过敏，只要首饰里有一点杂质就会浑身难受……"

她滔滔不绝地说着，顾邵松突然从口袋里掏出一条金项链，放在她脸上。精美的项链让高爽欣喜，她假意拒绝："第一次见面，我可不敢收你那么贵重的东西，不然你肯定要人家做坏事。"

"你说你金属过敏，我只是想检验下这条项链是不是纯金的。看来是的。"

顾邵松说着，又把项链收了起来，高爽真是气到七窍生烟。此时，谢静突然一脸怒气地冲了出来，对高爽说："走吧，我想回去睡觉了。"

"可是……"

第二章　最爱男人的伴娘

"别可是了，他们是想拍艳照的变态！"

谢静的话让高爽变了脸色，很快和她一起离开，顾邵松已经到嘴的鸭子就这样飞了。他倒不介意这个，看着满脸酒渍的张杰，好奇地问："你又怎么了？"

张杰悲愤极了："我只是想和空姐合个影，她就说我是变态！"

"合影？"

"是啊，她去洗手间后说自己热然后把衣服都解开了，然后我说要和她拍个照留念，她就生气了。为了让她开心，我问她和她在一起是不是以后就能买打折机票，然后她就拿酒瓶子砸我。"

张杰看起来非常委屈，而顾邵松先是愣住了，然后哈哈大笑。他说："好吧，那今天晚上就是彻底属于男人的夜晚！喝酒，我陪你不醉不归。"

"我不要喝酒，我要学习怎么追女孩，你给我示范。"张杰认真地说。

顾邵松无奈道："好吧，这是最后一次啊。你可以装醉……"

当唐心结束了一天的工作后，她决定去酒吧喝一杯，没想到刚进门就看见一个男人醉醺醺地就要倒在地上。她好心扶了他一把，顿时有人说："这位小姐，你男朋友喝醉了，他的账还没有付，麻烦你付一下吧。"

"他不是我男朋友。"

唐心急忙否认，看了他一眼，却愣住了——顾邵松？他怎么会在这里，又喝得醉醺醺的？

眼见唐心分明有上当的意思，收了顾邵松好处的酒保忙笑嘻嘻地说："小姐，和男朋友闹别扭了吧？"

"他真不是我男朋友。"

"那我只能把他扔出去了。"

酒吧里的人都演技十足，抬起顾邵松就要往外丢，唐心先是冷漠看着，然后突然灵光一闪。她想起了星座书上的话，暗想这会不会是命运给她的安排。

难道上天要我救一个讨厌的男人来改变糟糕的桃花运？不管了，试试看吧！

"住手。"

听到唐心阻止的瞬间，所有人的心终于放了下来，顾邵松更是对自己的决定后悔不已。可是，他只能装作喝醉的样子，斜斜依偎在唐心身上。唐心厌恶地把他推开，在他身上左翻右翻，非常幸运地找到了钱包。她把酒钱付了，然后叫人把他扶上出租车，没看到张杰崇拜的眼神。

一路上，她不停地问顾邵松家在哪里，但她怎么能指望一个"酒醉"的男人回答问题？顾邵松不断说着"胡话"，唐心只好带他去了酒店，给他开了个房间。

她和服务员一起费劲地把顾邵松带到房间，觉得自己累得就要虚脱了。顾邵松装作燥热的样子，不停地解自己的衬衫扣子勾引唐心，但唐心只觉得他喝醉后开始犯神经病。她知道酒醉的人最容易口渴，心想好事做到底，给他倒了一杯茶水喂他喝下，而顾邵松几乎要轻笑出声。他对自己的魅力满意无比。

他的额头轻轻擦过唐心的耳垂，唐心的身体情不自禁地颤抖。他的手撩动着唐心的秀发，看到唐心涨红的脸蛋，心也微微一动。他的唇滑过唐心手背的时候，唐心终于大叫了一声，滚烫的茶水也尽数朝顾邵松泼下。

靠！顾邵松几乎要破口大骂。

可是，作为优秀的演员，他必须装作什么事情都没发生的样子，默默忍受着痛苦。唐心也吓了一大跳，她心虚地看着顾邵松红红的皮肤，看着昂贵的衬衫上就这样满是水渍，再看看时间，发现现在已经是晚上 11 点 59 分了。

还有一分钟……会有奇迹发生吗？唐心闭上了眼睛。

当她再次把眼睛睁开的时候，新的一天来临，而她面前的男人根本没有变成戴着王冠的王子。她失望地叹气："什么星座书啊，都是骗人的，好事也白做了。不管怎么说，你的衣服是我弄脏的，我还是会赔给你。"

唐心说着，在桌上放了一百块钱，略加思索后坏笑着写下了三个字：辛苦了。她怀着恶作剧的喜悦关门离开，准备回家好好睡一觉。她并不知道自己走后不久，顾邵松就睁开了眼睛。他坐直身体，看到桌上的钱，再看到那三个字，闭上了眼睛。

他似乎有一种……自己被嫖了的感觉。

唐心做了好人好事并没有改变她糟糕的运气，因为刘舒雅和夏云起根本没有分手的迹象，意大利旅行的日期也就在眼前。

唐心一向非常愿意把事情往好的方面想，所以极力安慰自己这只是一次出国散心，到后来也终于能控制住情绪，不至于想买把刀杀了这对"奸夫淫妇"。她很少出去度假，出国更是头一回，所以这次忍不住把 QQ、微博、人人甚至开心网的状态都更新，配上了意大利的美丽图片，但等了很久都没有任何人回复。她想，也许她的好友们都得了眼疾，或是出了车祸不能上网打字吧——这实在是太可悲了。

不管怎么说，出发的日子终于到了。他们要在一个阳光明媚的午后直飞意大利罗马——不是符合心情的下着六月飞雪的日子，还真是遗憾。按照计划，在罗马滞留 4 天购买所需物品后，他们会飞往西西里岛举行婚礼。唐心觉得自己就快化身为头上缠着蛇的美杜莎，把机场里每对幸福出游的情侣都化成石像。而就在这时，楚颜火上浇油："都几点了，他们怎么都没到？"

唐心嘲讽地说："反正有我们提前办理登机牌，客户当然是不用早到——这样的事情我都习惯了。"

"你以前出国做伴娘也是这样？"

"是啊，说得好听是伴娘，其实还不是打杂的。倒是你，一向不喜欢出差，怎么这次会主动申请？"

"有个单子要我和可可合作。比起她来，我还是情愿跟你。"

唐心感动极了："虽然我也知道自己的人缘比可可好，你也不要那么直接地说出来嘛，这样多影响同事感情。唉，你说我们都不喜欢可可，可为什么男人就吃她那一套？"

"我们不喜欢她，是因为她长得好看，做了我们都想做却不敢做的事情；男人喜欢她更简单，因为她长得好看，能做他们想做的事情。"

"你的意思是我们在妒忌？别开玩笑了。"唐心急忙否认，并且嗤之以鼻。

楚颜微微一笑："成功只在乎结果，有谁会在乎过程到底是什么？就算我们都不喜欢她，也不妨碍她生活得风生水起。谁都想肆意地活着，但不是每个人都有这样的勇气。"

"随你怎么说吧。唉，你很快就会知道这一趟旅途根本不是散心，而是各种找虐。要不是看在夏云起的面子上，我也不会接这个活儿。"

"可你还是接了。我真的很好奇你会怎样面对自己曾经喜欢的男人。"

"是啊，曾经喜欢……也只是曾经罢了。"

唐心怅然无比，而楚颜也不再说话。她们等了很久，刘舒雅和夏云起才姗姗来迟，夏云起微笑着道歉："抱歉，今天闹钟响了都没听到，给你们添麻烦了。"

"没什么……"

唐心还没说完，刘舒雅抢先告状："都是云起啦，昨天晚上非要……误了飞机可怎么办！"

"舒雅……"夏云起看起来非常尴尬。

看着刘舒雅和夏云起就这样打情骂俏，唐心的心里非常不是滋味，借口帮他们去托运行李离开了这个令人感到窒息的地方。机场的冷气让她情不自禁地哆嗦，但她的心却比冷气还要冰凉几分。她看着不远处的那对璧人，苦涩一笑，不得不承认自己到底还是失败了。

她最想做的事情就是穿着婚纱站在那个男人身边，而现在却要给自己喜欢的男人做伴娘……事情还能再狗血一点吗！

"这位小姐，麻烦你把箱子里的电池拿出来一下。"值机人员说道。

"啊，不好意思。"

唐心根本不知道刘舒雅的箱子里有没有电池，顺从地打开了箱子翻找，她的动作幅度大了点，不小心把衣服掉在了地上。她偷偷往那边瞄了一眼，见没人注意这里松了口气，急忙把衣服捡起塞到箱子里，然后一双手出现在她的面前。那只手洁白修长，手里拿着一件雪白的透视装和桃红色的丁字裤，香艳到让唐心的脸一下子红了。她忙道谢，想拿过衣服，那只手却抬高不让她够到。唐心抬起头，看到了一张熟悉的脸，忍不住惊叫："你怎么会在这？"

"对不起，我从不知道这机场是唐小姐家开的，除了你之外谁都不能来。"

唐心看着顾邵松讨人厌的脸，真后悔她前几天没有趁他喝醉的时候狠狠扇他几个巴掌。她一边伸手一边说道："把衣服还给我。"

"想不到唐小姐外表看起来很老土，内心会是这样火热啊。我觉得唐小姐就好像榴莲，外表其貌不扬，气味也有些冲鼻，但内在却出奇芬芳呢。"

顾邵松的语气别提多怪异了，唐心只觉得围观的人越来越多，忍不住跳起来抢过了内衣，飞快塞到了箱子里，然后恶狠狠瞪了顾邵松一眼。顾邵松不理会她的坏脸色，笑嘻嘻地说："唐小姐也是去意大利，我们还真有缘分。"

……

不会吧！

唐心对于未来的旅行生涯简直绝望了。

现在距离起飞还有一段时间，夏云起陪刘舒雅去买些日用品，唐心和楚颜在咖啡馆里喝咖啡。楚颜见唐心往咖啡里加双倍的奶和糖，忍不住问："你倒不怕胖？"

"不管是胖还是瘦，都没人在乎，我何必为了男人的眼光委屈自己的嘴巴。"唐心愤愤地说。

"唐心，我真没想到你会接这个单子。我以为你会带着炸弹来炸机场。"楚颜认真地说。

唐心苦笑："我也没想到我暗恋夏云起的事连你都知道了，可他……他至今还不知道。现在想来，也许他早就有感觉，故意在装傻吧。这样也好，不至于朋友都做不来。"

"你甘心只做朋友？"

"不甘心又有什么办法？和自己以前的同学抢男人吗？"

"你总是这样。"楚颜突然说。

"总是怎么样？"

"没什么——我提醒你，你那同学可不简单，你要小心点。"

"啊？"

此时，终于传来了登机的声音，唐心不再追问楚颜的话到底是什么意思，急忙和刘舒雅等人会合。她见顾邵松、张杰居然和夏云起站在一起，还相谈甚欢，心里突然有了一种不好的预感。她装作什么事都没发生的样子走上前去，对夏云起说："可以登机了。"

"不着急。我还没介绍呢，这是我最好的两个哥们，顾邵松和张杰，邵松会是我的伴郎；这是我的红颜知己兼金牌伴娘，唐心；还有这位是婚庆的工作人员楚颜。邵松，你们到时候可要合作愉快啊。"

顾邵松是伴郎！有没有搞错！

唐心目瞪口呆地看着顾邵松，只觉得他脸上的微笑充满了嘲讽。顾邵松大方伸出手："合作愉快啊，伴娘小姐。"

"合作……合作愉快。"唐心呆呆地说。

这时，张杰已经自顾自地率先登机了。

上了飞机后，夏云起四人自然是坐头等舱，唐心和楚颜只能坐在经济舱的后排，明晃晃的贫富差距真是令人发指。她们倒霉地遇上了去意大利亲子游的旅行团，饱受飞来飞去的爆米花的洗礼，想到头等舱的干净宽敞就更加郁闷。

唐心被小孩子的叫声闹得就要崩溃了，而坐在她们旁边的小男孩一把抢过唐心手里的杂志，一边翻一边不屑地说："真难看，你买这种书好没品位。"

喂喂，这是谁家的孩子，快点管管啊！

唐心尝试着说服孩子："这种书是大人看的，你当然觉得不好看了。还给姐姐好不好？"

"切，你年纪那么大哪里是姐姐，明明是阿姨，真不害臊。"

"你这孩子！"

唐心和小男孩起争执的时候，不远处明明有一个女人时不时朝这里看，但她和唐心对视一眼后，偏偏装作什么事都没发生的样子移开了目光。唐心忍不住生闷气，此时楚颜一把抢过杂志递给唐心，而小男孩嘴巴扁扁就要放声大哭。

楚颜嘲讽地说："哭得大声点，最好比小姑娘的声音大才好呢。"

"我才不是小姑娘！"小男孩大声说。

"你怎么证明？"

"我有小鸡鸡！"

"我不信。你脱给我看。"楚颜一本正经地说。

小男孩受不了楚颜的藐视，就要脱裤子，唐心急忙阻止了他。她满脸黑线地说："他只是个孩子罢了，你逗他干吗？"

"没逗他，我们是在平等地交谈。那你说我们应该怎么样？"

"和他好好讲道理，讲个童话故事感染他，让他意识到必须好好学习天天向上，从而变成一个爱党爱国的好少年。"

"好吧。来，姐姐给你讲故事。"

虽说唐心更温柔，但楚颜更漂亮，所以小男孩听话地看着楚颜。楚颜微微一笑："从前啊，有三只小猪，它们住在森林里。因为小猪很吵，所以狼把三只小猪都咬死了。"

小男孩愣了。

"还要听别的？从前，有一条小美人鱼，长得特别好看，也爱唱歌，所有海洋生物都烦她。后来，它们集资买了一瓶毒药给小美人鱼喝，小美人鱼变成哑巴了。"

看着楚颜狰狞的面容，小男孩终于不再说话，听话地坐着，而前排的女人不高兴了。她扭过头问："你怎么对孩子说这样的话？"

而楚颜只是高傲一笑。

飞机很快就上了云霄。

坐在头等舱的顾邵松没想到居然会在航班上遇到上次在酒吧里聊天的空姐，想到接下来的十几个小时要和她一起度过就觉得有些不自在。高爽也没想到会遇到这两个讨厌鬼，笑容达不到眼睛，真恨不得把咖啡浇到这两个混蛋的头上。张杰偏偏还企图摸老虎屁股，找借口搭讪："美女，我想吃排骨饭，为什么飞机上没有？"

"呵呵，张先生您预订的是羊排饭哦，想吃排骨饭的话麻烦下次提前预订。"

"我就想吃排骨饭，你有什么办法？"

"呵呵，要不要我帮您把羊骨头剔出来加工成排骨饭？"

看着高爽凶狠的眼神，张杰不敢再说话，而顾邵松没吃一口她送上来的东西。张杰倒是吃得香甜，甚至还在怀念那天晚上的艳遇："你说她一会儿会不会来找我说话，把她的电话号码给我？"

"你没什么不舒服的吧？"顾邵松很关心他的身体。

"没有啊。"

"觉得饭菜和饮料味道有什么不对？"

"没不对劲啊。怎么了？"

"没什么——看来她没往餐饮里加料。"

顾邵松见张杰一点事都没有，才放心地喝水吃饭，而张杰几乎要泪奔了。他说："你早就想到了不提醒我？"

"只是猜测罢了。"

"那你为什么不吃？"

"我怕她下毒啊。"

"可你还要我吃！"

"我说了只是猜测！"顾邵松不耐烦了。

"哼，讨厌。"

张杰委屈地看着窗外，不再理睬顾邵松，而顾邵松也不理会他，闭着眼睛养精蓄锐。张杰非常不甘心就此失败，一直找机会和高爽搭讪，一次又一次地按呼唤铃要水喝，直到来的不是高爽，而是五大三粗的空警。空警把杯子重重一放："你要喝水？"

"不，不是……"

"你不喝吗？"他凶狠地问。

张杰胆怯极了，急忙咕嘟咕嘟把一大杯水都喝下肚，然后再也不敢乱按呼唤铃了。他安静了没一会，见唐心走进了头等舱，忍不住轻声说："呀，唐小姐来了。"

顾邵松睁开了眼睛，用心听着唐心和刘舒雅的对话。

"唐心，我知道很麻烦你，可是人家真的很想吃你带来的酸梅。麻烦你回去拿一下。"

"没什么，呵呵。"

虽然看不清唐心的表情，但顾邵松能想象出她咬牙切齿的样子。他忍不住轻轻笑了起来。

接下来的半小时内，唐心不断往返，手里不是拿着零食就是拿着书籍，她几乎想亲手掐死这个公主病严重到了极点的刘舒雅。夏云起也非常抱歉，想帮刘舒雅直接把箱子搬来，但刘舒雅撒娇不肯他离开，他也只能眼看着唐心忙碌了。后来，张杰叫住了唐心，热情地说："唐小姐，真是好久不见了！想不到你会是云起的伴娘，我们真是很有缘分啊。"

"是啊，张先生。"

真是很有孽缘。

"喊我张杰就好啦，你真是客气。我去过意大利，到时候做你的向导啊。"

面对热情的张杰，唐心不动声色地后退了一步，心想遇到这个灾难源从来都没什么好事。她是多么怕自己一不小心成为张杰的追求对象从此过着悲惨的生活，她生硬地说："不好意思，我来这里是有公事的，恐怕没时间旅游。"

张杰失望极了："那真是太遗憾了。"

唐心对他微微一笑，往后舱走去，没想到此刻飞机突然颠簸了起来。她急忙抓住了座椅扶手，而张杰捂住嘴："我有点想吐。"

"别吐我身上！"顾邵松和唐心异口同声地说。

张杰捂住嘴，嘿嘿一笑："没事，我已经咽下去了。"

唐心觉得自己一分钟不能多待，因为张杰不吐的话，她也要吐出来了。

她刚往后舱走，飞机突然剧烈颠簸，她险些被甩了出去！顾邵松眼明手快地一把抓住她，而唐心在颠簸中一下子坐在了顾邵松的大腿上，她搂着他的脖子开始尖叫起来。顾邵松觉得女人的尖叫真是比飞机的安全还要恐怖千万倍，忍不住怒吼："闭嘴！"

唐心回答他："啊！"

飞机一直在飞速下降，此时机长的广播也响起。机长语气很镇定，但当唐心听到飞机出了机械故障，有可能要紧急迫降的时候，眼泪一下子就流了下来。她没想到自己年轻的生命就要终结在这里。她还没坐上总裁的位子，还没结婚，还没生孩子，还没……而且她现在还坐在一个讨厌男人的大腿上！

还有，她最爱的男人距离她只有一米远……却是咫尺天涯。

唐心看着趴在夏云起胸前的刘舒雅，再看着紧紧搂着自己未婚妻的夏云起，突然觉得一切都没有意义了。她情不自禁地说："为什么每次倒霉的都是我！我就是一个彻头彻尾的失败者！我爸妈都以为我事业发展很好，但顾客都对我的策划案不感兴趣，只希望我做伴娘！大家都以为我有很多追求者，但男人都不喜欢我，和我搭讪的不是为了推销理财产品就是为了推销安利！我想在第33场婚礼前把自己嫁出去，但第33场婚礼是做我喜欢的男人的伴娘，而我到现在连男朋友都没有！那个该死的刘舒雅以前事事不如我，现在她的胸有我的两个大，还抢走了我喜欢的男人，我真恨她！我说谎成性，每次都买C罩杯然后塞海绵其实我连B罩杯都塞不满……我觉得你的屁股很翘很好看……"

"……"

唐心并没有多少朋友，她的秘密也绝对不会和他人分享，而她也没想到会在临死前这样倾诉，更没想到把心里话都说出来居然是那样痛快。此起彼伏的尖叫声中，飞机终于稳稳地在意大利机场停下，而唐心还紧闭着双眼，喋喋不休地说着自己的各种秘密。顾邵松没好气地说："不用说遗言了，我们都没死。"

"什、什么？"

唐心此时才醒悟到飞机已经停稳了。此时，客舱里一片喧嚣，想到自己死里逃生，唐心的眼泪一下子就涌了出来。她高兴地搂着顾邵松的脖子："我们还活着，太好了！"

顾邵松身体微微一僵，阴沉地看着她："我没坠机死，但我觉得要被你压死了。你确定你没有200斤？"

唐心这时候才意识到她现在还坐在顾邵松的腿上，后知后觉地感觉到了羞耻。她红着脸说："当然没200斤啊，混蛋！就你瘦，你三条腿都瘦！"

"是啊，只有116斤，然后对外宣称108斤罢了。剩下的那8斤估计都长到你空荡荡的脑子里去了吧。"顾邵松似笑非笑。

唐心觉得自己一秒钟都不能多待，急忙起身，没想到空姐严厉地让她坐好，等飞机停稳后才能走动。于是，唐心只好尴尬地继续坐在顾邵松身上，觉得自己简直是羞愧欲死。她纷乱的大脑终于清醒，回想起自己似乎、可能、也许说了一些不该说的话，紧紧捂住了即将要尖叫的嘴巴。此时，顾邵松在她耳边说："你的秘密我都知道了哦。"

他呼出的热气让唐心恐惧至极。她一句话都不敢说。

飞机停稳后，她第一时间冲到自己的座位上，疲惫地长舒一口气。楚颜问她刚才到哪里去了，她只好说自己在头等舱，一直没机会回来。楚颜感慨地说："我还以为我们会死在异国他乡，没想到会有这么好的运气。以为自己就会死亡前几分钟，你在想什么？"

"我什么都没想。"唐心撒谎。

她只是把自己的祖宗十八代都告诉了一个混蛋罢了。

第三章　在许愿池许下心愿

下了飞机，唐心还是难以想象自己就这样死里逃生，更难想象自己脚下的土地已经是罗马这个神奇而美丽的地方，她只觉得一切如梦似幻。

抬头看着天空，她默默定了旅游计划：在罗马滞留的 4 天时间里，她要去罗马斗兽场照相，要去威尼斯坐船，要去米兰看时装秀……如果能和意大利帅哥有一段浪漫的恋情就更完美了！死里逃生后必有后福，一定是这样！

唐心想着，走出机场大门，看着蓝天，深深吸了一口气，觉得这才是她想要的生活。她优雅地伸出手，拥抱意大利的空气，没想到一辆跑车呼啸而过，正在深呼吸的她一下子把所有尾气都吸进了肚子，呛得她剧烈咳嗽了起来。张杰关切地问她要不要紧，而顾邵松那个混蛋居然非常不给面子地笑出声来。唐心装作什么都没听到，问楚颜："刘舒雅他们怎么还没出来？"

"她在洗手间梳妆打扮，估计还要一段时间才能出来。张先生，我的手机好像出了点问题，麻烦借我用一下你的手机给宾馆打电话可以吗？"

张杰好像什么都没听到一样，抬头看着天空。楚颜再问了一遍，张杰终于轻轻吹了一声口哨，可还是没有说话。

053

唐心看不下去了，"张杰，有什么问题吗？"

"手机给你。"

张杰好像如释重负一样，飞快地把手机放到唐心手上，又吹着口哨离开，唐心看他的眼神就好像在看神经病。她忍不住轻声说："这家伙的脑袋坏了吧。"

而楚颜只是厌恶地皱眉。

在唐心拿张杰手机联系宾馆的时候，刘舒雅终于出来了。她围着头巾，戴着墨镜，一出门就娇声说："太阳这么大怎么办啊。云起，我的皮肤都要被晒黑了，头也好痛。"

刘舒雅就好像吸血鬼一样畏惧着阳光，躲在夏云起身后，生怕太阳晒化了她的脸。看着刘舒雅，唐心突然觉得不打伞、不抹防晒霜就这样大大咧咧地站在太阳底下的自己简直是一个纯爷们，心里挺不是滋味的。她不再想这个问题，一遍又一遍拨打着宾馆的联系电话，一连打了二十分钟才打通。电话那头的意大利姑娘对他们还活着表示恭喜，同时遗憾地表示他们也不知道汽车司机在哪里，建议他们在机场再等一会。

唐心气得七窍生烟："意大利人这是什么办事效率！就该去投诉！他们真该学习下我泱泱大国连去医院看病都能一分钟解决的精神！"

楚颜戴上墨镜，凉凉地说："有功夫抱怨还不如省点力气等着。我看啊，这车一时半会也不会来。"

楚颜这个乌鸦嘴一下子就说准了，因为他们足足等了一个小时车子才来，刘舒雅脸色已经难看到不行了，唐心一点都不怀疑她在下一秒就会晕过去。一个意大利人从车里伸出手，对他们微笑，大声用中文说："美女，上车！"

"他在喊我吗？"唐心疑惑地问楚颜。

"可能意大利人的审美观和我们不一样吧。"楚颜微微一笑。

唐心白了楚颜一眼，走上前去和他交谈，终于知道了他就是来接他们的司机。她急忙招呼众人上车，费力搬行李时和夏云起的手再次触碰到了一起。她的心猛地一跳，而夏云起笑着说："这种事情交给男人就好，你去车上坐着吹会空调吧。"

"那谢谢你了。"

唐心有些不好意思地上了车，坐在了后座，透过后视镜看着夏云起结实的臂膀，脸也红扑扑的。这时，刘舒雅摘下墨镜，好像在自言自语："你以前赢了我，现在永远不可能。"

"舒雅，你在说什么？"

"没什么啊。"刘舒雅对唐心甜甜笑着，笑容让唐心有些不寒而栗。

因为刚才在飞机上太过惊魂的关系，大家对意大利的美景都没什么兴致，只想快点到度假村好好休息。下车后，司机搂着一个朝他走来的肥胖的意大利女人叫她"美人儿"，唐心终于明白了自己的容貌在他心中的形象，几乎泪奔。意大利女人热情地招呼他们入住，还喊了几个帅哥帮他们搬运行李。走进房间后，帅哥帮她们把行李放好，冲她们微笑，唐心小声问楚颜："你说他为什么老对我们笑？"

"谁知道。"

"难道想请我吃饭，然后对我展开猛烈追求？可我妈不让我嫁给外国人。"

"那你就去和他说物种不同，你们不能在一起呗。"

"嗯，总要把他的失望扼杀在萌芽状态。"

唐心和楚颜轻声交谈，走到了帅哥面前，鼓足勇气说："谢谢你的好意，但我喜欢的是中国人。所以，不要伤心啦，看开点？"

　　唐心说着，用力握了一下意大利男人的手，对他微笑，觉得她不做外交官简直是人类的一大遗憾。意大利男人英语不好，她的话只听懂了七七八八，却也知道她是不会给小费了，脸色顿时沉了下来。他哼了一声，高傲地昂着头离开，唐心捂着胸口遗憾地说："我伤害了他的心。"

　　"我觉得他好像是问你要小费。"楚颜凉凉地说。

　　"啊，那你为什么不提醒我！"

　　"你都幻想到他要向你求婚了，我怎么舍得伤害你纯真的少女之心？好了，快收拾东西吧，明天还有的忙。"

　　唐心气得对楚颜干瞪眼，但还是乖乖整理行李去了。忙完后，她躺在软绵绵的大床上，闻着空气中淡淡的香水味，幸福地打了个滚。

　　还活着的感觉，真是太好了。人啊，永远不知道明天和意外到底会哪个先来，所以唯一能做的就是珍惜现在。

　　从现在起，她不再把这次旅行当成是任务，而是要好好享受生活，享受当下。虽然男人没了，但她还有健康的身体和未知的未来，不是吗？

　　所以……就这样吧。

　　第二天一早，唐心就离开了柔软的大床，因为她今天的任务很重要——给刘舒雅取婚纱。她坐了很久地铁才到了婚纱店附近，然后惊讶地发现这里居然离许愿池不远。

　　现在是早上9点，鼎鼎大名的许愿池周围已经围满了游客，满是热闹的气息。唐心情不自禁走了过去，只见一个个金发的、黑发的、红发的人都闭上眼睛许愿，然后把硬币丢进许愿池，脸上洋溢的笑容让唐心的心情也变得很好。

她当然知道关于许愿池的传说。

传说，单身的人如果在许愿池投下硬币就会实现自己的心愿，也会再次来到罗马这个美丽的地方。要是情侣一起许愿，那他们的爱情就会永不变质，步入婚姻的殿堂。她曾经最大的梦想就是和夏云起一起到意大利旅游，在这里许下诺言，没想到却物是人非。

"夏云起……"她终于念出了这个名字。

闭上眼睛，唐心诚心祈祷。她希望夏云起和刘舒雅不要结婚，希望夏云起发现自己的好，更希望站在夏云起身边的那个人会是自己！如果能实现愿望，她愿意付出一切代价，甚至胖十斤也在所不惜！

唐心想着，从钱包里掏出一个一元硬币，轻轻亲吻它，然后把它投入水中。硬币在清澈的水中发出了耀眼的光芒，她出神地看着它，心里突然轻松了。她不知道，在她投硬币的瞬间，她对面也有一枚一模一样的硬币投入了水中，而那个男人已经看到了她。

"A罩杯！"顾邵松兴高采烈地喊她。

在异国他乡听到母语是一件非常令人兴奋的事情，所以即使觉得这句话非常奇怪，唐心还是抬起了头。她很快就见到了许愿池正对面的那个男人，然后迅速低下头，企图装作不认识他。顾邵松喊得声音越来越大："A罩杯！ A罩杯！"

此时，有好事的外国人跟着一起喊："A罩杯！ A罩杯！"

唐心怒气冲冲地瞪着顾邵松，只觉得羞愧欲死。她急忙挤出人群，匆匆离开，而顾邵松快步跟上。他笑嘻嘻地说："你怎么不理我？"

唐心低着头不说话。

"是不是昨天在飞机上说的话太多，所以现在说不出话来？真是可怜啊。"

　　顾邵松说着，拍拍唐心的肩膀，力气之大让唐心险些倒地。她终于不再装哑巴，忍气问："你怎么会在这里？"

　　"这里的许愿池那么有名，我当然要来看看。我刚才看到你在许愿，你不会是希望云起结不了婚吧。"

　　"当然不是。我在祈求世界和平。"唐心严肃地说。

　　"说实话，不然我把你那天的事情……"

　　"好啦，我在许愿你失忆，忘了那天我在飞机上说的话！"

　　"那你还不如许愿世界和平来得靠谱点。"顾邵松考虑了一下，然后说。

　　唐心根本懒得搭理他，按照地图找到了婚纱店。当她看到最显眼的橱窗里摆放的长拖尾的婚纱时一下子就惊呆了——这简洁大方的式样、精致的做工简直是她梦想中的完美礼服！她好像被人点了穴道一样站着，想象着自己穿上婚纱的场景，直到有人招呼她："你是今天要来拿婚纱的刘小姐吗？"

　　"不是，我是刘小姐的朋友，她委托我来拿，这是婚纱单子。"唐心缓过神后忙说。

　　"你等等，我这就给你取。"

　　刘舒雅定制的是一条镶满了钻石的蓬蓬裙，亮到刺瞎了唐心的眼睛。唐心实在无法想象夏云起会和这样一个女人站在一起，更无法接受最后的赢家是她，接过婚纱的时候真是百感交集。她忍不住轻轻抚摸婚纱柔软的面料，怅然若失，这时设计师又热情地说："你是伴娘吗？"

　　"是的。"

　　"伴娘服也已经做好了，你来试试看大小吧。"

　　唐心满怀期待地看着老板，希望他拿出一条令人惊艳的礼服，没想到他拿出来的居然是一条和咸菜一样颜色的黄绿色裙子！她还抱有最后一丝幻想："你拿错了吧。"

"不会，这上面写的是你的名字！快试试看！"

唐心看着那条丑得令人发指的裙子，真想把它团起来塞进刘舒雅的嘴巴里！就算她已经习惯了做绿叶，但并不意味着她要做一枚干枯发黄的叶子啊！她就那么见不得她好？

在试衣间，她怎么都拉不上拉链，只好就这样走了出来，发现镜子里的自己果然惨不忍睹。设计师也没想到这衣服和她的体型相差那么大，一边喃喃自语自己是不是看错了尺码，一边拼命让唐心吸气拉拉链，唐心觉得自己的五脏六腑就要从嘴巴里喷出来了。就在他们都咬牙切齿尝试时，有人悠悠说："她报给你的是 C 罩杯，腰围 24 英寸，你把胸围减小一个罩杯，腰围增大一码就正好。"

"对就是这样……顾邵松你做什么！"

唐心急忙捂住胸口，恶狠狠瞪他。顾邵松吹了一声口哨："别遮了，你前面和后面都一个样，又没什么好看的。不过我也不该剥夺你做梦的权力，毕竟你要成为美女也只能在你的幻想里。"

"要你咸吃萝卜淡操心！"

"呵，我看你还真是一生放荡不羁智商低。那你从现在开始绝食，争取五年后把自己塞进那件衣服里吧。"

顾邵松微微一笑，不再理会唐心，自顾自看着礼服，后来跟在唐心身后出了门。唐心实在不想和他同路，故意加快了脚步，终于看不到顾邵松的身影时松了一口气。她信步进了一个小巷子，没想到犯了一个致命错误——她所处的是抢劫案的高发地。

一个手里拿着大包袱的东方人在意大利强盗眼里自然是肥肉一块，几个正在玩滑板的小流氓见唐心只有一个人，互视一眼，决定回归他们的本职工作——强盗。他们把唐心包围，逼着她把包裹交出来，唐心惊慌地把包裹拿在手里，死死不肯松手。

不行，婚纱是一场婚礼最重要的东西，绝对不能丢！

唐心用革命斗士刘胡兰的眼神狠狠瞪着外国侵略者，没想到颇具成效。原来只是动嘴的强盗们直接动起了手，然后就是一场斗殴——或者说单方面的挨打比较好。

唐心不知道自己挨了多少拳，只觉得浑身刺骨地疼，当那群小流氓一哄而散的时候，她已经站都站不起来了。突然，一只手朝她伸了过来，她看到了顾邵松平静的脸。

"被揍了？"顾邵松凑近她问。

唐心冷哼一声，但因为嘴角受伤，反而牵扯到了伤口，疼得几乎落泪。顾邵松继续说："你真是白痴啊，居然一个人在这里瞎逛……算了，现在说这个也没用了，我陪你去报警吧。"

"婚纱还能找回来吗？"唐心满怀期待地问。

顾邵松没有回答。

唐心和顾邵松在警察局里待了足足两个小时，那些警察才敷衍地记下了他们报的案，也坦诚说破案需要一定时间，没有几个月很难有收获。从警察局出来后，唐心心情沉重，真的不知道该怎么向刘舒雅和夏云起交代。她和顾邵松一起坐在出租车上，看着窗外灯火辉煌，突然觉得疲惫无比。她觉得自己和意大利真是天生相克。

先是险些坠机、然后被抢劫受伤……怎么会这么倒霉！早知道刚才真该许愿改改霉运！不过细细想来，好像倒霉是从认识这个男人开始……

唐心回想自己和顾邵松见面的始末，发现每一次见面后都会倒霉，她最狼狈的一面也总是被他看见。她想，不管这是不是迷信，为了自己安全起见，好像应该从现在起离这个男人远一点。她想着，不动声色地往旁边挪，轻声说："顾邵松，今天真要谢谢你。"

顾邵松白了她一眼，没说话。

唐心讪讪地说："不知道你明天有什么打算，想去哪里？"

我好及时避开啊——这是她没说完的下句话。

她尽量让自己看起来真诚又贴心，而顾邵松微微一笑："你是这么想的？"

"当然啊。"

"你说谎的时候手指会不自觉地缠在一起，你看你现在在做什么？"

唐心下意识看了一下自己手指，吃了一惊，然后愤怒地看着顾邵松。顾邵松悠悠说："除此之外，我还知道你买内衣的时候会虚报一号，会在不喜欢的人的茶水里加洗洁精，喜欢裸睡和裸泳，从不混喝酒因为你喝了就会撒酒疯……"

"住口！顾邵松，你到底……你就不能忘了这件事吗？"

"你说呢？"顾邵松笑着，露出一口白牙。

唐心深知对顾邵松这样的神经病毫无道理可讲，他甚至不需要什么好处，只要看到别人倒霉就是自己最大的快乐。她不再哀求他，气哼哼地看着窗外，两个人就这样沉默地到了酒店。唐心一言不发和顾邵松分开，揉揉发酸的手臂往房间走去，没想到夏云起和刘舒雅也在她的房间。夏云起见她伤痕累累，皱眉问："出什么事了？"

"遇到了抢劫。婚纱和礼服都被抢走了，对不起。"唐心说完，紧咬嘴唇。

"你要不要紧？"

"有没有搞错！"

夏云起和刘舒雅同时开口，刘舒雅的声音尖锐到让唐心心中一颤。刘舒雅冲到唐心面前，面色难看地质问她："是被抢走了还是你根本没去取，又或者你把婚纱弄丢了，你告诉我实话。"

夏云起皱眉，"舒雅，唐心都受伤了，你不能这么和她说话。"

"谁知道是真受伤还是苦肉计。"刘舒雅冷笑。

然后，整个房间都安静了。唐心气得眼圈都发红，想反驳什么，但楚颜制止了她。楚颜只是平静地说："苦肉计需要把自己弄得那么狼狈？说到底她是为了替你取婚纱才受的伤，这还算工伤。"

"你的意思是我该给她赔偿？做梦去吧。"

刘舒雅说着，猛地摔门出去，夏云起也随后跟了出去。

唐心疲惫地说："楚颜，谢谢你。"

"呵，我早就看她不爽。"

"不，是谢谢你相信我。"

唐心眨眨眼睛，极力不让自己哭泣。她去浴室洗澡，换了一身干净衣服，终于觉得整个人又重新活了过来。她到现在都没吃饭，随便去餐厅拿了几片面包就坐在泳池旁边吃，看着平静的泳池心里也好像舒坦了很多。她看着水中的月亮倒影，再看着不知道什么时候站在自己身后的夏云起的身影，眼睛开始泛酸。

"唐心。"夏云起这样温和地叫她。

她只能装作刚发现他来的惊喜样子，招呼他坐在自己身边。

夏云起内疚地说："抱歉，舒雅说话……有点太过分了。我都没想到她会那样激动。"

"不，新娘子最看重的就是婚纱，她肯定非常生气，我也很理解她。我只希望不要影响你们的婚礼。"

"婚礼只能推迟了。"

"啊？那不是……"

"不是你的错，西西里岛那的酒店也没完全准备好。事实上，我有点迷茫……呵，不说这个了，你把手伸出来。"

唐心呆呆地伸出了手，夏云起飞快在她手掌上破皮的地方贴上了一块创口贴。他的掌心的温度是那样温暖，唐心看着他月光下的面容，只觉得整个人都呆了。夏云起抓着她的手左看右看，笑着拍拍她的头："放心，不会留疤的，你还是最漂亮的小姑娘。"

"会比刘舒雅漂亮吗？"唐心下意识问，然后恨不得掐死自己。她忙掩饰道："我不是那个意思……"

夏云起打断了她的话："唐心，你觉得舒雅是一个什么样的人？"

"我和她同学了很久，但毕竟也有十年没见面了，真的不好妄下评论。她上学的时候和现在，非常不一样。现在的她很自信，很开朗，是一个……很有魅力的女人。"

"是啊，确实如此。"夏云起看起来有些茫然。

"云起，我可以问你一个问题吗？"唐心鼓足了勇气说。

"什么？"

"你为什么喜欢刘舒雅？"

提起刘舒雅，夏云起的脸上不自觉带着最温柔的笑容："因为，我觉得我们是一类人。我们有着一样的爱好，都喜欢素食，喜欢运动，喜欢动物，喜欢旅行，甚至连喜欢的歌手和电影都一样。我从来没见过和我这样契合的人，我们甚至不用交流就知道对方在想什么。我想，这就是缘分吧。"

喜欢动物，喜欢素食？刘舒雅真的是这样的人吗？

唐心至今还记得放学后一帮女生去看小狗，只有刘舒雅远远站着不敢过去的场景，也记得食堂做红烧肉的时候她是多么欢欣鼓舞。上次吃饭过后，她也回去查了有关红酒的资料，却发现刘舒雅对红酒的品鉴全部是网上资料，几乎一字不差。她不敢肯定时间是不是真的会让一个人改变那么多，她低声说："可我也和你爱好一样，我也知道你在想什么，你为什么不喜欢我？"

"对不起，你说什么？"夏云起没听清。

唐心急忙笑着说："没什么。我只是很为你高兴。真的，能找到一个喜欢的人……太不容易了。"

"唐心，你是我最默契的红颜知己，我是多么感谢在我最需要你的时刻，你一直在我身边。去年公司出现财政危机的时候我险些就放弃了，是你一直鼓励我坚持，可以说没有你的话就没有我的今天。我们永远会是最好的朋友，真希望你也可以早点找到属于自己的幸福。"

好朋友……是啊，也仅仅是好朋友而已。

唐心心里难过到了极点，脸上却洋溢着笑容："好啦，别酸了。你怎么像个女人一样唠叨啊。"

"还有，谢谢你。"

"又谢我什么？"

"我想，我知道我爱舒雅的原因了。虽然我曾经迷茫过……不过现在已经没关系了。谢谢你！"

夏云起说着，用力拥抱了一下唐心，唐心呆呆地站着，最后苦笑出声。夏云起走后，她回味着他的笑颜和他话里话外的意思，不知道为什么心里有些激动。她几乎能肯定，他和刘舒雅之间的关系并没有以前那么好，他甚至对他们该不该结婚产生了怀疑。

是啊，他们在一起太仓促，夏云起根本没想好，他们也根本不相配！现在结婚时间已经推迟了，说不定他们再过几天就根本不想结婚了！说不定她还有机会！许愿池真是太灵验了！

唐心想着，只觉得精神大振。她站起身准备回房间，没想到一扭头就看到了刘舒雅苍白的脸，险些惊叫出声。她莫名心虚："舒雅，你来了？大晚上的你穿白衣服干吗，真是吓死我了。"

"呵，不做亏心事又怎么怕鬼敲门？我已经在这看了二十分钟了，还真是一场好戏。"

"你……你怎么不过来。"

"过来不就打扰你们了。"

月光下，穿着雪白裙子、披着头发的刘舒雅简直就好像聊斋里的女鬼，也让唐心不寒而栗。刘舒雅慢慢走到唐心面前，微微一笑："看到我们推迟了婚期，你很得意吧？我告诉你，你别得意太早，云起不会喜欢你这样的女人，他只会是我一个人的。"

"舒雅，你别胡说，我和他根本就……"

"我知道你喜欢他。"刘舒雅直直地看着她。

"我没……什么，你……你知道？你到底知道什么？"

"我知道你喜欢他喜欢到不能自拔。呵，看到你们一起吃饭时你的样子我就什么都明白了，你表现得那么明显，就差把喜欢他写在脸上。我想，云起也是知道的吧，可他还是选了我。有什么办法，谁让我比你有魅力，比你招人喜欢？"

"你既然知道，你为什么还要勾引他！我们不是朋友吗！"唐心愤怒地说。

"与其说是朋友，不如说是跟班更为合适吧。从小到大，老师的眼睛里只有你，提起我的时候就说是'唐心的小跟班'，他们甚至都不知道我的名字！你知道我的感受吗！无论是学习还是体育，我都是你的手下败将，为了让大家记住我，我苦练钢琴，打算在毕业典礼上大显身手，可你表演的也是钢琴！你就是想一辈子压着我，不让我出头！呵呵，你想不到风水会轮流转吧，你喜欢的男人被我抢走了，是不是很不甘心？可现在已经不是靠成绩说话的社会了。我漂亮、工作好、家世好，我注定要嫁入豪门，而你只会在社会底层。就算你工作得再好，你也是给别人打工的，你只能吃快餐住公寓，而我却能吃法国料理住别墅，这就是我们之间的差距。我有的，你永远有不了。"

刘舒雅说着，冷冷地看着唐心，唐心只觉得都要站不稳了。她过了很久，艰涩地问："所以你一直没把我当朋友，只是想报复我，夏云起就是你的报复对象？"

"我确实觉得他的条件很好，和我非常般配。再加上他是你喜欢的人，更给他加分。那么多年了，我终于能赢你了，你是什么感觉？"

"刘舒雅，你让我觉得恶心。"唐心说。

"呵，随你怎么说。婚纱的事情你我心知肚明，不过我已经预定了新的，这婚我结定了。我想，你会喜欢我给你准备的礼服的，班长。"

刘舒雅说着，故意撞了唐心一下，然后袅袅离开。看着她的背影，唐心心中的火焰也越烧越烈。她想，她输给谁都不能输给刘舒雅，而且赌注还是她最喜欢的男人。

"刘舒雅，等着瞧吧。谁输谁赢还不一定呢。"她紧紧握拳。

楚颜正在梦乡，被巨大的关门声吵醒，然后只觉得身上一凉，原来唐心一把掀开了她的被子。楚颜正要发火，唐心猛地朝她鞠躬："请教会我勾引男人的技术，老师！"

"你说什么啊，你脑子摔坏了吧。"楚颜好像看神经病那样看着她。

"楚颜姐，我知道你在大学期间就是校花，从小到大追求者就没断过，你肯定有自己的独门秘籍！教教我好吗？"

"你真是发烧了，快跳到游泳池里清凉下。"

"你不答应我就死给你看。"

唐心破釜沉舟地说，顺手拿起电视机遥控器对准自己的手腕。而楚颜笑了，她凉凉地说："那个死不了人，要死的话把头冲着桌角撞去。那血啊，'咻'的一下就飞出来了，脑浆子溅一地，那才叫壮观。"

唐心沉默……

"说吧，你到底受什么刺激了，非要抢回夏云起？"

"刘舒雅是故意报复我。"

唐心把刘舒雅说的话原原本本向楚颜说了，等待着她和自己一起同仇敌忾地咒骂刘舒雅，楚颜却笑了："想不到你小时候也挺遭人恨。"

"请问你这个'也'字是什么意思……不，重点不在这里！我自认为对她不错，有好处都想着她，可她挖空心思撬我墙脚算怎么回事！我怎么会认识这样的人！"

"汝之蜜糖，彼之砒霜，你不是她，你怎么会知道她的想法。其实我倒是理解她——她怕是一直被你压一头，年少时期一直郁郁不得志，现在终于找到了机会报复，当然要扬眉吐气。说真的，你和夏云起在一起那么久都没发生什么，你就不会自己反省一下吗？"

"我只是矜持……"

"矜持不等于冷漠，这句话我早告诉过你了。"

"可现在改变应该还不会太晚。教我吧，楚颜！我不会再端着，也不会沉迷过去的成就，我只是一个想找到爱人的普通女人！教我吧！"

看着唐心绝望的面容，楚颜摇头："抱歉，这个我真的帮不了你。最了解夏云起和刘舒雅的人是你，能想出办法的人也只有你。"

"最了解他们的人是我……"

是啊，我认识刘舒雅十年，认识夏云起三年，我当然了解他们。既然……既然知道夏云起喜欢的是像刘舒雅一样的女人，那我变成她不就好了？只要努力，说不定他们的婚礼会改由我做主角，我还能在第33场婚礼前嫁给最喜欢的男人！

唐心想着，只觉得豁然开朗。她一把抱住楚颜："谢谢你！"

"你到底想到什么了？"

"胜利的方法。"唐心自信满满地说。

第二天一早，唐心就听说刘舒雅和夏云起要去米兰重新定制礼服，到傍晚才回来。想到他们到底还是没取消婚礼，唐心心里很不是滋味，但她只能装作什么事都没发生的样子，和楚颜一起去采购结婚用品。忙碌了一天后，她正准备休息，见楚颜开始梳妆打扮，好奇地问："你一会儿有什么活动吗？"

"今天泳池边有酒会，是度假村的例行活动。"

"刘舒雅和夏云起会去吗？"

"应该会去。"

"我也要去。"

唐心急忙从床上起身，开始找合适的衣服。楚颜好奇地问："你以前一向最不喜欢这种活动。"

"人总是会改变的。楚颜，你帮我化妆好吗？"

唐心自知她的化妆技术不好，央求让楚颜替她打扮，楚颜爽快答应。楚颜按照唐心的要求，把她的头发用卷发棒夹卷，在她脸上慢慢涂抹着化妆品，非常用心，好像一直要化到世界末日似的。唐心平日里装扮都是雷厉风行，化妆更是只要五分钟，早就耐不住性子了，不住催促楚颜，但被楚颜严厉制止。后来，唐心居然在不知不觉中睡着了，而她睁开眼睛的时候愣住了。

她觉得镜子里的那个人根本不是自己。

合适的粉底液把她因为熬夜而有些泛黄的肌肤装饰得洁白细腻，亮色的眼影强化了眼部轮廓，让人忽视了眼下的黑眼圈，而粉红色的唇彩更是为她增添了性感的诱惑。她看着镜子里的那个陌生女人，总觉得自己好像突然变成了自己最讨厌的那类人，心里说不出是什么滋味。她习惯性想选黑色的长裙，但想到刘舒雅的穿衣风格，还是咬牙选择了红色的斜肩短裙。唐心没想到自己短短几天时间又胖了一点，深吸一口气，再三努力，终于把自己塞进了其实要比自己小一码的裙子里。楚颜问她感觉怎么样，她僵硬地说："好极了。"

除了几乎无法呼吸外。

"那我们走吧。"楚颜默默地看着她。

穿上十厘米的高跟鞋，唐心觉得自己几乎不会走路了，不合身的礼服更是让她连呼吸都困难。她原来还担心自己穿得太夸张，当看到穿着长礼服，戴着耀眼钻石的阔太太们时，终于舒了一口气。这样的场合，楚颜一向是如鱼得水，很快收获了不少男子的青睐，而唐心因为礼服太紧说不出话，所以就保持沉默，但反而被这些热情的老外认定是"东方美"，深受欢迎。唐心真的从没想到自己还会有被男人搭讪的一天——不是为了卖保险，不是为了卖安利，更不是为了去免费体验美容，而是切切实实地爱慕与搭讪。

这样的感觉真是不坏。

在男人的恭维声中，唐心慢慢由一开始的僵硬变成游刃有余，忘记了装扮的不适，也开始享受这样的夜晚。她是那么期待夏云起的到来，让他看到自己的另外一面。所以，当看到夏云起的身影时，她眼前一亮，但很快就失望了——刘舒雅正牢牢挽着夏云起的臂弯，宣告着自己的所有权。夏云起还是第一次见到盛装的唐心，赞叹地说："唐心，你今天晚上真漂亮。"

要是以前，唐心肯定会装作没听到，但这次她没有这么做。她低下头，然后抬起来，微笑着说："谢谢，你、你可是一如既往的帅。"

夏云起笑了，还想说什么，刘舒雅有点不高兴："云起，那边是度假村的老板，我们去打声招呼吧。"

"抱歉，我们一会再聊。"夏云起看着唐心，意犹未尽地说。

呆呆地看着夏云起和刘舒雅一起离开的背影，唐心有种一拳打空的失落，有些怅然，但她很快又满血复活。她想起刘舒雅故意把酒洒在夏云起身上的场景，冷静地对楚颜说："一会儿我会走到夏云起身边，装作不小心把红酒洒在他身上，顺便进行肢体接触。然后我会把他带到洗手间，借着给他擦拭衣服的机会调情，在他耳边轻声说我晚上是一个人睡。最后，他会不动声色地回到刘舒雅身边，晚上为了我辗转难眠，最后在矛盾和纠结中来敲响我的房门。"

楚颜吃惊地看着她："虽然你企图让我今天晚上不在房间是不可能的事情，但我不得不承认这主意很棒。是你自己想出来的吗？"

"事实上，我曾见刘舒雅这样做过。她能行的我当然也能行，祝我好运吧楚颜。"

唐心拿着红酒，深吸一口气，朝夏云起方向走去。她好像上战场的战士一样走得虎虎生风，满眼都是夏云起，根本没注意到有只蜻蜓飞到了自己胸口。这时，张杰叫住了她："唐心，你等等。"

唐心看到张杰，突然觉得手上有些沉，醒悟到自己还拿着手包，待会儿调情起来会有些不方便。她对他抛个媚眼，学着刘舒雅的样子娇滴滴地说："这包好沉啊，你帮我拿一下好吗？"

她以为按照她今天的打扮张杰一定会点头答应，最差的结局就是摇头拒绝，没想到张杰说："唐心，你的胸口有个好大的虫子。"

我靠，这是什么神展开！

唐心下意识低下头，果然看到了一只蜻蜓停在自己胸口，尖叫了起来——她最怕的就是虫子！手上的红酒早就洒到了一旁的无辜宾客身上，张杰和顾邵松都没想到她反应那么剧烈，一下子呆住了，而唐心一边跳脚一边求救，简直是声嘶力竭。

顾邵松很快意识到唐心不是故意惹人怜爱，而是真的非常害怕虫子，欣赏了一会唐心的窘态，难得做好事，走上前去帮她捉虫，没想到蜻蜓又朝唐心的胸口里飞了一点。当顾邵松好不容易解开唐心的礼服，释放蜻蜓的时候，才发现所有人正目瞪口呆地看着他们二人的"激情戏"。

"不是这样的……"唐心忙说。

要是被大家误会她和这个男人有什么关系的话，她真的要自杀来证明清白！六月飞雪你快来啊！

"今天天气真好。"

"是啊，太阳真圆啊。"

……

察觉到唐心如同哈士奇一样仇恨地写满了"谁说出去我就杀人灭口"的目光后，众人非常贴心地装作什么都没看到，齐刷刷地继续交谈，其欲盖弥彰程度让唐心真是欲哭无泪。

这时，张杰拎着一大瓶杀虫剂冲了过来，大吼道："唐心别怕，我来了！"他没收住脚，把唐心一下子撞到了游泳池里。

在微波荡漾中，落入水中的唐心看着岸上的顾邵松。她发现他的腿真是出奇地修长，白色的 T 恤很简单，却很好地勾勒出他健壮的身材。他的容貌不是阴柔的美，下巴坚毅，非常有男人味，简直是传说中用蜂蜜、阳光和海水混合而成的男人。这样的男人，和夏云起是那么不一样……她一见到他就会倒霉……呵，都已经掉到水里了，还会有更倒霉的事情吗？

唐心自我解嘲，但显然把事情想简单了——她忘记了更大的"闯祸精"张杰。为了弥补自己犯下的错误，张杰急忙拿了一个小鸭子救生圈就跳了下去，反而一脚正踩在了唐心的胸口上。唐心大惊失色下张大了嘴巴，然后顿时吸了一大口水。她的鼻腔、口腔被水所充斥，身体偏偏被张杰踩得不能动弹，只能拼命挣扎。她这时终于真切体会到穿不合身的衣服的坏处——不仅勒人，而且害命！

放开我……她用眼神控诉着张杰。

"不要怕，我来救你！"张杰拍着胸脯说。

为了潜入水底，张杰甚至不顾自己的安危把救生圈丢在一边，却没想到自己的身体胖，浮力大，怎么也沉不到水底。为了怕唐心"漂走"，他用力踩住了唐心的手腕，而唐心真的觉得自己就要淹死在这里了。

没死于空难，反而死在游泳池里，还真是一个笑话！我死后夏云起会伤心吗？会吗……

就在唐心都开始回忆往事的时候，顾邵松跳入水中。

波光粼粼的泳池里，顾邵松朝唐心游来，而唐心只是呆呆地看着他。在顾邵松抓住她手腕的时候，她闭上了眼睛。她装作溺水的样子，任由他把她费力地拉上岸，因为她实在不想面对众人或真诚或嘲讽的眼神，更不想自己丢脸的样子再一次被夏云起看到。

"唐心，你没事吧。"

"唐心！"

夏云起和刘舒雅都围在唐心面前。唐心闭着眼睛，想象着夏云起焦急的面容，知道他是关心自己的，简直有种控制不住的快乐。夏云起的手在她鼻下试探着她的呼吸，打算给她做人工呼吸，唐心的心顿时跳得飞快。她是多么想和夏云起有一次亲密接触，但刘舒雅却一脚重重踩在她的手指上，口中说："云起，还是喊救生员来吧，你又不是专业的。"

夏云起的声音有些不高兴："舒雅，唐心她危在旦夕，你怎么能这么说？"

"是吗……"

刘舒雅的脚在唐心手上不断用力摩擦，唐心真的恨不得跳起来对准她的鼻子就是一拳！她用邱少云的意志武装自己，极力忍耐着钻心的疼痛，一滴泪水也终于忍不住滚落。这时，张杰等得不耐烦了，表示自己非常擅长人工呼吸，就要凑上去，唐心只好不动声色地悄悄往旁边移——她真的怕再被他残害一遍！她心里暗暗祈祷不远处的救生员听到她内心的呼唤，却没想到顾邵松一把推开张杰，一手捏住她的鼻子，一手捏开她的嘴，对准她的口腔就呼起气来。

唇齿交缠。

顾邵松的口中有淡淡的薄荷香气，他的唇是意想不到的柔软。唐心觉得自己简直忘记了应该要怎么呼吸，就要溺死在这个亲吻里。不知道过了多久，顾邵松才松手，而她急忙装作刚清醒的样子，悠悠地说："我没死吗？"

"唐心，你没死，真是太好了！不然我肯定会自杀和你殉情！"张杰一把搂住了她。

"张杰……"

"不要太感动，我对朋友就是这么仗义！"

"你就要勒死我了……"

唐心觉得这次自己真要货真价实地昏了过去。

第四章　你是我不能说的秘密

　　大难不死的唐心原以为自己会受到关怀与慰问，但大家好像都遗忘了昨天有个美丽聪慧温柔大方的女孩险些死去的事实，和什么事情都没发生一样谈笑风生。更悲哀的是，夏云起和刘舒雅一点都没有要分手的意向，反而更加热衷于"秀恩爱"。

　　吃饭的时候，夏云起给刘舒雅夹菜，他们吃着吃着就亲吻到了一起；聊天的时候，夏云起和刘舒雅相视而笑，他们聊着聊着就亲吻到了一起；在商量婚礼细节的时候，他们又心有灵犀，说着说着就亲吻到了一起……

　　唐心当然知道这一切都是刘舒雅不动声色地反击，她觉得再在这样的氛围里待着，她一定会发疯或者会做出有损中意友谊的事，为了祖国她决定牺牲自己。于是，她找了个借口出门，开始了一个人的孤单旅行。

　　唐心按照笔记所写，租了一辆自行车，一个人去了罗马斗兽场、万神殿、古罗马广场，对着相机孤零零自拍，最后来到的是鼎鼎大名的《罗马假日》中的西班牙广场。学那个公主一样买个冰淇淋坐在台阶上，唐心看着来来往往的行人，心中一片凄凉。

　　意大利是很美，美得超出了她的想象，但即使身处最向往的地方，她一个人无论做什么事情都是那样无趣。比起景色来，她更关心夏云起和刘舒雅的互动，期盼着他们争吵，希望他们分手……

可她也清楚知道，一切的希望都只是希望，她想要解决这件事必须付诸行动。夏云起口中的刘舒雅和她记忆中的刘舒雅根本不是一个人，这也许会是事情的突破口。她仔细回想见面至今刘舒雅的所作所为，总觉得有什么不对劲，但怎么也想不起到底是哪里出了问题。她想到头痛欲裂，轻轻一叹，捂住了脸颊。

就好像公主注定不会和记者在一起一样，她和夏云起的爱情也是晦涩不明。她曾经多么想和夏云起一起来这里，让他带着她骑单车，一起吃冰淇淋，但这样好像成为了一种奢望。她只能一个人走路、一个人骑车、一个人拍照……甚至一个人孤独到老。

多么可悲。

唐心想着，突然看到一朵玫瑰掉在了自己身边，下意识捡起，正好和一对老夫妻视线相对。她把玫瑰还给老太太，老太太别扭地用英文说"谢谢"，唐心也和她用英文吃力地交谈，到后来忍不住说："靠，英文不好真费劲。"

"是啊，英语太难学了！"老太太一拍大腿说。

"啊？我以为你们是日本人……"

"我也以为你是韩国人啊！真是老糊涂了，韩国人哪有你这样的大双眼皮啊！"

唐心没想到居然会在国外遇到本国人，别提多高兴了。和老夫妻交谈间，她知道他们是来意大利庆祝银婚的，他们现在都已经是70岁高龄。唐心没想到他们这样的年纪还有这么浪漫的举动，羡慕地说："阿姨，叔叔对你可真好。"

"有啥好不好的，不就是过日子吗！"老太太羞涩地说。

"话可不能这么说，有多少年轻人都不会带老婆来意大利度蜜月啊！阿姨，我真是羡慕你。"

“丫头，你们要在这里待多久？”

“大概还要待十天吧。”

“你们是来玩的吗？”

“不，是参加婚礼——我最好的朋友的婚礼。”

唐心的声音越来越低，她觉得失落感险些把自己压死。她不敢让老夫妻看出自己心思，忙欢快地说：“阿姨、叔叔，我帮你们拍个合影吧！”

“那谢谢姑娘你了！”

唐心非常有耐心地帮他们拍了不少合照，记录下他们的笑颜，自己也有说不出的满足感。老先生问唐心的冰淇淋是在哪里买的，然后他也去买了，老太太就在一边笑话他年纪大了，牙齿都没了还那么嘴馋。她们都没想到老先生把冰淇淋给了老太太，语气不好地说：“你老闹着要学电影吃什么冰淇淋，我买了你还不吃！”

老太太愣住了：“我二十年前说的话你怎么还记得啊！这甜兮兮的东西我现在怎么能吃啊！”

“反正我任务完了，随你吃不吃。”

老先生老羞成怒，走到一边，而老太太笑了。她对唐心轻声说：“这老头，总是这么健忘。他都不记得医生说我不能吃冰的东西了。”

“啊，他怎么这样。”唐心立马说，觉得老先生实在太不会疼老婆了。

“他得了健忘症，有时候自己叫什么都能忘记，也会忘记子女——可他总是记得我。他记得我喜欢吃什么，喜欢穿什么，会偷偷买给我，也不管我现在已经是多大年纪。这次旅行可能是我们最后一次出门了……就因为我以前说想去罗马，他就死活要带我来，记性不好还记得每天闹一场。他啊……”

唐心顿时为自己方才的想法而羞愧万分。她看着在一旁偷偷看老太太的老先生，觉得自己几近落泪。老太太笑着说："这冰淇淋虽然不能吃，但我能想象它的味道，这一趟也算没白来。姑娘，真是谢谢你帮我们拍照。其实这人生啊，都是有定数的，坏事过去后好事就来了。生活从来不会刻意亏欠谁，它给了你一块阴影，必会在不远的地方撒下阳光，不是吗？"

唐心顺着老太太的话看着远方，果然在阴影下看到了一缕阳光，只觉得心中的阴暗被一扫而空，豁然开朗。她揉揉头发，笑着说："是啊，坏事过去就都是好事，阿姨你的好福气还在后面呢。"

"承蒙吉言。姑娘，再见啦，有机会来北京找我玩，我请你吃烤鸭。"

老太太冲唐心挥手，和老先生一起离开。唐心默默地看着他们离去的背影，没想到老先生突然转身回来。她以为他忘记了什么东西，没想到他把玫瑰花递给了唐心。

这是她收到的最美的花。

唐心笑着道谢，眼睛已经开始湿润。她看着他们二人手牵手、被夕阳拉得长长的背影，长舒一口气，觉得自己到底还是太年轻，太急躁了。

她要的并不是夏云起突然爱上她，而是和老夫妻一样细水长流的爱情。比起活在浪漫之中的公主，她更希望做一个时时刻刻被丈夫记在心里的妻子。正如老太太所说，人这一辈子的福气是有定数的，坏事过了，好事就来了。

所以，她并不能着急。

一切，都慢慢来吧。

唐心回到宾馆的时候已经很平静了，看到刘舒雅对夏云起撒娇时也有一种看秋后蚂蚱怎么垂死挣扎的感觉，并没有太多想法。傍晚吃饭的时候，顾邵松提议去酒吧，所有人都积极响应。唐心虽然很不喜欢酒吧这种地方，但又不想让夏云起和刘舒雅感情进展得越来越快，只能腆着脸跟了上去。她换上了彰显身材的 T 恤和热裤，觉得自己看起来真是青春又魅力，信心十足。可是，当她看清楚刘舒雅的穿着时，忍不住在心里骂了一句"贱人"。

刘舒雅实在是太有心计了。

她穿着中式盘扣上装与短裙，头发挽起，露出了一双雪白的长腿，充满了东方魅力，在满是外国人的酒吧里是最显眼的存在，即使是唐心都忍不住多看几眼。察觉到男人们炙热的目光后，夏云起警惕地保护着刘舒雅，一点不关心唐心冷不冷热不热，又或者为什么一口酒都没喝。唐心看着夏云起小心翼翼的样子，不厚道地想起来护着小鸡的母鸡，忍不住笑了起来，然后叹气。

"唉。"唐心叹气。

"唉！"她放大了声音。

"唉！"

当她终于忍不住到楚颜耳边叹息的时候，楚颜被她打败了。她摘下转动酒杯，无奈地说："你到底想怎么样？"

"我被人推到泳池里，浑身湿哒哒的，妆都花了……夏云起肯定觉得我是个傻子！他肯定会讨厌死我了，怎么办！"

"都是昨天晚上的事情了，你能从昨天晚上唠叨到今天晚上不停歇，我真是服了你。这样吧，你把他也推下去扯平不就好了。"

"楚颜，我认真问你呢。"

"你过去点，脸太大，遮到我的视线了。"楚颜看着台上的俊男，认真说。

"讨厌！"

不知道为什么，喧嚣的酒吧让唐心更加落寞。不管周围发生了什么事,她的眼睛里都只有夏云起。夏云起注意到唐心在看他,走过来问她想喝什么酒,唐心下意识地摇头拒绝。

夏云起走后,楚颜怒其不争:"你该说你想喝最劲爆的龙舌兰,暗示你有男人一般的野性和激情。然后你装作喝醉倒在他的怀里,然后接吻,再然后顺利滚床单。第二天早晨,你亲吻他的额头,轻声说我爱你。"

"很好的主意——但现在已经太迟了!我怎么就没集中注意力,会说出这么弱智的话!"唐心郁闷极了。

"要不要再去试试?"

"好!"唐心下定决心。

她鼓足勇气,拿着酒杯朝夏云起走去。她在心中练习着一会儿要说的话,而刘舒雅察觉到唐心的目光,眼珠一转说:"云起,我们去舞池跳舞吧。"

"这……"

"去嘛,不要像老头子一样啦。"

于是,唐心脸上的笑容顿时僵住,眼睁睁看着刘舒雅撒娇地把夏云起拖下舞池。此时的音乐变成了迷离舒缓的,刘舒雅围着夏云起跳起了贴面舞,唐心真是恨不得捏碎酒杯。而这时,张杰早就借着酒意开始向楚颜搭讪。

"嘿,美女,你身上的香水味很好闻,是什么牌子?"

"抱歉,不记得了。"楚颜冷冷地说。

张杰没想到顾邵松教他的开场白一下子就被堵了回来,接下去的台词都不知道该怎么开展。他只好说:"年纪大的女人都会记性差,没关系没关系。"

他觉得自己用科学依据安慰了楚颜,但楚颜白了他一眼就不再理他,也不知道是生气了还是害羞了。张杰缠着楚颜说话,只有顾邵松饶有兴趣地看着唐心、夏云起、刘舒雅之间的暗涌，他在唐心耳边说："昨天你是装晕的吧？"

"你怎么不说我掉进游泳池也是和张杰商量好的？"唐心没好气地问。

"你上小学五年级的时候可是拿了全校的游泳冠军，甚至在泳池里扒下了亚军的裤子。"

……

唐心真的没想到自己把这种细节都告诉了顾邵松，顿时羞愧了起来，但只能死撑："哪有的事情，不要乱说啦。你可别说什么你是我的救命恩人啊，你是救了我，但你的好兄弟险些踩死我，所以你们扯平了。"

"呵，你还真是牙尖嘴利不肯吃一点亏。这样吧，你喝一杯酒就算谢我了，怎么样？"

唐心见那酒是鸡尾酒，撇嘴道："抱歉，我酒精过敏。"

"你是会抽搐呢还是会起疹子，我还真是好奇。喝一杯给我看看，然后我保证把你送医院怎么样？"

"那你死一个给我看看，然后我保证给你坟前送花，还烧给你两个大明星怎么样？"

"不用那么奢华，烧个你就行了。"

"那怎么好意思，你真是太客气了，我一定会每年都带着你的红颜知己们去你坟头看你。"

唐心和顾邵松唇枪舌战，但视线一直没离开过夏云起，看到他和刘舒雅额头贴着额头，轻声交谈的样子，真是苦涩难言。她抓起桌上的冰镇果汁猛灌，不知道为什么，觉得眼前有些迷离。她笑嘻嘻地看着楚颜，把头依偎在她的肩膀上，楚颜诧异地问："你怎么喝了顾邵松的鸡尾酒？"

拿错酒杯了吗？居然喝了鸡尾酒？

唐心呆呆地看着面前大小形状和自己记忆中截然不同的杯子，再看着顾邵松得意的笑脸，瞬间明白了是怎么回事。她心知就要糟糕，但身体还是控制不住亢奋。她想瞪顾邵松一眼，那眼神居然和媚眼没多少差别。她眼睁睁地看着自己的手又不受控制去拿酒杯，更加不受控制一口干了，大声说："就这么点怎么够啊，再来几箱！"

"唐心，你醉了。"张杰害怕地说。

"胡说，你姐姐我才不会醉！张嘴，姐姐给你好吃的，啊！"

唐心好像调戏小姑娘的恶霸一样，生生把酒灌在了张杰嘴里，备受侮辱的张杰就躲到角落里去双臂环胸哭泣。顾邵松终于信了这个世界上真的有人喝鸡尾酒就会醉，看到唐心撒酒疯的样子隐隐有些后悔。唐心一直闹着要登台唱歌给大家听，被楚颜生生拽住，但当她看到夏云起时，楚颜也终于管不住她了。唐心看着和刘舒雅跳贴面舞的夏云起，再看着刘舒雅挑衅的眼神，轻声说："原来他喜欢的是会跳舞的女人。"

"你到底想做什么？"

"我要他喜欢我。"

唐心说着，好像箭一样消失不见，留下楚颜和顾邵松面面相觑。顾邵松笑嘻嘻地说："看来会有好戏看了。"

楚颜狠狠瞪了他一眼，然后满场找唐心，却一无所获。她不知道，此时的唐心已经到了后台，踉跄打开一个黑色皮箱，随手抓了一件类似舞衣的衣服就换上了。当妩媚妖娆的中东音乐响起时，一个穿着金色胸衣、戴着面纱的舞娘也在音乐声中出场。她的身体好像蛇一样灵活，她的眼睛是那样勾魂，全场一下子安静了下来，甚至夏云起也饶有意味地眯着眼睛看着那个舞娘，不知道为什么觉得她有些熟悉。

音乐中，唐心在享受舞蹈。

没有人知道，白天总是女强人装扮，强势又有些古板的唐心每天晚上都会去上肚皮舞课，在音乐中释放她的激情。三年的时间让她成为一名出色的肚皮舞娘，甚至有人找她去兼职教课，但她觉得影响形象没有答应。她没想到自己的秘密会在这样的场合暴露，但夏云起惊艳的眼神是对她的最好嘉奖。

爱上我吧，夏云起！爱上我！

唐心的身姿印在了每一个人的眼中，夏云起的目光也变得迷离——他真的没想到那人居然是唐心，更没想到唐心还有这样一面。他甚至觉得心跳如鼓，都忘记是什么时候松开刘舒雅的手。刘舒雅怨恨地看着唐心，而唐心突然发现自己是那么享受这样的感觉。

酒精、音乐、迷离的灯光、人们的欢呼、肆意的放纵……这样的生活，这样的主角地位，应该是属于刘舒雅的，而今天却属于她了。做刘舒雅，真的没她想象的那么难，她做得很好，不是吗？

唐心想着，学着刘舒雅刚才的样子，挑衅地对她挑眉，果然见到了刘舒雅难看的脸色，心里别提有多畅快了。下台的时候，她装作不小心扭到脚的样子跌到了夏云起的怀里，夏云起一把扶住了她。他的眼神，是她从没见过的深情："唐心，没事吧。"

"没事。云起，我想告诉你，你今天真帅。"唐心在他耳边笑盈盈地说。

昏暗的灯光中，夏云起的脸好像有些发红，唐心的笑容也是那样灿烂。刘舒雅终于忍不住了，扭头就走，而夏云起这次并没有追上去，只是为她的阴晴不定觉得困惑不已。唐心拉住夏云起的衣袖，和他轻声交谈，耳鬓厮磨间突然觉得胃里翻涌，连说话的时间都没有就朝洗手间冲去。她进去后疯狂呕吐，疲惫地洗漱，觉得意识终于清醒了一些。她几乎不敢相信自己刚才做了那么疯狂的事情，捂住了脸，却无声地笑了起来。

唐心，你终于做到了！你做到了！夏云起早晚是你的！

唐心心情很好，摇摇晃晃走着，几乎是哼着歌走出洗手间。她突然在不远处看到刘舒雅和顾邵松站在一起，忍不住好奇地走了过去。然后，她好像听到了一些不该听的话。

"我真是没想到唐心居然会去勾引云起！她怎么这么不要脸！"刘舒雅愤恨地说。

"你不找她当伴娘炫耀的话，这一切都不会发生，你也该反省下自己的险恶用心吧。"顾邵松笑着说。

"邵松，你为什么要对我这么冷淡？我真的会难过。"刘舒雅低声说。

她低头难过的样子简直能打动一切铁石心肠的人，但那人显然不包括顾邵松。顾邵松嘲讽地说："你难过和我有什么关系？"

"我……我知道我对不起你，但我不得不考虑我的父母。他们的年纪大了，需要一个稳定的保障。"

"所以你就选了你的金主夏云起。既然这样，你为什么又来纠缠我？"

什么？

唐心目瞪口呆地看着他们，身体因为知道了这个惊天大新闻而激动颤抖。她想，她终于抓住刘舒雅的小辫子了！

天啊，刘舒雅居然和顾邵松有一段情！呵，这下我倒要看看她要怎么在夏云起面前装小白兔！这婚他们肯定结不成！

唐心想着，转身就走，没想到一不小心撞翻了椅子，也被顾邵松的目光捉个正着。唐心反而有着一种被捉奸在床的尴尬，故意让自己强硬地和顾邵松对视，然后眼睁睁看着顾邵松走了过来。她忍不住后退一步，警惕地说："我喝醉了，我什么都没听到。"

"你怕我杀人灭口？"

顾邵松危险逼近，而唐心步步后退。她的后背一直贴到了冰凉的墙壁才清醒过来。她迷离地看着远方，睁大了眼睛开始编瞎话："怎么会有人拿着枪站在那？好可怕啊！"

"你以为我会信你？"

顾邵松嘴上这么说，却忍不住回头看，再次扭过头来的时候发现唐心已经不见了踪影，只是留下了一缕轻烟。顾邵松看了一眼脸色苍白的刘舒雅，笑道："你也知道害怕？"

"她……"

"放心，她不会告诉你的未婚夫。"

"你怎么知道？"刘舒雅不信。

顾邵松只是看着远方，没有回答。

此时，躲在角落里的拿枪的男子开始打电话，用意大利语说："老大，她跑了……是的，她看到我了，看来是专业的……你放心，我一定会把她抓住，让胆敢和我们作对的家伙都看到我们的手段！"

"告诉夏云起、不告诉夏云起；告诉夏云起、不告诉夏云起……不告诉夏云起……"

唐心实在无法决定到底要不要把这个秘密告诉夏云起，干脆揪了一朵花来数花瓣，打算听从上天的安排。倒数第二片花瓣告诉她不要告诉夏云起，所以她颤抖着手对最后一片花瓣说："答案是坚决不告诉夏云起吗……上天，你为什么这么对我！为什么！"

唐心张开双臂悲愤地质问上天，然后在瞬间恢复了情绪："那好吧，既然你们都这么说了，我就为那个小贱人保密吧。"

唐心犹豫很久，但她最后还是放弃用这种方式赢得夏云起，因为她实在不想看到夏云起难过的样子——再加上这个秘密毕竟都是过去的事情了，可能只让他们吵架，还不如先忍耐，等待合适的时机一击即中。比起这样的桃色新闻来，更重要的是抓住刘舒雅为人处世上的小辫子！她真是太聪慧了！

唐心被自己伟大的情怀感动，又无法得到大家的赞美，心里如同百爪挠心。她简直恨不得精分出另外一个自己来，拍着她的肩膀说："唐心，你真牛！"而一想起昨天晚上的经历，她就觉得刺激非常。

要不是看到昨天晚上被她带回家的那件胸衣和舞裙，她真的没想到自己居然有那么大勇气当众跳舞，还和夏云起调情，现在回味起来真是有些不敢置信——都怪该死的顾邵松骗她喝鸡尾酒，他明知道她一喝这个就会撒酒疯的嘛！不过，这样也算是无心插柳，在夏云起心里留下深刻印象了。

唐心看着面前镶嵌着华丽人造宝石，漂亮风骚到了极点的胸衣和舞裙，忍不住伸出手，留恋地摸着胸衣上最大的那颗水钻，脑海中幻想着夏云起疯狂爱上自己，残忍抛弃刘舒雅的场景，忍不住笑了起来。她把胸衣和舞裙放在了行李箱里，想等有空的时候就去归还。当她穿着晚礼服，盛装打扮去吃早餐时发现夏云起和刘舒雅不在，问了楚颜，楚颜淡淡地说："他们去逛罗马了，今天一早就走了。"

"怎么不事先说一声，真是太没素质了，害得我还化了妆。"

唐心没想到幻想根本没成为现实，非常郁闷。她低头看着自己新买的礼服，觉得自己提早起床梳洗打扮实在是太亏了。她看着不远处对她抛媚眼的张杰，更是觉得她简直浪费了难得的美貌，给这样的人欣赏太过可惜。她忍耐了一会儿，实在受不了张杰奇怪的表情，低声问："他怎么会对我抛媚眼，不会是爱上我了吧。"

"给你。"楚颜把粉饼盒递给她。

"干吗？"

"让你照照镜子，回到现实。"

"讨厌！"

"你真不记得了？"

"我不记得什么啊？"唐心觉得自己特无辜。

楚颜上下打量她，然后笑道："张杰昨天喝醉了倒在地上，你跑过去的时候踩到了他的关键部位，我好像都听到了什么东西断裂的声音。后来我眼睁睁地看着他爬回了车上。"

"不是吧！我好像是踩了什么东西，但我以为那是饮料罐啊！真的是他……"

唐心面露不忍地看着张杰，觉得他的表情完美演绎了什么叫"蛋疼"，也心虚了起来。她拿着饮料过去向张杰道歉，干巴巴地说："昨天，那个，对不起啊。你，咳，你亲戚还好吧？"

"掉了。"张杰说。

"啊？"唐心大吃一惊。

他不会让我嫁给他来弥补缺憾吧！唐心警惕地想，瞬间抓住了刀叉，随时做好了杀人灭口的准备。

"你的花要掉了。"

唐心摸摸鬓角，发现新摘的蔷薇花摇摇欲坠，急忙取下花朵。张杰安抚她说："唐心，我知道你不是故意的，我不会怪你。我已经去看过医生了，医生说没太大问题，只是走路、睡觉都要小心。"

"呵呵，那你在这里好好休息嘛，这几天就不要出门了。"

"我倒也想，可机票是后天去西西里岛。今天，我要和邵松去威尼斯接云起的爸妈，你也要去威尼斯请摄影师参加婚礼啊。"

"啊？我怎么不知道？什么时候的事情？"

唐心没想到事情会有这样的变化，更没想到会和夏云起的父母在异国他乡见面。这……是不是见家长？好害羞啊！进展真的好快！

"唐心，你的脸怎么红了？"

"没有啊。"唐心忙说。她叫来楚颜问到底怎么回事，楚颜面无表情地看着她："我昨天晚上和你说过了，你还一直点头，你都忘了吗？"

"我昨天喝醉了，喝醉的话怎么能当真嘛！这个刘舒雅也真是的，什么事情都让我们做，还真当自己是甩手掌柜了！"

"你还没习惯吗？"

唐心无奈地说："是啊，早就该习惯了。什么时候出发？"

这时，顾邵松拿着行李箱走了过来，拍她的肩膀道："走了，车在等我们了。"

"啊？你怎么不出发前一分钟再通知我！"

"抱歉。"顾邵松看着手表，等了一会说，"走了，车在等我们了。"

"我去！"唐心真是被气得不行。

"知道你要去。走吧。"顾邵松故意曲解了她的意思。

去见夏云起父母当然是个好差事，但是要和顾邵松在一起的话，那就好像瞎子面前有个跳脱衣舞的裸女一样——一半是欢喜，一半是忧伤。她终于承认自己被打败了，回房间收拾行李，坐上了前往威尼斯的列车，已经把归还衣服的事情忘得一干二净。她还是第一次在欧洲坐火车，对窗外的景色非常好奇，托着腮看着风景一点点后退，觉得怎么都看不够似的。

意大利，我真的来了。她在心里默默说。

其实，唐心到现在也无法相信自己居然就到了向往已久的地方，要去的更是向往已久的城市。回忆起夏云起温柔的眼神，她的心变得很软很软，唇角也带了不自觉的微笑。张杰要参观火车，神神叨叨地离开了包厢，而顾邵松丢给她一瓶水，正中她脑门。唐心愤怒地瞪他，然后很没节操地喝了水，继续想着心事。

顾邵松问："在想夏云起？"

"别胡说。"

"你满脸都写着见到他就要把他生吞活剥了，不信你照照镜子。"

唐心刚想去包里拿镜子，然后反应过来，义正言辞地说："顾邵松，你别那么幼稚，我可不像你那么傻。反正现在只有我们两个人，我们打开窗子说亮话怎么样？"

"好啊。"顾邵松一边说，一边把窗户打开了。

唐心顿了顿，单刀直入："你和刘舒雅之前谈过恋爱。"

"那又怎么样。"

"她嫌贫爱富把你甩了，实在是太过分。邵松，我是站在你这边的。"

唐心拿出了谈判时的好口才，轻轻握住了顾邵松的手，表情极其真挚。

顾邵松毫不留情地把手抽了出来："所以？"

"邵松，真的甘心就这样被女人抛弃吗？你的自尊心没有在哭喊着要得到应有的尊重吗？我们是同一战线的战友啊！"

"所以？"

"所以，一起和我进行对刘舒雅的复仇计划吧。我帮你，你也帮我，怎么样？"

"你让我帮你勾引夏云起？"

唐心故作羞辱状："这怎么是勾引，这是救他逃离苦海！你也是云起的好哥们，不希望他被蒙骗，步入痛苦的婚姻吧。"

"那你还真想错了。他过得好不好和我没关系，他要是过得痛苦我还能找机会嘲讽他，对我的生活来说是一味调剂品，多了看戏的乐趣。"

"天，你怎么能这么冷血！"

"所以，你还要和我合作吗？"

顾邵松说着，突然凑近了唐心，唐心都能感觉到他炙热的呼吸。不知道为什么，她突然想起了那天晚上在泳池边的亲密接触，脸也不自觉红了起来。她急忙转移视线，强硬地说："不合作也可以，你就不怕我把这件事告诉夏云起？如果他知道自己未婚妻还勾引自己的好兄弟，一定会难过吧，你们的关系也会受到影响。我想，没有哪个男人喜欢被兄弟戴绿帽的感觉。"

"你到底想要我怎么样？"顾邵松漫不经心地问。

"很简单，告诉我云起的爱好，刘舒雅的弱点，再在云起面前说点我的好话。这样，对你不难吧。"

"确实不难，但我有什么好处？"

唐心眼珠一转，"你可以报仇雪恨，一雪前耻。"

"宝贝，你这样的说法可是一点诱惑力都没有。我真的很好奇，你到底为什么不把我和刘舒雅的事情告诉夏云起？就是因为怕他难过？"

唐心没想到顾邵松一下子看穿了自己，只觉得有些尴尬。她当然不愿意让自己显得那么善良无用，故作神秘一笑："当然不是，我有别的计划。你到底愿不愿意帮我？"

"好啊。"顾邵松爽快答应。

"真的？"唐心不可置信地问。

"我确实很好奇你这样没脸蛋、没身材的女人怎么能赢得了刘舒雅这样的美女。如果你真的做到了，那肯定很有趣。"

虽然又被顾邵松侮辱，但唐心并不介意，因为她争取到了有用的盟友！记得有位哲人说过，赢得男人的哥们就赢得了男人的一半，赢得男人的父母就赢得了男人的另一半，她已经把夏云起层层包围，他当然会是她的囊中之物——虽然这位哲人就是她自己，但她依然认为这句话非常有道理，简直是胜券在握。她看着顾邵松，忍不住问："顾邵松，你当初为什么会爱上刘舒雅？"

"因为她漂亮啊。"顾邵松理所当然地说。

"你们男人就光喜欢脸蛋漂亮的女人，不会欣赏脑子漂亮的女人吗？好肤浅！"

他们说话间，张杰进了包厢，有些话题自然不好再谈下去。顾邵松指着桌上的苹果问："难道你会选看起来坑坑洼洼的苹果？"

"卖相不好的苹果会更甜，我看中的是苹果的味道，而不是它的外观。"

唐心说着，故意挑了难看的苹果，轻轻咬了一口，冷艳高贵一笑，觉得自己浑身上下散发着浓浓的知性美。可是，在果肉进入口腔的瞬间，她的笑容凝固了，然后险些把那口酸到极点的苹果吐了出来！为了不在顾邵松面前丢脸，她仰着脖子，生生强迫自己把苹果咽了下去，费劲地说："所以，就好像苹果一样，看人不能光看外表……"

然后，她悲剧地发现自己似乎被噎住了。

她的脸一下子涨红，指着自己咽喉，示意顾邵松前来帮忙。张杰以为她又要说什么富有人生哲理的话，耐心等待，时不时进行"你比划我来猜"的游戏："你的意思是看人不能光看外表，还要看他的言谈？看来不对啊，你在摆手；或者你的意思是你是内在美的代表？也不对……或者你想上厕所？怎么还摆手啊！那到底是什么啊，你说啊。"

张杰说着，上前去摇晃唐心，唐心真的觉得自己不是被噎死，就是要被他晃死！呼吸越发困难了起来，她的眼前一片模糊，心想她就是做鬼了也不会放过这两个男人。眼角不自觉流出的泪水终于让顾邵松醒悟，他的话好像天籁之音："你噎住了？"

唐心只能用尽全力点头。

"靠。"

顾邵松猛地推开张杰，从后面抱住了唐心，用力勒她的腹部。唐心觉得自己的死因很可能从噎死改为被勒死，但不知道为什么，总觉得顾邵松的手臂有些温暖似的。当她终于把那该死的苹果吐出来时，果肉正好掉到了张杰头上，包厢的门也被推开。列车员看到唐心和顾邵松此时的姿势，再看看张杰，恍然大悟，一边说"对不起"一边退了出去。唐心的头软软垂在顾邵松肩膀上，一点都没有心情去管那个一脸暧昧的列车员，心中想的却是她好像又被顾邵松救了。

这下可又欠他一个人情啊……

破天荒的，顾邵松没有和唐心所想的那样借机要好处，只是让她依偎在自己身上休息。他看着窗外的风景，而唐心在看着他，发现他的侧颜还真是好看。

也许，接下来的旅途不会太难熬吧。她这样想着。

与罗马的精致古朴不同，威尼斯是一个充满文艺气息的小城，唐心觉得不穿个棉布裙抬着头45度角仰望天空都对不起这座城市的美丽。他们的旅馆在鼎鼎大名的圣马可广场附近，虽然不大却很精致，唐心非常喜欢。放下行李后，她按照楚颜给她的地址去找那个摄影师，婉言拒绝了张杰希望同去的请求。

"为什么不让我一起去，我能帮忙啊。"张杰委屈地问。

呵，你去的话我们能不能活着回来都是问题！

唐心和顾邵松互看一眼，在彼此眼中都看到了无奈，发现他们在这个问题上居然出奇地意见统一。顾邵松不耐烦地说："让你好好待着你就好好待着，问那么多废话干吗。我们没回来之前你不许出门啊。"

"你讨厌！"

张杰用眼神谴责顾邵松，活生生好像被抛弃的怨妇或是被遗弃的小狗，倒是让唐心有些于心不忍了。她只好硬着头皮撒谎："今天赶来赶去的太辛苦你了嘛，你之前又受了伤，就在旅馆好好休息，顺便帮忙看行李吧。行李可是我们最重要的东西，这么重要的工作我也只敢交给你，顾邵松我都不敢相信。"

"是这样吗？"张杰哀怨地问。

"当然是真的啦！意大利治安那么不好，万一有人瞄上了我们，想抢我们宝贵的行李怎么办啊！所以，一切就拜托你了哦。"

"放心，我保证完成任务！"

唐心和张杰充满革命友谊地完成了交接，看着张杰好像孵蛋的母鸡一样坐在行李箱上的样子微微叹气，然后头也不回地离开了旅馆。公交车上，她忍不住问顾邵松："你、云起和张杰的个性那么不一样，你们是怎么成为好朋友并且活到现在的？"

"呵，想不到你这种智商的人也看出来了。"顾邵松说。

"啊？我看出什么了？"

"看来我还是高估了你的小学生智商——这家伙，最擅长的就是把事情搞砸，从我认识他的那天起不知道给他收了多少烂摊子，要不是我们三家关系好的话，我早就把他揍得上天堂了。不过他的脑筋确实好，是国内最顶尖的电脑工程师，也给我和云起帮了不少忙。"

"说到这个我很好奇，你到底是做什么的？"唐心试探地问。

"赛车手啊。"顾邵松耸肩。

"切，什么赛车啊，我看是游戏厅里的卡丁车吧。说真的，你怎么养活自己？你的衣服、鞋子都不便宜吧。"

"当然有人给我付账。"

"是不是年纪大却风韵犹存的女人？"

"是啊，有什么问题？"

"没问题。"唐心立马说。

其实，她早就怀疑顾邵松是个小白脸了，没想到他那么坦白，倒是让她有些不好意思。她想象着顾邵松和中年贵妇手拉手逛商场，顾邵松依偎在中年贵妇肩膀上撒娇的场景，忍不住打了个寒战，急忙转移话题："张杰看起来一点都不像IT精英。"

唐心脑海中的IT精英都是西装革履，温文尔雅的，顾邵松的话把她的美好想象通通打破。顾邵松嘲讽地说："今天在火车上某人还说看人不能光看外表，我还以为某人真的言行一致。呵，不过你长得确实是一张陪衬脸，做的也确实是陪衬的事情，还真是表里如一的代表。"

唐心没想到自己打了自己嘴巴，有些哑然，也有些羞愧。她不再说话，吹着风，看着威尼斯的风景，暗想要抓紧在这里的两天时间，最大程度融入这里。她看着纸条，喃喃地说："迈克尔，知名画家和摄影家，个性怪异……估计又是和张杰一样的疯子吧。真不知道刘舒雅为什么非要请他。"

她不知道，当她说到迈克尔名字的时候，迈克尔正大大地打了个喷嚏。他蜷缩在墙角，满脸泪水，"求求你放了我，求求你……"

一个高大的金发男人转动着手中的匕首，含笑看着他。

第五章　与意大利男人浪漫艳遇

唐心按照地址找到了迈克尔所住的别墅，觉得这里的一草一木都充满了所谓的"艺术"气息，门口的裸女雕像更是让她几乎不敢直视——她们的胸也太大了吧，可能比她的脸都大！她情不自禁地把脸贴在雕像前，对比一下大小，问顾邵松："谁比较大？"

顾邵松用一种奇怪的表情看了她很久，最后拍拍她的头："唐心，不要太自卑了。虽然你胸小，但是你脸大啊；虽然你个子矮，但你发际线高啊。所以，不要拿自己的短处比别人的长处，要向前看，OK？"

唐心真不知道顾邵松是安慰她，还是在她的伤口上戳上几刀再撒几瓶硫酸，没精力和他计较，因为她对一会儿要遇到一个疯子深信不疑。她深吸一口气，鼓足勇气敲门，见到来人的时候却愣住了。

她从来没想到这个"艺术家"居然是一个那么好看的男人。

他有着意大利男人最标准的金色头发，身材高大，四肢修长，简直和杂志上的模特没什么两样。他有着一双和海水一样清澈又湛蓝的眼睛，微笑的样子简直让她想起了传说中的太阳神阿波罗。

唐心觉得爱神之箭射中了自己，就这样呆呆地站着，一脸花痴状。

顾邵松实在看不下去，替她问："请问你是迈克尔先生吗？"

"是的，欢迎你们到来！"迈克尔热情地说，居然说着一口流利的中文。

因为语言上没有沟通障碍的关系，唐心对迈克尔的印象非常好。她对他羞涩一笑，在他的带领下参观了住所。她必须承认，迈克尔是一个非常有才气的男人，他的作品虽然有些过于抽象，但看到他的脸就会觉得它们简直是可以流芳百世的国宝级佳作。当得知唐心是第一次来威尼斯时，迈克尔主动邀请和她一起共度浪漫夜晚，唐心刚要点头答应，顾邵松狠狠踩了她一脚。

"啊！"她愤怒地瞪着顾邵松。

顾邵松好像没事人一样，委婉拒绝道："她不去。"

"你是唐小姐的……"

"我是她的债主。"顾邵松理所当然地说。

唐心郁闷极了，忙报复性地踩了顾邵松一脚，笑容阳光又灿烂："呵呵，你别听他开玩笑，下午和晚上我都有时间。那就麻烦你了，迈克尔。"

"这是我的荣幸。"迈克尔说。

唐心的心又飞速地跳了起来。

她和迈克尔约好晚上五点在圣马可广场见面，想到即将和一个帅气的意大利男人共度浪漫夜晚，她就兴奋不已。她时不时傻笑，而顾邵松却说："那个家伙你还是小心点为好。"

"为什么？你妒忌他长得比你帅？"

顾邵松轻蔑地看着她："别说一些不可能的事情。"

"可他真的比你好看多了。"

"妒忌和撒谎可都不是好习惯啊，唐心。"

顾邵松怜悯地看着她，骄傲自大程度真是让唐心叹为观止。她嘿嘿一笑，道："不是因为妒忌那是因为什么，难不成你喜欢我啊。"

第五章　与意大利男人浪漫艳遇

顾邵松愕然看着她，然后皱眉道："具体证据我也没有，但他给我一种很不真实的感觉。他家里有些杂乱，代表他的个性不拘小节，但他的衣服居然没有一丝褶皱，身上也没有油墨的味道……我觉得他并不像是画家。"

"他的主业是摄影，最近没画画有什么好奇怪的。又或者他比较喜欢洗澡，所以身上一点油墨味都没有啊。"

"除此之外，还有一个最大疑点。"

"是什么？"唐心八卦地问。

顾邵松认真地看着她："你觉得你长得低调成这样，会有男人对你一见钟情吗？"

"靠！我这是东方美好不好！东方美！"

唐心没想到顾邵松什么时候都忘不了损她，气得就要踹他一脚，顾邵松灵活地躲闪过去。他严肃地说："总之，你真的要多加小心，不然下次来意大利我看到的断手断脚的街头乞讨者可能就是你。"

"乌鸦嘴！你就是羡慕妒忌恨他长得比你好看！"

两人说话间已经到了宾馆。唐心白了他一眼就去找张杰，只见他抱着行李箱睡得正香。唐心拍拍他的脸颊把他叫醒，张杰懊恼地说："我怎么睡着了……对了，我刚才遇到了意大利鬼魂！"

"是不是有个美丽的大胸美女潜入你的房间要和你共度良宵啊？"唐心笑嘻嘻地问。

"不，我真的见鬼了！刚才我在上网打游戏，箱子突然往门外挪，幸好被我一把抱住。我还以为自己看错了，但我真的记得箱子是在我的左手边，怎么可能一转眼就到了右手边？"

"你在做梦吧。"唐心不信。

"我说了不是做梦，真的是见鬼了！后来我只好抱着这箱子等你们回来，但不知道为什么就睡着了。"

"好可怜，真是辛苦你啦。"

唐心一句话都不相信，敷衍地安慰了张杰就回房间了，张杰只好把所有希望都寄托在顾邵松身上。顾邵松破天荒地没嘲笑他，而是仔细检查箱子，在箱子的一角发现了一个小小的刮痕，陷入了沉思。他轻声说："事情还真是越来越好玩了。"

"你说什么？"

"没什么，睡你的觉吧。"

唐心并不知道顾邵松和张杰之间的暗涌，怀着喜悦的心情到了圣马可广场，不知道为什么有一种自己在偷情的……快感。

她既觉得有些对不起夏云起，又不忍心拒绝这一次艳遇，所以心里一直在天人交战。她脑海中不断幻想着夏云起看到她和别的男人一起约会时愤怒的表情。到时候她该怎么办？是高贵冷艳地微笑，还是冲上去抱住他，说她喜欢的人只有他一个？他肯定很震惊，很感动，然后，他们就能步入婚姻的殿堂，生两个孩子……

唐心想着，微微笑了起来，掰下手中的长棍面包喂鸽子，觉得心是说不出的安静。迈克尔不知道什么时候来到了她身边，和她一起喂鸽子，对唐心微微一笑，露出了雪白的牙齿："你很喜欢意大利？"

"对，这是我见过的最迷人的国家。迈克尔，你的中文怎么会说得那么好？"唐心也笑着问。

"我年轻的时候去中国留学了几年，所以会说中国话。我很喜欢这个古老的东方国家，但不得不说她的语言实在是太难学了。"

"你这样已经很不错了，有些中国人说普通话都没你好呢。我记得有个笑话，说是有个黑人坐电梯时旁边有小姑娘说他怎么那么黑，没想到他用地道的京片子说'就你丫白'，把她们吓得啊。"

　　唐心说着，自己笑得乐不可支，可当她看到迈克尔疑惑的面容突然意识到自己又犯傻了，做了影响自己形象的事情。就好像有人喊"卡"一样，她猛地收住了笑容，暗恨她又暴露了自己真实的一面，急忙高贵地微笑："抱歉，我刚才有些失态。"

　　"不，我觉得你很率真，非常可爱。"

　　"啊？"唐心愣住了。

　　"走吧，我带你去感受威尼斯，我的公主。"

　　迈克尔说着，对唐心伸出了手。在那一瞬间，唐心好像见到了戴着王冠、骑着白马的王子。好像受到了蛊惑般，她害羞地把手放进了迈克尔的手心。

　　迈克尔的手掌宽厚而温暖，让唐心的心里小鹿乱撞。他们手牵手坐船畅游威尼斯，迈克尔向她讲叹息桥的典故，讲在威尼斯发生的凄美的爱情故事，拿相机为她记录最美的身影。最后，他们在运河边喝咖啡，一起看着夕阳西下。唐心捧着咖啡杯，觉得这简直是她来意大利后度过的最快乐的一天，她忍不住说："迈克尔，谢谢你，今天我过得非常开心。"

　　"你的开心是我的荣幸。"迈克尔深情款款地说。

　　唐心觉得自己似乎在迈克尔身上看到了追求者的意味，但她实在不敢让自己自作多情。她试探地问："你和刘舒雅认识很久了吗？"

　　"不，我们只是在网上有过交流。她对我的作品非常满意，所以邀请我为她的婚礼摄影。"

　　"那你见过她的未婚夫吗？"

　　"很遗憾，我并没有见过。他是个什么样的人？"

　　"他啊……长得不是特别英俊，但非常有味道，个性很温和，是女人梦寐以求的男人。舒雅是我的同学，能找到这么好的归宿真是让人替她高兴。"唐心言不由衷地说。

"是啊，她是一个幸运的女孩——但我觉得你更有魅力。"

唐心听了这话，吓得咖啡杯都险些摔到了地上，脸也涨得通红。她不知道这是意大利男人的客套话，还是他真的喜欢自己，但心里不自觉地泛起丝丝甜蜜。她在脑海中拼命想着要是刘舒雅遇到这样的事情会怎么做，最后强忍住心中的慌乱，含情脉脉地瞥了他一眼："你真是爱开玩笑。"

"这不是玩笑。我对你一见钟情，我的公主。"

迈克尔说着，突然击掌，然后唐心身边就突然出现了四个穿着黑色西装神情肃穆的人。唐心看到他们，不知道为什么突然想起了传说中的黑手党，吓得站了起来，几乎想拔腿就跑。可是，她没想到的是他们掏出的不是枪而是乐器。唐心只见他们表情凝重地集体在她面前拉着不知名的曲子，音乐却极其悠扬、柔和。此时，迈克尔也不知道从哪里变出了一大束玫瑰，单膝跪地："唐心，我喜欢你。"

唐心脑中一片空白，呆呆地看着迈克尔。她的嘴唇微微颤抖，想说一些感激的话，却什么也说不出来。她是欣赏意大利男人的热情奔放，但这也太夸张了吧！她怎么可能接受一个才认识了一天的男人？

"我……那个……"

唐心不知道自己该说什么好，掩饰性地喝了口咖啡，然后被咖啡灼热的温度烫伤了舌头。口中的咖啡就这样喷了迈克尔一身，她呆呆地看着一身污迹的王子，尴尬至极。道歉的话就在嘴边却是那样苍白无力，她最终下了一个重要决定——落荒而逃。她红着脸扭头就跑，而看着唐心离开的背影，一旁的女服务员忍不住骂了一句脏话。迈克尔拿手绢擦身上的咖啡渍，不满地说："不要骂脏话，雪梨，你这样是非常没有教养的体现。"

"是，老大。可你原来的计划是打入他们内部找到幕后 BOSS，我真没想到那么有魅力的老大也有失手的那一天。"雪梨眨着灰色的大眼睛，揶揄地说。

"东方女人比较含蓄，讲究的是从一而终。她能和我牵手已经是爱上我的表现，不然按照他们的风俗她只能把被男人触碰过的手臂砍断。"

"好奇怪的风俗啊。"雪梨惊讶极了，"那她被男人摸了脖子或者头的话是不是只能自杀？"

"确实是这样。她没有这样做，就是期待着我的求婚，我只需要继续努力就好。"迈克尔强撑面子，微笑着说。

"老大，我真是不懂你，我们直接杀过去不就好了？"

"亲爱的，我的特色就是我的智慧和绅士风度，动不动喊打喊杀是野蛮人的行为。你在我身边也那么久了，怎么还是那么暴躁？"

雪梨懒得和他争论，直接问："那接下来要怎么办？客人那已经嫌进展太慢，有些意见了。"

"客人的要求是不要引人注目，所以以前的方法都不能用，只能智取。他们把行李看得太死，我们只能从其他方面入手了。"

迈克尔说着，和雪梨相视而笑。

唐心没想到今天短短几个小时的时间里会发生那么神奇的剧情，满脑子都是迈克尔表白的场景，心事重重地回到旅馆，在门口不小心和一个人撞个正着。她急忙道歉，却发现那人是顾邵松。她揉着发疼的鼻子，瞪了他一眼就想上楼，顾邵松一把揪住她："你不去接你未来公婆了？"

"什么未来公婆啊？"

"夏云起的父母！看来你的心真是到那个意大利男人身上了啊。"

"你别胡说！"

唐心见张杰从不远处朝这边走来，忙跳起来捂住了顾邵松的嘴，威胁他不要乱说话。她见张杰居然把行李带在了身边，忍不住问："为什么不把行李放宾馆啊，这里面是有金子还是有什么，你非要随身带着？"

"我怕那个爱偷行李的鬼魂又来偷我们东西！偷点钱啊什么的也就算了，要是偷走我的小黑的话我就咬舌自尽。"张杰说着，去咬自己的舌头，还真咬到了，疼得他龇牙咧嘴。

"小黑？"

"是他的电脑。"顾邵松轻声解释。

"好吧，祝你和小黑白头偕老，早生贵子。"

反正辛苦搬运行李的也不是自己，所以唐心不和张杰计较，就这样上了车。她坐在副驾驶的位置，从后视镜见张杰抱着行李坐在了后排，表情和动作就好像小狗护食一样，忍不住轻轻笑了起来。他们开车到机场，却迎来了航班晚点的噩耗，得知夏云起的父母要第二天才能到威尼斯。唐心有些着急："我们第二天的飞机票可是晚上8点的，他们要晚上6点才到，中间只有两小时，这时间可比较紧张啊。"

顾邵松不以为然道："有两个小时呢，你急什么。不出意外的话应该来得及。"

"可和你们在一起就是意外不断。"唐心轻声说。

顾邵松没听清："你在嘀咕什么？"

"我在祈祷一切顺利。"唐心义正言辞地说。

"走吧，今天晚上就好好休息一下。"顾邵松伸着懒腰说。

真能那么顺利就好了。唐心心里默默地想着。

唐心的担忧很快成了现实。虽然她实在无法想象从机场到旅馆的短短半小时的路程怎么会发生车爆胎这样的小几率事件，害得他们在荒无人烟的路上等待救援，但事情就这样发生了。顾邵松气得踹了一脚车子，唐心倒是平静地说："打电话给宾馆请求救援吧。"

张杰迅速掏手机，然后呆了一下，说："奇怪，手机怎么没电了？"

"我的也没电了。"

两个男人齐刷刷看着唐心，唐心觉得显示她智慧与重要性的时刻终于到了。她气定神闲地去掏小包，然后手僵住了——她居然没带手机。她只能色厉内荏地说："不要看我，我有手机也不给你们用！要给你们一个教训！"

"她没带手机。"张杰立马对顾邵松说。

顾邵松鄙夷地看了一眼唐心，准备步行到有车的地方去寻求帮助，没想到此时一辆加长林肯在他们旁边停下，里面坐着的居然是迈克尔。唐心兴奋地尖叫起来，不停地对迈克尔招手，迈克尔先是有些诧异，然后微笑着回应。迈克尔询问了状况后，很爽快地答应带他们回旅馆，而这辆不能发动的车就交给他的朋友处理。

坐在迈克尔的豪车上，喝着冰镇香槟，唐心觉得自己简直就像是一位要去参加舞会的公主。她得意地看了一眼顾邵松和依然抱着行李箱的张杰，娇媚地说："迈克尔，今天真是多亏了你，不然我们真不知道什么时候才能回去。"

"我想，这就是所谓的'猿猴'吧。"他深情款款地看着唐心。

"呵呵，是啊，我们真是有'缘分'。"唐心硬着头皮说。

眼见张杰龇牙咧嘴地故意做出呕吐状，顾邵松也对唐心冷笑，唐心觉得有些下不了台，只能装作什么都没听到。迈克尔好像什么都没感觉到，盛情邀请："你们晚上有什么安排吗？"

"没有安排，准备去旅馆睡觉。"

"没有安排的话，就和我一起去参加派对吧——今天是一位德高望重的学者的 60 岁生日，会有不少名流参加他的生日宴会。"

"啊呀，真是好主意！我们一起去！不，我的意思是，大家，一起去，好吗？"唐心一下子就兴奋了起来，装模作样地说。

看着唐心写满了威胁的脸，其他两个人当然没有异议。

迈克尔带着他们去了一家非常有历史氛围的别墅，一走进去唐心就被铁门上的爬山虎吸引住了，她觉得自己好像到了睡美人的宫殿。大厅里更是金碧辉煌，数不清的俊男美女来回走动，中央还有喷泉，几个印度舞娘正在喷泉边扭动着纤细的腰肢。唐心高傲地仰着头走进去，但当看到还拎着箱子的张杰时瞬间破功。她简直想把这个丢人现眼的家伙丢到喷水池里，低声说："箱子放车里就好了，你随身带着干吗啊！里面又没什么值钱东西！"

张杰严肃地说："我不想让鬼魂得逞。"

"好吧，随便你。到时候别说你认识我。"

唐心不再搭理他和顾邵松，而是跟着迈克尔向一帮名流问好、交谈，她觉得自己实在太享受这样的夜晚了。高跟鞋站久了会酸痛，迈克尔居然细心地注意到了这一点，带她去阳台上休息。她呼吸着清新的风，看着灯火灿烂的意大利，再看着站在自己身边的英俊男人，第一次陷入了纠结。

夏云起很好，但迈克尔也非常不错啊。如果说夏云起是最值得结婚的对象，那迈克尔就是最完美的情人。唉，如果不是同时遇到他们两个，而是他们分别出现在她人生中的不同阶段，那她该会有多幸福。

不，不能这么想！要是刘舒雅的话，她肯定不会从中选择一个交往，而是会两个男人都要，最后选择一个更适合自己的吧。所以，我也当然要如此。

唐心想着，只觉得豁然开朗。她想回头和迈克尔说话，没想到迈克尔也正凑近她，她的嘴唇就这样擦过他的脸颊。唐心红着脸说："今天……今天真是谢谢你。要不是你的话，我都不知道要怎么回去。"

"我停车的时候，也没想到那个人会是你。我想这就是缘分。"

"下午的事情……"

"那件衬衣我会永远珍藏，因为那上面有你的味道。"

意大利男人似乎有说情话的天赋，唐心的心里酥酥麻麻的，觉得自己几乎就要陷入了他的情网。这时，悠扬的音乐响起。迈克尔笑着对她伸出手，说道："和我一起跳支舞吧，唐心。"

他的笑容好像是罂粟，让唐心情不自禁把手放入他的掌心。音乐声中，他们贴面而舞，旋转、交缠、时近时远。看着迈克尔的笑靥，唐心突然觉得爱情也是如此。

和跳舞一样，有机会在一起的男女必须是彼此合适而有好感的，可爱情却经常是一种自欺欺人的错觉。有时候觉得距离近了，其实他只是为了离去，有时候觉得距离远了，而他其实正在身边。她从来都不会配合舞伴的舞步，骄傲地按照自己的频率来，却会因此摔得遍体鳞伤……

"唐心。"迈克尔的声音让她回神。

"嗯？"唐心忙笑着看着他。

"我想，我好像爱上你了。"

唐心诧异地看着他。

此时，张杰正在津津有味地吃着蛋糕，时不时问顾邵松："你说我们吃那么多是不是有点不好意思？"

"那是你，把'们'字去了，谢谢。"

"哼，真不讲义气。咦，有个女的一直在看你，你欠她钱了？"

顺着张杰的目光，顾邵松果然看到一个红发美女一直朝自己这里看，注意到顾邵松的目光后还对他大方地抛一个媚眼。顾邵松冷淡地别过脸去，问张杰："那傻妞去哪里了？"

"她好像和那个意大利男人去阳台了，然后再也没出来过。"

"她胆子倒还真大，不怕被黑手党杀人分尸吗？"

"都是电影里的剧情啦，怎么会真的有黑手党。邵松啊，你说为什么女人都不喜欢我，他们不是喜欢坏坏的男人吗？难道我今天还不够坏？"

张杰说着，摆出邪魅狂狷状，顾邵松没好气地说："女人喜欢的是长得坏的男人，不是长坏了的男人！你看看你属于那种？"

张杰再一次被打击到，默默无语地吃着蛋糕，把愤怒化为了食量。他一边吃一边笑："这蛋糕好奇怪啊，上面还有个数字6。意大利人也太小气了吧，还把蛋糕分号，吃几个都算得那么清楚。你看，那边还有个蛋糕上写着0。"

顾邵松看到了上面用果酱写着0的精美蛋糕，也是微微一笑，然后笑容僵住了。他想，事情应该不会和他想的一样吧。

嗯，应该不会。

顾邵松不住自我安慰，这时主人道森先生走上台发表讲话。他对各位的光临表示欢迎，同时隆重介绍了自己可爱的女儿，准备在下个环节带领着大家一起切他女儿特别为他亲手制作的蛋糕。当他的女儿上台说起她成为一流烘焙师的梦想，阐述她给父亲做的蛋糕的独具匠心时，顾邵松的眼神越来越惊恐。他轻声说："别吃了，我们快走。"

"怎么了？"张杰还不忘记吃手中的蛋糕。

他看着张杰，"你吃掉的蛋糕，和那个加起来，组成的数字是……60？"

"是啊，或者是06。怎么了？"

"主人的生日就是 60 岁。"顾邵松轻声说，真恨不得把他的头按到蛋糕上。

顾邵松话音刚落，只见道森小姐正手指他们的方向，聚光灯也朝他们身边的蛋糕扫来，张杰吃蛋糕的样子更是被抓个正着。张杰好像偷吃油的老鼠被猫逮住一样，呆若木鸡地站着，都忘记擦去嘴角的蛋糕渍，而他手上的那块蛋糕是最好的犯罪证据。顾邵松只听到了一声尖叫，然后就见道森小姐朝他们跑来，他急忙撒腿就跑！他一把抓住了还在阳台上纠结的唐心，拉着她的手就往门口跑去，唐心虽然一头雾水但只能跟了上去。他们跑到了门口，顺手拦了出租车，与此同时愤怒的人群也追到了门口！他们匆忙上车，呼啸而去，就算这样似乎还能听到那帮人的咒骂声。

唐心觉得喘气都成了一种奢侈，怒气冲冲地问："到底发生什么事了？"

"某人把人家庆祝生日的蛋糕吃了。"

……

"我靠，原来那蛋糕是你吃的啊！你真该打，他们不把你五马分尸都是看在中意的友谊上！你说你除了闯祸还会干什么啊！啊啊啊！"

唐心觉得自己真要被这个极品气疯了，控制不住去掐张杰的脖子，然后被顾邵松一把抓住了手臂。顾邵松清冷地看着她："你到底是为那个可怜的老头子生气，还是气我们毁了你和那个骗子的亲密接触？"

"迈克尔才不是骗子。"唐心愤愤地说。

"呵，我会证明给你看。如果到时候我的猜测是正确的，你怎么样？"

"我会跪下来叫你爸！"唐心没好气地说。

"我可不需要你这么大把年纪的乖女儿。"顾邵松摸摸她的头，在唐心炸毛前收回了手。

唐心气得尖叫："顾邵松！"

"好了，停止！我真不知道你身为一个女人是怎么能发出一群女人的尖叫分贝！"

"我还不知道你身为一个男人为什么能有几百个男人加起来那么讨厌！都怪你，这么好的晚上就这么被浪费了！我险些就……"

"险些就可以和他睡了？"

"滚，才不是呢。"

唐心托着腮，郁闷地看着窗外，脑海中还在回味着迈克尔对她的深情告白以及那个还没来得及落下的吻，她觉得自己的心一下子乱了。她从没想过会在异国他乡有这样一场艳遇，而她居然有些动心……怎么会这样，她爱的不是夏云起吗？不是爱上一个人以后，眼中就容不下其他人了吗？

这个问题，她真的不懂。

夏云起的父母是在第二天晚上到了威尼斯。他们都是退休医生，和唐心想象中一样温和有礼，他们对热情大方的唐心也非常喜爱。唐心抢着搬行李，绞尽脑汁讨好他们，展现出自己居家又贤惠的一面，她那么希望他们能说服夏云起选她而不是选刘舒雅。她的努力似乎收到了成效，因为半小时后夏母握着她的手说："唐心，你真可爱，你是我的女儿那该有多好。"

"阿姨，你太客气了啦。"唐心娇笑，同时在心里大声说做不成女儿可以做儿媳妇。

"听说你和舒雅是同学，你能说说她的一些事情吗？"

"阿姨，舒雅的事情你不知道吗？"唐心警惕地问。

"唉，这孩子突然说要在意大利结婚，我还以为他在开玩笑，结果居然是真的！我到现在只知道我未来儿媳妇的名字，她在哪里上学，在哪里工作，父母做什么的一概不知道，真不知道云起这孩子到底怎么回事！"

"哼！"夏父重重用拐杖敲地，来凸显内心的愤怒。

唐心在到底要不要在刘舒雅未来婆婆那上眼药纠结了很久，最终心中仅剩的那点正义还是打败了欲望，只是淡淡地说："我和她以前是同学，但很久没联系了，所以具体情况我也不是很了解。我只知道她的职业是旅行作家，曾出国留学，应该算得上是很优秀的女性。"

"这年头有支笔的都能说自己是作家，她收入不稳定，朝不保夕，根本不算有工作！唉，云起怎么会喜欢这样的女孩。"

"呵，还不是看人家长得漂亮，就和我年轻的时候一样！"

"老公！"夏母红了脸。

"然后余生都会为这个决定而后悔。"

"老公！你说什么呢！"

唐心极力忍住，不让自己笑场，觉得夏云起的父母实在是太有意思了。她请他们在机场附近的餐馆用餐，准备再过一小时就出发到候机厅，时间上绰绰有余。他们刚点好菜，顾邵松和张杰就赶到了。看到他们，夏母显得非常高兴："小顾、小张，好久不见了，你们怎么不常来家里玩啊？"

顾邵松撒娇说："阿姨做的菜太好吃了，经常去的话我妈可是会吃醋。"

"你这孩子，就是嘴甜，就是爱说实话！"夏母高兴极了，"小张啊，我怎么觉得你又胖了，要减肥啊。"

"反正减肥了也没女孩子喜欢。"张杰心灰意冷地说。

"胡说，阿姨那就有一个不错的女孩子，等回国后介绍你们认识。对了，那姑娘是做 ET 的，和你是同行。"

"噗！"唐心实在忍不住喷了水。

夏母忙道歉："不好意思，是 IT。阿姨口误了，小张你别介意。"

"阿姨，我不介意。我早习惯了。"张杰故作潇洒地说。

"好啦，不要难过嘛，追不到女生不是你的错，你看你的好哥们顾邵松不也是到现在还没人要。"唐心轻声安慰张杰。

"可是很多女人喜欢他。"

"那都是错觉啦，你看他到现在不还是孤家寡人一个，你们是一样一样的。"

张杰真诚地说："虽然知道你在骗我，但我心里好受多了。"

夏母饶有意味地看着他们的互动，心里对八面玲珑又风趣幽默的唐心越发满意，再想到那个未曾蒙面的儿媳，忍不住问唐心："小唐有没有男朋友啊？"

唐心忙娇羞地说："还没有呢。"

"你这么好的孩子怎么到现在还没男朋友，是要求太高了吧。唉，要是云起找的儿媳妇和你这样贴心就好喽。"

"我要是能找到像云起那样优秀的男人，我妈肯定会高兴得去烧香拜佛。"

唐心和夏母相谈甚欢，简直恨不得当场压着夏云起来拜堂成亲，只可惜，顾邵松破坏了他们"婆媳"间的和谐。顾邵松故意问："唐心，你那个意大利男人后来联系你没，打扰了你们的约会还真是抱歉。"

"什么意大利男人啊，你真会开玩笑。"唐心僵硬笑着。

张杰忙说："就是昨天晚上带我们去参加派对的那个啊！他长得可真帅，还一直拉着你的手。"

"我们只是萍水相逢，那是意大利人的礼仪！"唐心生气地说。

她实在不明白为什么有些人可以脚踏两条船还玩得风生水起，而她连一条船都没踏上却面临着翻船的窘状，只觉得尴尬至极。唐心见夏母看她的眼神顿时警惕了起来，真是欲哭无泪，忙解释说："那人是云起的摄影师，我和他也只是泛泛之交，谈不上什么交情。"

"咦，我怎么不知道云起认识这个人？要请摄影师的话可以找老夏的院长嘛，他可是摄影协会的会长，请那洋鬼子做什么。"

"这是刘舒雅找的。"唐心终于忍不住，小心翼翼地说。

"唉，物以类聚，物以类聚！"

一顿饭吃下来，夏母对于刘舒雅的厌恶值又上升了一个等级。对于这种状况，唐心表示乐见其成。饭后，她抢先付账，和大部队一起朝机场赶去，但因为张杰非要在临走前上厕所生生耽误了二十分钟。时间有些紧迫，但唐心并不紧张，因为按照计划他们会在登机前的最后二十分钟赶到。

"什么？没我的机票？有没有搞错！"

当值机柜台的短发美女抱歉地说可能系统出现问题，显示不了唐心和顾邵松的机票时，唐心彻底暴走。她看看身边的夏云起父母诧异的面容，才意识到自己刚才有多不淑女，急忙调整情绪，柔声说："请问，您能不能帮我查查？我们都是一起买的机票，不会没有我们的位子呀。"

"我已经查了很多遍，真的很抱歉。要么您和票务公司联系下？"

"真是辛苦你了！"唐心在心里竖中指，嘴上却甜腻地说。

夏云起父母和张杰的登机牌都已经办好，迈克尔更是已经过了安检，他们只有最后十五分钟的时间来解决机票问题。唐心不记得自己给票务公司打了多少电话，可对方的语言她完全听不懂，她简直怀疑票务公司是不是请了一帮脑残的人来当接线员！她实在没办法，打电话给刘舒雅和夏云起，但他们的手机也一直处于关机状态。眼见距离办理登机牌时间只有最后十分钟，她只能投降道："顾邵松，我们再买一次机票吧。"

"随你。"顾邵松大少爷还是一副"老子无所谓"的样子。

唐心匆忙跑到值机柜台前准备买票，突然看到一个坐着轮椅的老太太也朝这里过来，看起来很心急的样子。唐心打算在夏云起父母面前留个好印象，故意礼貌地让老太太先办理机票，对她温柔告别，然后才自己购买。值机小姐再次抱歉地说本次航班的机票已经全部卖光，唐心只觉得不可置信："怎么可能？不是都会有预留位的吗？"

"原来是有 10 个座位，但都被刚才的老夫人买去了。"

唐心愤恨地看着老太太离去的方向，果然见到十个人兴高采烈地拿着机票去过安检，简直恨不得冲上前去把机票都抢回来。

顾邵松好笑地看着她，忍不住说风凉话："人家那有十个人，你觉得你能抢过他们吗？"

"助人是快乐之本，我怎么会去抢呢，你这人真是奇怪。不就是没买到机票吗，我们晚点到就是了，你们先走，路上小心哦。"唐心在夏云起的父母面前死撑着说。

"好啊，那我们西西里岛见！"

张杰对唐心和顾邵松挥手，进了安检口，而唐心望着他们离去的背影，心中怅然若失。不知道为什么，她总觉得这是上天给她的某种暗示，似乎预示着她和夏云起之间的进展也许没有那么顺利。她不敢再让自己去想这个问题，询问明后两天的机票，没想到居然还是一张都没有。

"抱歉，要不你们去买火车票试试看吧。"值机小姐笑着说。

唐心和顾邵松互看一眼，心情都有些烦躁，但也只能如此。他们坐出租车去火车站买票，没想到在门口突然被人抢走了所有行李。一切都发生得太快，唐心眼睁睁地看着自己的小包和顾邵松的背包就这样消失在茫茫人海，她终于一声尖叫，觉得自己就要当场晕厥。顾邵松冲了过去，过了很久才脸色难看地回来："我没找到他们。"

"我所有的钱都放在钱包里，这可怎么办？"

"幸好护照还在身边……你身上还有多少钱？"

唐心拼命掏口袋，找出了 10 欧元。

顾邵松轻蔑地说："就这么点？"

"你身上有多少？"她满怀期待地问。

"我的身上不带现金。"顾邵松理直气壮地说。

"所以说你是一分钱都没有！那你还有脸说我！"

唐心真是被气得不行，但也知道眼下不是吵架的时候，只能一个人生闷气。他们没有了手机，没有了钱包，加起来只有 10 欧元，要买 2 张火车票去西西里岛根本不可能。唐心看着火车站的人来人往，再看着他们买票的场景，真恨不得从他们手里抢过钞票买票上车。顾邵松见她目光炯炯预谋犯罪的样子，冷笑道："进警察局过夜也不错，好歹还有个落脚的地方。"

"我可是身家清白的好姑娘，你别胡说啊。顾邵松，不如我们混上火车吧！"

"嗯，还真是身家清白的好姑娘会想出的办法。你先去努力吧，我看好你。"

"靠，你让我一个弱女子做这种事，你是不是男人啊。"

唐心狠狠白了顾邵松一眼，然后在检票口那心虚地打转，想找个机会混进去，到后来引起了检票员的注意。几个五大三粗的男人就这样叉着腰看着她，唐心只好对他们笑笑，心虚地退回到顾邵松身边，烦躁地说："一点都不管用！欧洲人怎么那么警惕啊！"

"你该庆幸你没长着一张中东人的脸，不然他们会把你按倒在地，把你手里的饮料灌到你的嘴里。"

"你的意思是他们觉得我会来这自焚？我长得像那么疯狂的女人吗？"

"到了你这个年纪没嫁出去的女人或多或少都会有些精神问题。"

看着顾邵松讨人厌的脸，唐心深呼吸，再次深呼吸。她终于意识到混上火车是一件不可能的事情，又不愿意在这么嘈杂的环境入睡，甜蜜地问："嗨，现在就剩下我们两个了。你说晚上我们要怎么过？"

"你有好的提议？"顾邵松突然觉得自己的呼吸开始急促。

"首先，要找一个旅馆。"

半个小时后，唐心带着精疲力尽的顾邵松站在希尔顿酒店前，顾邵松终于松了一口气。他好奇地问："你有钱支付房费？"

"你觉得呢？"唐心甜甜笑着。

"那你打算……第二天逃单？"

"然后被抓到警察局吗？我可没那么傻。看到没，这里都是有钱人。"

"所以？"

"你可以去向他们借点钱。"唐心认真地说。

顾邵松盯着唐心看，真想天上来一道闪电把这个头脑不清楚的女人劈死。他强忍怒气说："你的意思是让我去乞讨？"

"嗯，晚上住在哪里就看你的了。要是钱足够的话，我们就住好一点的旅馆，要是你能找到哪个富婆提供住所的话更是好事。如果讨不到钱的话，我们可就只能住桥洞了，好可怜。邵松，一切都靠你了！"

113

"那为什么你不去？"

唐心低头做害羞状："我这姿色不倒贴的话可没人要，这不是你说的吗，我也觉得你的话很对啊。唉哟，别害羞了，去啦去啦。"而且这可是你的老本行。唐心在心里默默地说，一点都没觉得自己有些"逼良为娼"的嫌疑。

顾邵松白了唐心一眼，却也知道靠她的话是想不出什么好主意了，只好硬着头皮朝前台走去。他高傲地表示自己是酒店的金卡用户，今天没带钱包，房费以后补上，但前台小姐用一种看神经病的眼神看着他。他仗着自己长得好看，对她们放电，但她们不客气地说："先生，请拿出您的身份证明，不然我们去找保安了。"

"我确实是你们的金卡用户，我叫顾邵松，你可以查到我的资料。"

"顾先生，您知道您的金卡号码是多少吗？"

"我怎么会记得这种东西啊，宝贝。"

顾邵松见状不妙，加大了放电力度，确实有个短发的女人开始纠结了起来。她示意顾邵松凑近，在他耳边轻声说："先生，你这样是骗不到房间住的。看到那里的夫人没有，要是她高兴，给你在这里免费住一个月都不是问题。"

顾邵松下意识顺着她手指的方向去看，只见一个黑漆漆的肥胖至极的女人正坐在沙发上，她一个人就占了三个人的座位。五个俊秀的男人站在她身边，有的帮她扇风，有的帮她端水，而她注意到顾邵松后居然对他咧嘴一笑，让顾邵松不寒而栗。这时，唐心朝他走过来，说："走吧。"

"我不会去的。"顾邵松骄傲地说。

"大少爷，我们没钱了，这样一晚上就能挣 100 欧的事情去哪里找啊！"

"所以你出卖了尊严？唐心，为了达到目的，你还真是什么都做啊。"

"什么？"

"我的尊严是无价的！"顾邵松怒吼。

唐心也火了："你到底说什么啊！让你去做服务生有那么难为你吗！"

唐心刚才和一位客人相谈甚欢，没想到他居然提供了工作机会，她正兴奋不已，没想到顾邵松居然那么看不起她，顿时生气了。她冷笑着说："大少爷，你现在没有钱，你不打工的话钱不会从天上掉下来——你还真打算去乞讨啊！哼，要是夏云起在这里，他一定会找到赚钱的方法。"

"要是刘舒雅在这，她根本不会让小包被人抢走。"

于是，唐心和顾邵松仇恨地对视，最后两个人齐刷刷地扭过头去，好像幼稚园的小朋友撅起嘴来。最后，唐心打破了沉默："你到底去不去？"

"不去！"顾邵松烦躁地说。

当顾邵松走进酒吧，看见满眼都是穿着兔女郎服装走来走去的金发壮汉时，简直不敢相信自己的眼睛。他想，他一定是出了视力问题才会把美女看成壮汉，一定是！这帮美女嘴角的胡茬一定是特殊的化妆手法，她们茁壮的大腿一定是过度健身的结果，平坦的胸部一定是发育不良……

好吧，他发现实在无法自我欺骗了。他低声问唐心："这就是你说的很简单的工作？"

"是啊，我们只要负责给他们送饮料就好，多简单。对了，这是你的制服。"

唐心说着，想把兔女郎的制服给顾邵松，但看到顾邵松凶神恶煞的表情还是胆怯。她尴尬笑着："我的英语不好，我真的不知道这次聚会是同性恋聚会……别走，别走啊！好啦，逗你的，这才是你的制服。"

顾邵松看到另一件制服是吸血鬼装松了一口气，然后为自己居然会松口气而生气——他的下限真是越来越低了！他骄傲地说："你以为你不求我，我就会穿上这难看的衣服吗？"

"好啦，我求你，大少爷！"

"烦死了。"

顾邵松高傲地去更衣室换衣服，暗想今天可能是他最倒霉的一天了，还真是虎落平阳被犬欺。他几乎可以想象他的亲朋好友要是知道这件事会怎样嘲笑他，打算一会儿威胁一下唐心，要是她敢把这件事说出去的话，他也会毫不犹豫把她的秘密公之于众。

他走进更衣室，见里面有五个裸体男人正好奇地看着他，心中暗暗好笑自己怎么会以为这里只有他一个人，事到如今也只有入乡随俗。虽说对于男人的裸体他有些看不惯，但也没太计较，他豪迈地脱了上衣，发现那帮人看他的眼神更加炽热。

这里的服务生都有病，没见过中国男人吗？

他发誓，有朝一日一定要报今天的仇！就带她去女同性恋俱乐部吧！

当顾邵松走出来的时候已经成为一名英俊潇洒的吸血鬼了，就是脸色因为怒气而红扑扑的，有些异样。唐心觉得他的皮肤不够白，忍不住问他为什么不化妆，他白了她一眼："我是亚洲吸血鬼，肤色就是这样健康。"

"好吧，随你啦。"

穿着兔女郎服装的唐心无奈地摊手，端着饮料游走在人群中，时不时和他们谈笑一番，觉得今天晚上真是一场美妙的体验。她走到打扮成埃及法老的老先生面前，感激地说："先生，谢谢你给了我这份工作，不然我真的不知道要怎么才能有钱买车票。"

埃及法老哈哈大笑："没关系，我看到你就特别投缘！你今天晚上的工作完成得非常不错，有没有兴趣在这里长干？"

唐心为难地说："这份工作是很有趣，但我们是来旅游的，待不了多少时间。"

"那真是太可惜了——咦，你的朋友很受欢迎嘛！"

唐心顺着他手指的方向去看，只见顾邵松冷艳高贵地坐在台阶上，一点都没有为人民服务的意识，而他的周围居然围了一圈形色各异的同性恋。有个穿着粉红色蓬蓬裙的壮汉一直朝他抛媚眼，引起大家的哄笑。埃及法老也笑了起来："他真幸福，会是今天晚上的国王！"

"国、国王？"

"这是俱乐部的传统，本晚人气最高的人会得到国王的称号，能带走任何他喜欢的人！"

"要是不带走谁呢？"唐心开始冒冷汗。

他奇怪地看着唐心："为什么不带走，这是多么好的机会！要是他不肯带人走的话，就会和上一场的国王共度良宵吧。"

"那个国王是……"

"就是穿粉色裙子的那个。"

唐心看到长得和电影里的"如花"几乎没什么两样的上任"国王"，深深怀疑他是不是花钱请了水军才得到这样的称号，她更怕顾邵松会暴走！此时阻止已经来不及了，因为顾邵松已莫名其妙地被大家推上了舞台，和其他两个人一起接受投票。唐心眼睁睁看着顾邵松面前的花朵越来越多，再看着顾邵松越来越得意的面容，想象着他被那个壮汉压在身下的场景，一咬牙，往台上冲去。此时，主持人正让顾邵松选择今夜的舞伴，顾邵松还没开口，唐心就冲上前去吻住了他的嘴唇。

顾邵松愣住了。

这是唐心第一次主动亲吻他。

四周响起的掌声、欢呼声似乎变得淡薄起来，他的眼前只有这个女人。他看着她亮晶晶的眼睛，感受着她体内的灼热温度，突然觉得自己有些眩晕。在他没反应过来之前，唐心拉着他的手，大声说："他是我的！"

所有人都鼓掌、吹口哨，好像在庆祝什么盛事似的，让顾邵松莫名其妙。唐心拉着顾邵松的手就往门口快步走，冲出了酒吧，一直走到了马路上才松了一口气。她一直回头看有没有哪个人色胆包天地追上来，顾邵松忍不住问她到底出了什么事，唐心欲言又止，只能说："你就当我抽风了吧。"

"喂，我最讨厌的就是别人触碰我的身体！你的意思是不想负责吗？"他指着唐心紧抓住他的手问。

"好啊，我娶你啊。"唐心立马放手，无所谓地说。

顾邵松觉得自己要被气疯了："喂！"

"走吧，乖乖的，别闹了。要不是为了你，今天晚上还能赚到更多的钱，现在除了车票钱外就只能住最差的旅店了。"

唐心想到今天晚上的工资只拿了一小半就心烦，和顾邵松又走了十几分钟，终于走到了她所能找到的最便宜的旅馆面前，但饶是这样他们身上的钱还不够用。顾邵松皱着眉看着走来走去的站街女，觉得自己听唐心的话到了这个地方实在是他人生中做过的最傻的事情。

"你不会打算我们晚上住在这里吧。"顾邵松说。

"钱是用来买车票的，不想住你别住啊。"

唐心凉凉地说，努力在心里给自己鼓劲，然后昂首挺胸地走了进去。老板娘是一个中国女人，正在百无聊赖地和三个外国女人打麻将，让唐心忍不住多看了几眼——她实在没想到国粹居然传播得那么广！看到唐心和顾邵松来，老板娘似乎对他们的服装视而不见，翻翻眼皮，用浓重的广东腔说："只有最后一个房间了，你们住不住啦，不住我给别人啦。"

"只有一个房间？那我们怎么睡啊。"唐心不可置信。

"不去我这你找别家啦，别家也没有啦。"

唐心实在是疲惫到不行，看了一眼顾邵松，决定晚上就在这里住下——她倒不怕顾邵松对她做什么，因为她觉得如果他真的做了什么，吃亏的也不是自己。她爽快地付钱，和一脸菜色的顾邵松上了楼。见到简陋的房间，她极力装出很高兴的样子："呀，还有淋浴，还有大床，真是太不错了。"

"我家的狗住得都比这好。"顾邵松冷冷地说。

"可我们现在就有这么多钱，你不愿意住的话就去找别家啊，卖个肾还能去住希尔顿！"

唐心说着，就准备去洗澡，打开箱子拿睡衣的时候突然看到了被她遗忘的胸衣和舞裙，她为自己的记性羞愧不已。她没有告诉顾邵松发生了什么事，顺手把箱子关上，进洗手间前回头道："我洗澡你不许偷看啊！"

"你就算脱光了站在我身边，我都找不到你的胸在哪，你觉得我会偷看你？"

"切，说不定你就是饥不择食——啊不，情人眼里出西施呢。"

唐心笑盈盈地调戏顾邵松，去浴室洗澡，水声让顾邵松也有些不安起来。他真的不知道唐心为什么那么放心他不会对她做

119

什么——难道是她也知道自己长得很安全，还是对他的人品非常放心？

"唉，做道德楷模真是高处不胜寒。"顾邵松苦恼地说。

当唐心穿着衬衫、牛仔裤从浴室出来时，顾邵松觉得自己喉咙有些干，急忙闭上眼睛装睡。湿漉漉的头发紧贴身体，为她平添了几分诱惑，更别提她胸前若隐若现的曲线了。唐心一边擦头发，一边看顾邵松，发现这家伙居然睡着了。她看看旁边的小床，踹了他一脚："起来，你去睡小床，大床是我的！"

顾邵松装作什么都感觉到的样子继续睡觉，甚至翻了个身，轻轻打鼾。唐心气得不行，想去捏他的鼻子，但他又灵活地翻到了另一边去。唐心恨恨地瞪了他一眼，把枕头重重打在他身上，然后只好到小床上睡下。她在床上怎么都睡不着，再看顾邵松睡得很香的样子心里很不爽，压着嗓子说："啊……啊……顾邵松……顾邵松……你还我命来……"

顾邵松压根没睡着，但还是被唐心凄厉的声音吓了一跳。他怒气冲冲地起床开灯："你搞什么啊，让不让我睡觉！"

唐心揉着眼睛，迷惑地看着他："发生什么事了？"

顾邵松嗤之以鼻："你刚才装鬼吓我，你以为我不知道吗？"

"什么啊，刚才我在睡觉……对了，我做了一个梦，好像有个女的对我说了什么话，但她说了什么我不记得了。她到底说了什么呢。"

唐心演技很好她陷入沉思，连顾邵松都有些相信她是不是撞了什么邪。顾邵松怒气冲冲地关上灯，准备睡觉，刚要进入梦乡，唐心又开始用瘆人的声音叫他。顾邵松假装没听到，唐心干脆起身，走到他床前，抚摸他的脸："顾邵松……和我一起走吧……走吧……"

"唐心！"

顾邵松忍无可忍，重新开了灯，怒气冲冲看着唐心，而唐心又是一脸无辜。她惊恐地说："刚才我又梦到那个女人了……天啊，我做了什么？我到底做了什么？"

她悲痛欲绝地看着自己的手，四处找刀，要把它们剁掉，而顾邵松没有阻止。顾邵松只是深深看着她："你真的是在做梦？"

"嗯！难道我床那里有鬼？"她打了个哆嗦，"顾邵松，我们换个位子吧，你阳气比较重。"

"意大利鬼魂才不管阳气大不大，她们又不是中国的僵尸！你和女鬼都是女性，你们比较有共同语言，我过去的话不太好——万一她看上我怎么办。"

"人鬼殊途，她不会看上你，只会害怕得不敢过来。"

"我长得那么帅，会让她放弃所有原则追求我，到时候她失恋了多不好。这样吧，你睡大床。"

"啊？"

唐心没想到顾邵松居然会松口，急忙高兴地往床上一躺，觉得软绵绵的床实在是太舒服了。然后，她只见顾邵松睡在了她身边，惊得浑身汗毛都竖了起来。她去推他："你去小床睡！"

"不行。"

"为什么啊！"

"我怕鬼。"

顾邵松真诚地说，在唐心身边躺下，然后闭着眼睛，怎么叫都不起来。唐心无奈，也只好气鼓鼓地入睡。她原以为身边多了个陌生人会辗转难眠，没想到自己没过多久就进入了梦乡，甚至都忘记了要等顾邵松睡着后继续装鬼吓他。

一夜好梦。

当清晨的阳光把唐心叫醒时，她舒服地在床上打了个滚，然后见到了放在自己胸前的手臂。顺着手臂往上看，她见到了正在熟睡的手臂的主人，而那人居然好像似乎没有穿衣服？

要是 18 岁的少女，估计现在会尖叫出声，但作为成熟的职业女性，唐心当然不会做那么没品位的事情。她顺着顾邵松的身体往下看，确定他身上什么都没穿，轻轻叹气。她拍拍已经红得不行的脸颊，去推顾邵松。顾邵松睡眼惺忪："早啊。"

看到顾邵松孩子气的那一面，唐心真的什么话都说不出。她冷静地问："你低头看看自己。"

顾邵松低头一看，然后"啊"地尖叫，用一种自己被强暴了的眼神愤怒指控唐心。唐心也火了："你是脑子有毛病呢还是你有暴露倾向，你在家也会裸睡吗！我真是服了你了。"

"在这样的情况下你不是该尖叫着说'怎么会这样'并且哭泣吗！"顾邵松尖着嗓子捂住了脸，装出女人受到侮辱时惯有的模样，然后愤怒质问，"你这反应是怎么回事，好像你经常做这件事一样！"

"喝醉以后偶尔是会有……喂，顾邵松，我都没说什么，你至于反应那么强烈吗！你是不是男人啊！"

"真不是你干的？"顾邵松怀疑地问。

"要是我干的，我天打雷劈！自插双目！"

唐心恨恨地发誓，去洗手间梳洗，用清水给脸降温。她想，不能再这样下去了。

就算是不知不觉……但是和顾邵松似乎走得太近了。

和爱人的兄弟有纠缠，这样可不好。

唐心在为自己和顾邵松说不清道不明的关系苦恼不已，迈克尔看着面前的背包也终于快按捺不住自己的脾气。他伸出脚就想踢倒那个包，但想起自己的绅士风度，到底没有这样做。他迈步去阳台抽烟稳定情绪，然后给客户打电话，彬彬有礼地说："'黑色星期五'先生，抱歉我们拿到的背包里没有那颗钻石，我想他们把钻石放在了更安全的地方。是的，他们一定是有组织的团体，非常机警。你放心，我会找到是哪个家伙敢和我们争东西，一定让他们得到教训。"

他说着，掐灭了香烟，露出的笑容是那样优雅和深情。

第六章　我只想唱歌给你听

唐心再三警告顾邵松不许把在威尼斯发生的事情告诉任何人，不然她做鬼也不放过他。顾邵松已经习惯了她的被害妄想症，再加上这样倒是和他不谋而合，所以只是淡淡一笑，算是给她吃了一颗定心丸。他们乘坐一早的火车到了西西里岛，而此时距离婚礼只有一周的时间了。

走进奢华的海边酒店，唐心愕然发现婚礼的布置工作已经进入了尾声，这些漂亮的装饰就好像刀子一样深深刺痛着唐心的心。她听楚颜说刘舒雅和夏云起的亲朋好友都在到来的路上，所有准备工作一切顺利，再看着夏云起和刘舒雅手拉手站在一起的场景，心中突然涌现了一丝悲凉。她第一次深切觉得，他真的要结婚了——不管她在与不在。

"唐心，听说你和邵松的机票出了问题，后来是怎么解决的？"夏云起问。

唐心忙回过神来，淡淡地说："后来我们买了火车票过来——意大利的票务系统真该被投诉！那么多人偏偏少了我和顾邵松的，而且她还不承认自己漏买，说一开始就没我们的名单。"

"真是太过分了。"夏云起说。

唐心看着刘舒雅，"舒雅，你觉得呢？"

刘舒雅笑容和以前一样完美无瑕，"遇到事情，大家都会忙着推卸自己的责任，无论是中国人还是外国人，都不例外。不管怎么样，你们顺利到达了，这可真是一件好事。"

"当然是好事。"唐心深深看着刘舒雅。

她几乎可以确定，机票的问题是刘舒雅使的绊子，但她没有任何证据，现在提出猜测也只能让别人觉得她小心眼罢了。她并不介意刘舒雅的心机，因为这会让她更加无拘无束地放手一搏。

凡是她要的，她都要抢去。这是她们心照不宣的战争。

夏云起敏锐地感觉到气氛有些不太对劲，笑着对唐心说："一路上辛苦了，你和邵松快去歇歇吧。婚礼的事有楚颜帮着，你不必担心。"

"云起，你还真是通情达理的好客户。"唐心也笑着说。

这时，顾邵松不耐烦地拉着她，"走了，睡觉去了。昨天折腾了一晚上真是累得不行。"

唐心昏昏沉沉的，任由顾邵松拉着走，而其他人都别有深意地看着他们离去的背影。唐心实在是累了，去房间睡得昏天黑地，再次醒来的时候已经是午夜了。她睁开眼睛，见楚颜披头散发地坐在她床前吓了一跳，揉揉眼睛问道："你是什么时候回来的？"

"刚回来不久。我问你，你和顾邵松到底发生什么事情了？"

唐心的心"突"地一跳，忙说："什么都没有——你为什么那么说？"

"我也说不清，总觉得你们之间有些不对劲。"楚颜皱眉说。

唐心硬着头皮撒谎："真的没事，是你多心了。我问你，夏云起和刘舒雅进展得怎么样？关系还是那么好吗？"

"吵过几次架，规模还不小。不过情侣都是这样的，吵得厉害好得也快，第二天就会和没事人一样。"

"不管怎么说，吵架总是伤感情，说不定他们是看在婚礼时间都定好的份上才会和好。现在距离婚礼还有一个星期，变数很大，婚礼前一天分手的也不少啊。"唐心幸灾乐祸地说。

"那你就祈祷吧。"

楚颜说着，不再理会唐心，而是自顾自睡觉去了。唐心在床上辗转反侧，脑海中浮现的一会儿是夏云起的笑靥，一会儿是顾邵松的面容，甚至还有迈克尔的表白，竟是折腾到凌晨才睡去。一晚上，她都在迷迷糊糊地做梦，梦到了夏云起和刘舒雅还是准时举办婚礼，而她就是那个可怜的伴娘。在交换戒指的时候，她手里的戒指突然变成了冲锋枪，子弹唰唰地朝刘舒雅飞去，让刘舒雅血溅当场。她换上了洁白的婚纱，正双手叉腰得意大笑，突然有人幽幽地说："她的胸根本没有 C 罩杯，婚纱里都是棉花。"

然后，全场哈哈大笑，唐心悲愤地看着顾邵松，一句话都说不出来。当满场漂浮着棉絮时，唐心终于从惊恐中醒来。

刚才那个梦实在太过真实，唐心是那么愤恨"顾邵松"在最不适合的时间出现，害得她都没梦到和夏云起滚床单就这样被吓醒。她怎么也睡不着，干脆起床，准备在酒店用了早餐后就去市中心的购物店买生活必需品和换洗的衣物。今天的面包格外美味，她忍不住吃了很多，只觉得肚子撑得难受，干脆在酒店的角落做起广播体操来活动一下。她不知道，不远处的迈克尔一直若有所思地看着她，神情凝重地对雪梨说："这就是传说中的中国功夫。看来，真是一个值得尊敬的对手啊。"

"老大，那我们现在该怎么办？"

"我亲自出马。"

迈克尔说着，装作和唐心不期而遇的样子，唐心没想到会在一大早见到熟人，吓了一大跳。

"唐心，早安。"迈克尔对她笑着，露出一口白牙。

"早上好！"唐心忙说。

"甜心，他们说你的机票没买到，只能留在威尼斯，你的东西丢了为什么不打电话给我？我在那里有不少朋友。"迈克尔关心地问。

"我的手机也丢了，哪里记得住你的号码。咦，我东西丢了的事情你怎么知道，我没告诉任何人啊。"

迈克尔一直为他们的背包里没有他想要的东西而生气，没想到自己居然在这样的小问题上栽了，忙说："那个……"

"哦，肯定是顾邵松那个大嘴巴说的！"唐心愤愤，"说来也倒霉，我们在火车站走得好好的，不知道哪里来了一帮小偷把我们的东西都抢走了，怎么追都追不上！唉，我倒是没丢了什么值钱的东西，但生活用品都没了，实在太不方便了。"

"你们报警了吗？"

"上次我的婚纱丢了，报警也没用，这次干脆没去报警。不是我说啊，你们意大利警察实在是太酒囊饭袋了，一点都不为老百姓着想嘛。"

"确实如此。"

唐心和迈克尔有一搭没一搭地聊着，心中的火气慢慢消散，也意识到自己向他发火是一件多无礼的事情，有些抱歉。她笑着问："你住在酒店的哪个房间？是在我们附近吗？"

"不，我住在朋友家里，现在过来是有一点私事要处理。"

"你怎么不住在酒店，舒雅肯定很想见到你。"

"我已经和她电话沟通过了。而且，我想为她准备结婚礼物，等到婚礼当天给她一个惊喜。"迈克尔神秘地说。

"哇，有你这样的好摄影师真是她的幸运。"

127

"有我这样的情人会更幸运，只可惜我被无情地拒绝了。"

唐心没想到迈克尔又提起那天的事情，讪讪一笑，但心里也有几丝甜蜜。迈克尔问清她的计划后，自告奋勇担任她的逛街指导，开车送她去市区。他为她选了几身不错的衣服，极力推荐她选一套红色的比基尼泳装，说她来海边不下海的话实在太可惜了，唐心犹豫了下后听从了他的建议。购物完毕后，他们找了一家咖啡馆喝了杯咖啡，并约好晚上在酒吧见面。

迈克尔的出现总是能让唐心心情愉快，她高高兴兴地回了宾馆，当她得知刘舒雅和夏云起一会儿要带她们一起出海时更是非常兴奋，她那么庆幸自己买了一件性感泳衣。她穿上后左顾右盼，问楚颜："亲爱的，这颜色好看吗？"

"还不错。"

而唐心的眼睛黏在楚颜身上就无法落下来了。

她一直知道楚颜的身材不错，却不知道她掩藏得那么好，那身材简直是前凸后翘，魔鬼到了极点！和她一比，自己的胸部就好像搓衣板那样扁平，就算是娇嫩的红色好像也在优雅的黑色的对比下黯淡了下来，更别提腹部那令人无法忽视的赘肉了。她只好给自己缠上纱巾，披上外套，遮遮掩掩地和楚颜一起出发去海边。上了游艇，她见到刘舒雅"波涛汹涌"的胸部又是忍不住在心中泛酸水。她安慰自己女人的胸太大脑子就没了，却后悔自己没选择保守的连体泳衣，偏偏选这样性感的款式来暴露缺点。

"云起，你帮我涂防晒霜嘛。"刘舒雅撒娇说。

夏云起急忙为自己的未婚妻服务，而唐心只是冷哼一声，对她的娇气嗤之以鼻。她也很想撒娇让男人帮她涂防晒霜，但她找谁？找张杰的话，她非常肯定他会把她踢到水里，找顾邵松的话……

唐心想象着顾邵松的手指在自己的背部游走的场景，脸突然红了起来，不敢再想下去。这时，刘舒雅又捂着头说自己头疼，看到夏云起认真给她扇风的样子，她的心里别提有多难受了。她已经没有了在夏云起面前展示自己姣好身材的欲望，看着不远处的海滩，觉得这趟出海真是无聊到了极点。

唐心原本想到能欣赏到在阳光下展露好身材的意大利男女就非常激动，却没想到满眼看到的都是大腹便便的"意大利帅哥"以及胸都要垂到肚子上的"比基尼美女"，顿时有了一种上当受骗的感觉。她只能收回目光，欣赏着不远处的夏云起，喃喃地说："天啊，他可真帅。"

"娶了老婆后一样会这样帅。"楚颜忍不住打击她。

"讨厌！咦，张杰怎么穿着那么幼稚的泳裤，他真的有 30 岁了吗？"

唐心看着穿着嫩黄色泳裤，正在专心钓鱼的张杰，忍不住笑了起来，而楚颜这次居然没有毒舌。张杰注意到她们在看他，对她们招手，屁颠屁颠给她们拿来了冰可乐。唐心喝着可乐，看着湛蓝的大海，只觉得心情是说不出的畅快。可是，刘舒雅脖子上亮晶晶的钻石项链让她的心情瞬间多云转晴："楚颜，你看那钻石多大，他还真舍得花钱。"

楚颜也看到了刘舒雅的项链，嘲讽地说："你再看也不是你的。"

"我真不甘心！好想占为己有……"

"可你知道后果。"

"是啊，我知道后果。如果我真的做了，恐怕会有几百个人都不放过我。只是……真的不甘心罢了。"

唐心和楚颜谈论着夏云起，谈论着要是得罪了刘舒雅可能会遭到她亲友团的痛骂，而迈克尔却从窃听器里听到了她们谈论着钻石，露出了满意的微笑。他还想继续听下去，这时张杰发现了唐心泳衣扣子上的黑色装置，好奇地拿起来看："这是什么？窃听器吗？"

"张杰！"

然后，迈克尔只听到一声尖锐的尖叫，再也收听不到任何声音了。雪梨见他脸色变幻，忍不住问："老大，出什么问题了吗？"

"他们发现了窃听器。"

"那有什么有用的信息吗？"

"只能确定他们是一个非常庞大的组织，我们必须小心谨慎。"

"那你晚上和她见面的时候可要小心。"

"当然。"

唐心并不知道迈克尔已经把他们的对话联想到火星人进攻地球的高度，只知道张杰那个傻瓜居然摸了自己的胸部，她伸手就是一巴掌，那窃听器也被打到了海里。张杰捂着脸，只觉得委屈极了："你的胸前有窃听器。"

"窃听你妹啊窃听！我又不是什么重要人物有谁要窃听我！"

"可那个真的是窃听器。"

"好，你拿过来给我看！"

"掉到海里了。"张杰只觉得欲哭无泪。

无论他说什么，唐心就是不相信他，气哼哼地披上浴巾就去了洗手间。她打算欣赏下自己古铜色的健康肤色，却对着镜子一声尖叫，险些把镜子打碎。

有没有搞错！

她千算万算，没算到这该死的帽子居然是条纹，所以她的脸上一道黑一道白简直好像斑马一样！她急得快哭了，拼命用粉底遮盖住晒痕，觉得稍微好些了才敢走出门。她遮遮掩掩地走着，可容貌还是引来刘舒雅的讥笑："哟，原来是唐心啊，我还以为动物园的斑马跑出来了。唐心，这是最新的妆容吗？"

"是啊，你要不要也来一个？别说斑马了，狮子和野猪我也会画！"唐心没好气地说。

"我的婚礼要的是简单清新的妆容，不太适合你这样的非主流。不过你要是想画前卫点也无所谓，反正大家的目光都在我身上，你自己高兴就好。"

"我是伴娘，当然要根据新娘的服饰、妆容来打扮，怎么能打扮得太漂亮抢你风头。"

"这个我倒不担心，因为没有这个可能。云起，你说是吧？"

夏云起真不懂两个女人怎么就这样唇枪舌战起来，只好打圆场："没关系的，这样的晒伤休息一晚上就会好，不会留下痕迹。"

唐心满怀期待地看着他："真的吗？"

"当然。"

唐心低头，故意羞涩一笑，而夏云起也含笑看着她，两个人看起来竟是这样和谐。刘舒雅心里非常不爽，去一边拿水果吃，看到餐盘里的牛排时忍不住咽了下口水。

为了配合夏云起的"素食主义"，她已经有一个月没吃任何肉类了！看着这块写着"快来吃我呀，我可好吃了"的牛肉制品，她痛苦地闭上了眼睛，心里天人交战。当她睁开眼睛时，对于食物的欲望终于打败了她的理智。

大家都没看这里，稍微吃一点没关系吧……肯定没关系啊！

刘舒雅想着，做贼心虚地环视四周，然后紧张地拿起餐刀切了一小块牛排。就在她几乎要把牛排吃到嘴里的时候，唐心突然出现，一把抓住了她的手："舒雅，你拿着牛排做什么？你不是素食主义者吗？"

"舒雅？"

看着夏云起询问的眼神，刘舒雅反应迅速。她笑吟吟地把牛排递给唐心："我看你最近都没怎么吃东西，帮你把牛排切好，你快尝尝。"

"舒雅，你真贤惠。我还以为是你想吃呢。"

"我是素食主义者，怎么会喜欢吃这些，你可真爱开玩笑。"

唐心满脸写着不信任，但刘舒雅知道她没有任何证据，胜利者还是她自己。她有多么庆幸晚了一秒钟吃它，就有多么后悔没有吃到！她完全可以吃到嘴里然后说以为是素食才吃错了！可是，她只能眼睁睁地看着唐心把她心爱的牛排吃了个干净，甚至汤汁都不留，而唐心偏偏还刺激她："真是太美味了。"

唐心这个坏女人！

夏云起见刘舒雅脸上有泪水，忙问："舒雅，你怎么了？"

"阳光太大，眼睛有点酸。"刘舒雅强撑着说。

"阳光大的话你就去船舱休息一会儿，我们不会介意的。"唐心貌似关心地说。

唐心的挑衅让刘舒雅非常不爽，她知道再不给唐心一点颜色看，她恐怕会越发蹬鼻子上脸。刘舒雅想着，故意亲亲热热地说："唐心，你要不要下去浮潜，装备都有。海水那么清，肯定能看到很多漂亮的小鱼。"

唐心其实也很想去浮潜，但她刚被晒到绝望，所以心里一直在天人交战，最后说："我还是不去了，我游泳技术可没那么好。"

"那我们去看顾邵松潜水吧。"

刘舒雅硬是拉着唐心的手走到游艇边缘。她看着不远处的顾邵松，好像自言自语："顾邵松真是一个非常有魅力的男人啊。和云起不一样，他好像一团火一样，能点燃女人的激情。"

"你都要结婚了，说这样的话不好吧。"唐心白了她一眼。

"我不怕你告诉夏云起，因为你喜欢他，不会让他伤心。不过，我劝你不要对顾邵松起什么心思，他这样的男人你可 Hold 不住。"

"我的私生活你好像没理由管吧。"

"当然，我只是给你一个建议罢了，听不听在你。还有六天就是婚礼了，我真期盼那一刻的到来。"

刘舒雅挑衅地笑着，唐心被气得说不出话来，只好沉默地看着远方。她看着顾邵松健壮的身体在碧绿的海水中起伏，不知道为什么想起那天晚上他强健的手臂来，神情也有些怔然。这时，刘舒雅"呀"地叫了一声，带着哭腔说："糟了，我的项链掉下去了！唐心，你也太不小心了！"

"我做什么了我？"

"你说想要看我的项链，我好心给你，你为什么把它掉到海里？这可是云起送给我的第一份礼物。"

"你神经病啊，我根本没看到你的项链！"

"你自己做错事还不肯承认吗？"

刘舒雅与唐心的争执让大家都围了过来。他们看着红着眼睛的刘舒雅，和一脸愤怒的唐心，都不知道相信谁才好。夏云起又想打圆场，而刘舒雅抢先扑到他怀里："云起，她弄丢了你送我的项链！价格倒在其次，这可是你送我的礼物……"

"我真的没有。"

唐心觉得语言是这样匮乏，只会重复这句话，但并没有任何人站出来明确地说相信她，甚至楚颜也没有。她看着夏云起，逐渐心灰意冷起来，凄然一笑："你也不信我？"

夏云起皱眉，然后说："又不是什么大事，项链我们回国再买一条就是了。"

"云起！"

"好，我去给你们找项链！找不到的话我也不回来！"

唐心实在受不了夏云起对自己的态度，赌气拿起浮潜装备就跳

133

下海去，所有人都惊呼了起来。海水很咸，但唐心觉得它根本没有泪水咸。

她没想到自己和刘舒雅的矛盾就这样暴露在夏云起面前，她更没想到和夏云起认识三年却比不上那个女人的一滴眼泪……

我总以为你了解我，看来是我错了，夏云起。唐心在心里默默地说。

其实，她也知道要在大海里找到一条项链几乎是不可能的事情，但她偏要找到，不能欠刘舒雅这个人情。因为是赌气游泳的关系，她只觉得大腿肌肉发酸，然后越来越厉害，几乎有些要抽筋的感觉。她已经在不知不觉间游到了顾邵松身边，发现现在距离游艇有很远的距离，心中不由得懊悔起来。酸痛越来越剧烈，几乎到了不能忍受的地步，她一咬牙，干脆抱住了正在浮潜的顾邵松。顾邵松吓了一跳，险些和她一起沉了下去，也喝了好几口海水。他看清楚来人是唐心而不是什么有触角的海洋生物，忍不住咬牙问："你这是想淹死我呢还是想掐死我呢？你难道不知道这样很危险吗！"

"顾邵松，我突然挺累的，借你肩膀靠靠。"

大腿疼得越来越厉害了，而唐心面不改色。她装作柔弱的样子靠在顾邵松的肩膀上，和他在茫茫大海里一起随着波浪起伏，心中暗暗祈祷腿部抽筋的症状可以快点好。顾邵松虽然对唐心突如其来的热情狐疑不定，却是怎么也不忍心推开那双缠着他的手。

"你到底怎么了？"顾邵松问她。

"嘘，别说话，让我们一起听海浪的声音吧。"

唐心强忍着疼痛假装小清新，顾邵松虽然知道其中有鬼，但就这样任由她趴在自己身上，和她一起看着潮起潮落。这时，唐心突然觉得有什么东西在咬自己脚趾，伸脚踹了一下，那东西却还没走，当她看清楚那家伙样子的时候觉得汗毛都竖起来了。她用力掐顾邵松，尖叫："那只海龟咬我！该死的，还流血了！"

"流血？你确定你在大海里流血了？"

"嗯！这该死的海水是咸的，我好疼啊。"

唐心郁闷地向顾邵松撒娇，顾邵松却神情凝重了起来。他淡淡地说了两个字："鲨鱼。"

"什么？"

"在大海流血可能会有鲨鱼被吸引过来。"

"不会吧！天，那里是什么！"

唐心看到不远处有什么旗子状的生物朝自己游来，大惊失色下松手掉到了海里，一连喝了好几口海水。顾邵松没好气地把她捞了起来，任由她用了吃奶的劲儿搂住他的脖子："好了，快叫吧。"

"叫什么？"

顾邵松酷酷看了她一眼，然后突然大声说："救命啊！"

"救命啊，救命啊！"

看到唐心紧紧搂着顾邵松的样子，游轮上的夏云起终于发了火。他冷冷地说："你满意了？"

"那是你第一次送我的礼物啊，云起！你怎么能这样！如果我说她是故意的，你会怎么样？"

"唐心不可能这么做。"

"为什么？"

"因为我们已经认识了三年，我了解她。"

刘舒雅一下子愣住了，只觉得心里酸涩难言。

夏云起和刘舒雅僵持期间，张杰端着饮料从他们身边走过。他仔细看着远方，不确定地说："咦，他们好像在喊什么？救命？"

夏云起和刘舒雅立马往海里看，只见顾邵松和唐心正以破世界纪录的速度朝游艇游来，再看到他们身后那些诡异的"旗子"，一

135

下子就愣住了。夏云起急忙冲到驾驶室，开游艇到他们身边。他伸出手拉唐心上岸，不停安抚她，而刘舒雅的脸色已经难看到了极点。当顾邵松也上岸后，他们终于有时间看海里那些东西到底是什么。

"呀，鲨鱼跳出来了！"张杰兴奋地说。

海平面上，一个灰色的不明物就这样跳跃了出来，身上带着海的水珠和阳光的颜色。然后，越来越多的不明物跳出了海面，打碎了夕阳下仿佛铺满金子的海平面，美得令人窒息。

"鲨鱼！"张杰还在兴奋地叫。

"不是鲨鱼，是海豚啊，白痴。"唐心轻声说。

她从来没想到居然会在海里亲眼看到那么多海豚，看着这些可爱的小生灵，她的心情也突然变得平静。她觉得自己的那点烦恼和辽阔的大海相比，实在是太微不足道。

也许，遇到计划外的美丽，这就是旅行的意义吧。幸好，有他在身边，陪我共看这世间繁华。

全船人都出神看看这难得一见的美景，而唐心出神地看着夏云起，一场好好的出海也就这样落下了帷幕。到了宾馆后，夏云起亲自送唐心到了房间。唐心内疚地说："对不起，那条项链我还是没找到，舒雅一定很生气吧。要不是我的腿突然抽筋，我一定还能再找一会儿。"

"什么，你的腿抽筋了？在深海？"

看到唐心柔弱地点头，夏云起的心里很不是滋味，觉得就算这条项链真的是唐心无意中弄丢，刘舒雅也太过分了。他沉默了一会儿，然后说："对不起。"

唐心微微一笑，道："你是在为她道歉吗？真的没有必要。你知道，我不会为了这个怪你。舒雅她是有点小性子，但那也是因为在乎你。我想，以后我们还是少联系吧。"

夏云起愣住了，"为什么？"

唐心欲言又止，夏云起猛然醒悟："因为舒雅？她不会……"

他的话说了一半就没说下去，因为他也知道自己的解释多苍白无力。在唐心明亮眼眸的注视下，他只能苦笑着说："对不起，我真的没想到她会这样。我和她说了很多次，我们只是普通朋友，可她就是……"

"为了你们的关系，我们还是保持距离吧，虽然我们都无愧无心。"

唐心的大度让刘舒雅在夏云起心中的印象越发不好，他也真不明白一个女人怎么会在短短一个月的时间里发生那么大变化。他当然不能答应唐心："不，我们的关系不会因为她有任何改变。"

唐心哀伤地问："难道我还能半夜给你打电话说心事，你还能在不开心的时候找我出去喝酒？云起，你是要结婚的男人了，你要考虑舒雅的想法。女人都是善妒而且多心的，她这样也是在乎你的表现。"

"可她这样会让我窒息。"

夏云起情不自禁地说，他自己也为说了这样的话而愣神。唐心心中暗笑，但脸上没有露出分毫。她只是哀伤地说："希望你幸福，云起。"

她说着，没等夏云起的回答，就走回了房间。她看着镜中的自己，慢慢微笑了起来，笑容越来越大，直到笑出了眼泪。

她想，见到海豚实在是一个太好的预兆。夏云起已经在她面前说起刘舒雅的坏话，他们的矛盾越发不可调和，她似乎离成功更近一点了。

她绝对不会输给刘舒雅，不是吗？

137

唐心并不知道迈克尔为晚上的会面做好了充分准备，在临出门时被一个印度人抢走了皮包。迈克尔把这个看成是唐心一行人对他的无声反抗，出于谨慎不来赴约，他和雪梨研究起接下来的计划，对唐心他们越发忌惮，不敢轻举妄动。

因为迈克尔突然有"急事"不能来，夏云起和刘舒雅也没出现，唐心干脆和楚颜过了一个女生之夜。她们穿最漂亮的衣服，去海边喝酒，享受着属于自己的人生。楚颜见唐心脸上的晒伤几乎看不出来了，忍不住伸手用力捏了一下，然后问："你准备买化妆品回国吗？"

"当然，而且要买很多，总要把这趟旅行的差价赚回来！"

"你说意大利有动物园吗？"

"应该有吧。咦，你问这个做什么？请问这两个问题有什么关联吗？"

"我看到你现在的皮肤，想起了你下午的样子，所以想知道什么化妆品效果那么好；你那时候的样子像极了斑马，我突然想到很久没见斑马了，又想到能看看狮子也不错，所以问这里哪有动物园。有什么问题吗？"

唐心没想到楚颜把她比喻成斑马，气得一句话不想说，只能用力吸果汁。她看着走来走去的漂亮女服务员，羡慕地说："她们的身材可真棒，前凸后翘的就好像桃子一样诱人。要是我是男人，也会喜欢这种类型的女人。"

"和以前相比，你已经女人很多了啊，你还想怎么样？"

"还不够。"唐心说。

她也知道自己的改变有多大，但一天没赢回夏云起的心，就还不够。楚颜没有再继续劝说下去，只是说："你做了那么多，他什么都不知道又有什么意思。"

"你的意思是告诉他？不行，这样太丢人了。"

"没关系，你现在做得已经够丢人啊。"

"不，不一样。如果他拒绝我的话，我们朋友都没得做。"

"那他和刘舒雅结婚后你会继续和他做朋友？"

"我怎么会和刘舒雅的老公做朋友！"唐心愤怒地说。

她说完这话，突然意识到自己犯了一个多大的错误——她的努力，夏云起根本不知道，这可是工作中最忌讳的失误。楚颜说得对，她都丢脸那么多次了，多这一次又算什么？失败的话，只是再也不见他罢了，而成功的话她可就是夏夫人了。

唐心越想越兴奋，把酒一饮而尽，恨不得现在就找夏云起表白。这时，她突然看到不远处有个熟悉的身影，眯起眼睛："那边那个是不是张杰？"

"好像是。"

"哟，和一帮比基尼美女在一起，他的艳福还真不浅。"

唐心看着穿着卡通短裤的张杰混迹在金发美女中居然如鱼得水，决定以后对他刮目相看。张杰也看到了她们，跑过来拉她们一起去打沙滩排球，唐心急忙拒绝。张杰根本不管她在说什么，把她生拉硬拽地拉到排球场，唐心简直怀疑要是自己突发心脏病的话他都会把她的尸体拉过去。幸好楚颜非常够义气，跟着她一起到了场地，问张杰："顾邵松没和你一起来吗？"

张杰张大嘴，但过了很久一个字都没说出来。他背过身，和唐心说话："你会打排球吗？"

唐心忙推他，"楚颜和你说话呢，你刚才是不是没听清啊。顾邵松去哪里了？"

张杰想了下，在唐心耳边轻声说："我不知道。"

唐心只觉得耳朵酥酥麻麻的，忍不住骂："别离我那么近！楚

139

颜问你的，你和她说啊。"

张杰的喉咙滚动，高傲地看了楚颜一眼，还是沉默地从她身边走开，唐心觉得她要是楚颜的话一定会弄死这个混小子。她好像操心的母亲一样，为自己的熊儿子张杰向楚颜道歉，楚颜倒是不介意："他的脑子一直有些问题，我早习惯了。他前几天还喝得醉醺醺的来我房间，非要和我一起去看什么狗屁星星，我直接把他打得眼前冒星星。"

唐心汗颜："这个……打得好！打得好！"

她们说话间，比赛开始了。张杰和两个外国美女是一队，楚颜、唐心和一个小朋友是另一队，谁输谁赢似乎在比赛前就有了定局。唐心本来抱着玩乐的心情打排球，没想到张杰第一个球就恶狠狠地杀了过来，在地上砸出一个大大的坑。唐心吓了一跳，忍不住想要是这球打在她脸上会有什么后果，她捡起球骂张杰："你要不要那么大力啊！"

张杰严肃地说："这是比赛，都给我打起精神来！"

"你这个神经病！"

唐心真是和他沟通无能，简直不想和他再打下去，但她突然看到一个球朝对方狠狠拍去，擦着张杰的脸然后滚落到了沙滩上。她愕然看着楚颜，楚颜吹吹手掌："要比赛就来吧。"

……

请问这是什么样的神奇世界！

唐心心目中的沙滩排球是比基尼美女和肌肉帅哥卿卿我我玩游戏，时不时调情一番，但眼前的情景分明不是这样。排球一次次狠狠砸向对方，她似乎都能看到球上的火光和硝烟，而张杰和楚颜的脸色简直比上战场还要严肃！外国美女一个个离场，小朋友也被她们抱走，唐心为了不波及自己也很没义气地站到了一边。

所有人都兴致勃勃地看着他们二人的对决，有人开台下注，更有人激动地说这就是传说中的"中国功夫"。唐心只见排球你来我往了许久，眼前一片混乱。最后，比赛以排球结结实实打中张杰的下体结束。

　　张杰捂着自己可怜的兄弟在沙滩上滚来滚去，楚颜走到了他身边，居高临下地看着他："服不服？"

　　张杰紧咬嘴唇，还是没有说话，这倒是让唐心有些佩服。她眼见楚颜大有一种要严刑逼供的样子，忙冲上前去说："他前几天那里刚受了伤，现在又……真不知道会不会有问题。楚颜姐姐，你陪他回房间吧。"

　　"你不回去吗？"

　　"我还想在这里待一会。"

　　楚颜想了一下，点头答应，直接揪起张杰的衣领，把他往宾馆拖。唐心终于把这两个极品忽悠走，松了一口气，然后觉得疲惫不已。她坐在软软的沙滩上，独自一人练习着表白要说的话，要展现的表情，是那么想一举成功得到夏云起的欢心。她低声背着甜言蜜语，把自己精分成唐心和夏云起，时而羞涩时而温柔，正表演得起劲时候，突然看到不远处有个男人坐在沙滩上，看背影居然那么像夏云起。她吓了一跳，而此时那个人回头。唐心只觉得好像被施了定身术一样，木木地站着，夏云起也看到了她。

　　"唐心。"夏云起温柔地叫她。

　　一切发生得太快，和设想中的有些不一样，但似乎更好。虽然还没有做好充分准备，但唐心实在不愿意错过二人独处的机会，急忙满脸堆笑走到他身边。和夏云起一起并排坐在沙滩上，唐心轻声问："云起，你怎么一个人在这里？"

　　"宾馆里太闷热，想出来看一会星星。"

"是啊，多美的星空。"

他们一起抬头看着天空，听着海浪拍打礁石的声音，只觉得一切是那么美好。唐心深知这是她赢得夏云起的绝佳机会，借着酒意想和他亲密接触。她悄悄把头往夏云起的肩膀靠近，靠近，再靠近……就当她几乎把头放在夏云起的肩膀上时，夏云起突然站起身来，她也控制不住摔在了软软的沙子上，吃了一嘴沙。夏云起把不远处的吉他拿在手里，见唐心倒在了地上，好奇地问："你在做什么？"

"我觉得这样看星星更美。"唐心强撑面子说。

"呵呵，你还真是有闲情逸致。我刚才在酒吧听到有人弹唱，就把吉他拿来试试看，发现自己的手真是生了很多。"

"我还记得三年前年会上你表演的节目就是弹吉他，现在怎么不弹了？"

"作为老总，这个爱好似乎有些说不出口。"夏云起说。

"云起，说真话。"

"因为没有时间。白天要想着公司的事情，晚上也要想，我唯一能牺牲的就是自己的爱好。"

"不会可惜吗？"

"这就是生活。你懂的，唐心。"

"当然，我懂。可是现在的你变了，不是吗？"

唐心说着，只觉得酸楚不已，有一种队友背叛了她，从此过着幸福美满生活的妒忌感觉。夏云起看着唐心哀怨的眼神，忍不住摸摸她的头："唐心，舒雅已经认识到自己的错误了，我代她转达她的歉意。"

唐心根本不信刘舒雅会道歉，却也没有揭穿。她小心翼翼地说："算了，都是过去的事情了，而且你已经道歉过，我早忘记了。只是，想到你接下来的日子，我真是替你发愁。"

"说实话，她和我父母的关系并不好，我妈甚至今天还让我考虑一下是不是推迟婚礼。"

唐心觉得自己的心直跳，言不由衷地问："为什么？这样不太好吧。"

夏云起苦笑："其实，我也觉得自己当初的决定似乎有些仓促。婚姻需要的并不只是激情，更要默契和磨合。舒雅的小孩子气让我很疲惫，我觉得她和我当初认识的那个人有很大不同，最让我苦恼的是她并不能理解我。不像你，我们之间都不需要太多的言语。"

夏云起说着，深深地看着唐心，而唐心只觉得鼻子酸得不行。她暗恨夏云起为什么那么晚才想起她的好，忍着心酸问："云起，那我……"

她想问自己和刘舒雅到底谁好，但话到嘴边，还是问不出来。她深吸一口气，笑靥如花："那我可以听你的弹唱吗？真是好久没听了。"

夏云起惊讶地看了她一眼，爽快答应："你要听什么？"

"今晚月色那么美，就唱月亮代表我的心吧。"唐心很有心计地说。

这首歌非常简单，夏云起演奏起来当然毫无压力。他的声音回荡在沙滩上，一直响到了唐心的心里。

你问我爱你有多深

我爱你有几分

我的情不移

我的爱不变

月亮代表我的心

轻轻的一个吻

143

已经打动我的心

深深的一段情

叫我思念到如今

……

夏云起浑厚的嗓音和这首深情的歌是那样和谐，唐心托着腮看着他，总觉得他这首歌就是唱给自己听似的，心里满是甜蜜与酸楚。一首歌听完后，她情不自禁地鼓掌："云起，你唱得真是太美了。"

"有吗？"

"当然，我说的都是实话。"

"你以前可从来没这样夸过我。"夏云起微微一笑。

唐心强笑："还不是怕你骄傲，影响发挥啊。云起，我们好久没有这样聊天了——自从你准备结婚以后。"

"我最近忙着婚礼的事情确实忽略了你，非常抱歉。唐心，你有任何事情都能第一时间找我，我们是朋友。"

"但没有哪对朋友可以一辈子。你结婚后，我们的联系会慢慢变少，等我结婚后，我们更是会变得毫无交集。我们要考虑彼此伴侣的感受，悲伤的时候不能给对方打电话，喜悦的时候不能第一时间和对方分享，甚至以后连日常问候都会变得奢侈……云起，我真的很怕这一天。"

夏云起心中有些酸涩，嘴上却说："我答应你不会这样。我们永远会是好朋友。"

"是吗？"唐心淡淡笑着。

她的忧郁感染了夏云起。他也知道唐心说的都是实情，心里突然有一种缺了一块的感觉。他不知道为什么突然想起了顾邵松，忍不住问："你和邵松很熟？"

"也说不上吧……"

"舒雅开玩笑说你们可能在地下恋情。"

唐心急忙否认："你别听她瞎说，怎么可能啊！我喜欢张杰也不可能喜欢他！"

听到唐心说这样恶毒的誓言，夏云起顿时信了她。唐心无奈地说："夏云起同志，我们能不能不要再聊别人了，就享受一下这美好的夜晚？"

"好，好，是我错了。那里风景不错，我们去那边看看？"

"好啊。"

唐心玩心大起，跟着夏云起一起往礁石的那一边走去。因为礁石太难攀爬的关系，夏云起朝她伸出了手，而她没有任何犹豫地就把手放在了他的掌心。

加上今天下午在游轮时的一次，这是他们第二次牵手。她简直不敢相信一天之内她和夏云起牵了两次手。

夏云起的手是那么宽厚温暖，唐心觉得自己就好像刚陷入恋爱的少女，连空气中都弥漫着甜蜜的气息。他们手牵手到了一个人迹罕至的地方，一起对着大海尖叫，好像孩子一样欢笑。海风吹乱了唐心的发丝，她在风中对夏云起说："云起，我喜欢上一个人。"

"谁有那么幸运？"夏云起兴致勃勃地问。

"事实上，我从来没想到能和他有交集。他是那么优秀，他的每一根头发都好像在发光，我们之间也有着说不完的话题。自从见到他的第一刻起，我就知道他是我的真命天子。但是，他到现在还不知道我的心意。"

"为什么？"

"因为我们是朋友，我怕我说出去后失去这段友谊。我真的很在乎他，所以非常害怕。"

看到唐心哀伤的面容，夏云起的心情不知道为什么不太好。他

145

勉强笑着说："可是你不说的话，怎么知道他是怎么想？也许他也喜欢你，你们本来就应该在一起。"

"可他是一个非常非常优秀的男人。"

"你也是一个非常优秀的女人。"

"是吗？"唐心不确定地问。

"当然。你的个性非常好，工作努力很有上进心，对人和蔼、学历高、贤惠……"

怎么那么像评价优秀员工啊！唐心不满地想。

"还有，你真的非常美。"

夏云起鬼使神差般伸出手，去抚摸唐心杂乱的发丝，而唐心愣住了。什么技巧、什么策略在此时都成了空白，她只是呆呆地看着这个自己深爱的男人。夏云起看着她红润的嘴唇，不知道为什么突然很想吻她，但他的手在触碰到自己裤子口袋的时候终于清醒了过来。此时，唐心终于鼓足勇气说："云起，其实我……"

"唐心，这个给你。"

夏云起突然把一个丝绒盒子交给唐心，唐心打开一看，只见里面是一枚精美的铂金戒指。她疑惑地看着夏云起，而夏云起说："这个是我的婚戒，你能帮我保管一下吗？"

"为、为什么让我保管？"唐心艰难地问。

"因为你是我最好的朋友，也是我的伴娘。"

"是啊……当然。"

唐心把没有说完的话咽了下去，强迫自己笑着看着夏云起，觉得自己花光了所有力气。她看看时间，说："不早了，我们回去吧。"

"现在才9点。"

"舒雅在等你。"

唐心说着，不再看夏云起，而是扭头就走。她没走几步，夏云起在她身后问："你喜欢上的那个人究竟是谁？"

"是……啊，对不起！"

唐心没想到自己居然撞到了一个人，急忙道歉，然后见到的是顾邵松惊愕的面容。他的目光在夏云起和唐心身上游走，而他没说话之前，夏云起说："我真是没想到……恭喜你们！"

"你说什么啊。"顾邵松不耐烦地问。

唐心也没想到自己暗示成这样，夏云起居然会把自己的喜欢的人误认为顾邵松，心中一片悲凉。为了不被夏云起看扁，她故意搂着顾邵松的胳膊，娇羞地说："顾邵松，我喜欢你。"

顾邵松一下子愣住了，疑惑地看着唐心，不知道她在搞什么鬼。唐心不停对他使眼色，他终于反应了过来："呵呵。"

"云起，你会祝福我们的，对吗？"

"当然，当然。你们能在一起很好，真是太好了。"夏云起语无伦次地说。

"你到底……"

顾邵松还没说完，唐心抢先亲吻他的嘴唇，成功阻止了他接下去想说的话。顾邵松呆呆地看着唐心，还是没搞明白她到底要做什么，而唐心依偎他胸前，羞涩地对夏云起说："谢谢。"

"那我……先回去了，就不打扰你们了。"

夏云起真是说不出是什么滋味，转身走开，而唐心此时终于深深舒了一口气。她看看顾邵松，也想走开，顾邵松一把抓住她的手臂，说道："你又占了我便宜就想走？"

"那个……只是一场意外。"

"你为什么告诉夏云起你在和我谈恋爱？想让他吃醋？"

"哪有那么卑鄙！我只是……不想让他太看不起罢了。我早就放弃他了。"

147

"是啊，半夜三更和他一起唱情歌看月亮的放弃！"顾邵松冷笑。

唐心没想到他们的一举一动顾邵松都看在眼里，脸红得不行。她张嘴想解释什么，后来疲惫地说："随你怎么想。"

"表白失败了很伤心吧？谁让你没刘舒雅漂亮呢。"

"被刘舒雅甩了你也很伤心吧，谁让你没云起那样英俊有气质呢。"

"呵，你不是想在第33场婚礼前把自己嫁出去吗？我看别说第33场了，你一辈子也嫁不出去。"

"呵，想不到我在飞机上说的话你到现在还记得啊。如果哪天有女人愿意自我牺牲嫁给你我可以给她免费当伴娘，只是到时候你估计已经老得走不动路了吧。"

唐心和顾邵松彼此挖着彼此的伤疤，越说越起劲，到后来面红耳赤。唐心突然想起了什么："你怎么会在这儿，你跟踪我？"

顾邵松当然不会说见她今天下午情绪不对劲，想出来看看她到底有没有自杀倾向，此时也觉得自己的担心实在太没道理。他还记得在飞机上她说过自己难过的时候就喜欢待在安静的地方，所以来这里碰碰运气，没想到真的遇到了她，还看了一场好戏。他的心里也说不清是什么感觉，只是冷笑道："跟踪你？你是明星吗？"

"切，我也就那么随口一问。"唐心也觉得自己实在有些多心。

顾邵松嘿嘿一笑："要不要我陪你演下去？"

"演什么？"

"你男朋友啊。你不会想第二天就告诉夏云起你水性杨花和我分手了吧。"

唐心心中暗暗盘算，如果她和顾邵松在一起夏云起都不介意的话，那就是真的对她没意思，也正好能试试看夏云起的真心。而且，这样能恶心一下刘舒雅，真是再好不过的打算。

只是，顾邵松真的会那么好心？他有什么企图？

唐心把疑惑明明白白写在了脸上，顾邵松说：“你别想太多，我只是觉得好玩罢了。因为，我不相信夏云起会喜欢你。”

“不到最后一刻，我不会放弃，你等着看好了。”

唐心说着，转身就走，不再理会顾邵松。

而现在，距离婚礼还有五天。

她只有最后五天的时间了。

第六章　我只想唱歌给你听

149

第七章 山那一边的风景

　　昨天的事情后，唐心认为刘舒雅一定会对她横眉冷对。她原想趁机展示一下自己的无辜与柔弱，让夏云起对她更加怜惜，没想到刘舒雅好像什么事情都没发生一样，反而对她亲热起来，甚至"屈尊降贵"向她道歉。

　　当着夏云起的面，刘舒雅内疚地说当时可能是自己没站稳才掉了项链，也因为丢了项链太着急才会把责任推到唐心身上，希望她不要介意。刘舒雅的低姿态让唐心也无法再摆脸色给她看，心里暗暗提防刘舒雅背地里会用什么手段来报复，表面上也只好装作什么都不介意的样子，和她谈笑风生，二人共同演绎"姐妹情深"的戏码。

　　和刘舒雅凑近说话的时候，唐心敏锐地感觉到她身上好像有一股淡淡的烟味，心里有些疑问。她知道夏云起从来不抽烟，也最讨厌抽烟的女人，心中暗想这到底是刘舒雅有抽烟的习惯，还是她背着夏云起勾引男人，无论是哪一种都是她的好机会。她不动声色，继续和刘舒雅有一搭没一搭地聊着。

　　"唐心，你陪我去试穿婚纱吧。你的眼光好，看看我到底穿哪一套。"刘舒雅向唐心发出了邀请。

　　"好啊。"唐心也亲热地说。

于是，他们三人一起去婚纱店试穿礼服。也许刘舒雅是真的觉得内疚了，居然给她定做了一条淡紫色的漂亮礼服，和之前那条像"毛毛虫"一样的礼服简直不能相提并论，让唐心一看就非常喜欢。夏云起和刘舒雅都怂恿她去试穿，唐心也羞涩答应。她去试衣间穿上礼服，设计师一边帮她整理一边说："领口稍稍有些低，一会儿我帮您改一下。您的皮肤很白，穿紫色非常好看，戴上白色的珍珠项链会更加漂亮。"

"那我的头发是盘起来好还是披着好？"

"披着吧，这样显得青春活泼。"

唐心不停向设计师虚心求教，觉得镜子里的自己真是完美极了，走出更衣室的时候夏云起和刘舒雅都脸色一变。刘舒雅从没见过唐心这样光彩照人的样子，眼中晦涩难明，而唐心害羞地拉拉裙角："是不是颜色太艳了？"

"不，很美，非常好看。"夏云起说。

夏云起的赞美让唐心的脸一下子就红了。她含情脉脉地看一眼夏云起，和他就这样对视，连空气中都弥漫着一种暧昧的气氛。刘舒雅是那么愤恨自己选的颜色居然会正好适合唐心的肤色，但此时后悔已经来不及了，忙挽着夏云起的手臂说："云起，你别光看着伴娘，也要看看新娘嘛。我去穿婚纱给你看好不好？"

"好啊。"夏云起心不在焉地说。

等待刘舒雅换婚纱的时间里，唐心和夏云起就这样站着，不知道为什么都有些尴尬。后来，还是夏云起打破了沉寂："唐心，你穿这条裙子真的很美。"

"会比新娘还美吗？"唐心故意问。

夏云起没想到唐心会问这个问题，一时之间不知道该怎么回答，只能保持微笑。唐心还是没得到想要的答案，有些郁闷，正要说什么掩饰过去，这时突然响起了一个夸张的声音："宝贝，你在我眼睛里当然是最美的。"

唐心回过头，只见顾邵松捧着一大束鲜花前来，她觉得头皮都在发麻。她看着顾邵松放大的笑脸，顿时头晕目眩起来，简直恨不得拔腿就跑。顾邵松偏偏还把花放在她面前，深情地说："宝贝，虽然只是一个晚上没见，可我觉得好像过了十年。你是我的灵魂，是我的太阳，是我的一切梦想！"

"请问，能说人话吗？"唐心忍不住问。

"抱歉，陷入热恋中的男人都是这样充满了诗情画意。"

在顾邵松"深情"注视下，唐心觉得自己的鸡皮疙瘩掉了一地，尴尬到不行。夏云起的脸色有些不好看，却还笑着说："想不到你们两个在一起了。什么时候开始的？"

"上个月。"

"昨天。"

顾邵松和唐心一起开口，没想到说出的话却是南辕北辙，唐心只觉得冷汗都要流下来了。顾邵松面不改色解释："我们上个月就一见钟情，昨天真正进入了热恋期。"

"之前都没有听你们说过，保密工作做得也太好了吧。"

"谁让我的小唐心那么害羞？"

顾邵松非常没有节操地搂住了唐心的脖子，唐心觉得自己就要被掐死了，而她脸上的红晕也被夏云起误认为羞涩。夏云起突然觉得有一个属于自己的东西就这样没有了，心里有一种说不出的感觉，勉强笑着说："真是恭喜你们。看来下一对结婚的就是你们了。"

"那当然了。是吧，唐心。"

"呵呵。"

唐心一边假笑一边用力掐顾邵松的手臂，掐得顾邵松险些叫出来，而这时刘舒雅走了出来。

阳光柔和地洒在这个即将步入婚姻殿堂的新娘身上，她整个人就好像油画中的女人，优雅得不像话。她的脸上带着最幸福的微笑与最润泽的光芒，让夏云起的目光一下子就从唐心身上转到了她的身上，怎么也挪不开。唐心发现，刘舒雅的身上早就没有了多年前的胆怯与自卑，耀眼得好像一位公主，让身为伴娘的她瞬间黯然失色。这样的感觉，令她非常难受。

看着刘舒雅，唐心只觉得心里空荡荡的，此时顾邵松偏偏在她耳边说："新娘总是最美的存在，吸引所有人的目光。"

"新郎也是最帅气的存在，比身边的伴郎帅一千倍一万倍。"唐心没好气地说。

"宝贝，你真是口是心非爱说谎，你明知道这是不可能的事情。"顾邵松怜悯地看着她。"

唐心懒得和他斗嘴，轻声说："喂，顾邵松，你不觉得刘舒雅连脸型都变了吗？她以前明明是鞋拔子脸啊！她整形了吧！"

"现在整成高跟鞋脸了吗？"

唐心和顾邵松有一搭没一搭地说着，而夏云起已经着了魔一样地向刘舒雅走去。

"舒雅，你真美。"

夏云起的声音有些颤抖，痴迷地看着自己未来的新娘，牵起她的手，十指相扣。刘舒雅的脸上带着最刺眼的幸福笑容，依偎在夏云起胸前。她此时才注意到顾邵松也来了，装作漫不经心地问："云起，他们……"

"他们恋爱了。我们应该祝福他们，舒雅。"

听到这话，刘舒雅手里拿着的花束都险些掉在了地上。她很快反应过来，夸张地说："真是恭喜你们！婚礼是什么时候，一定要请我们参加啊！"

"结婚的事情……"

"就下个月。"

顾邵松的信口开河让唐心真是恨不得掐死他。她只好尴尬地解释："虽说想下个月，但准备工作很多……"

"但我们肯定会按时完成。"

"说不定会遇到意外……"

"一定会被克服。"

顾邵松的坚定让唐心语塞，她只好跟着顾邵松一起傻笑，而在刘舒雅和夏云起看来，这是两个人陷入爱情的铁证。气氛突然尴尬了起来，刘舒雅沉着脸说："这婚纱的腰身有些大了，我去和设计师说一下。"

"我也先去换礼服。"

唐心急忙进了试衣间，脱下礼服，不知道为什么脑海中又幻想起自己穿婚纱的样子，轻轻一叹。设计师问她领口是不是太低，唐心猛地把领口往下拉，说："一点也不低，我要做成这样！"

"啊……好，没问题。"设计师满面黑线地说。

和设计师交谈期间，唐心突然想到捧花到底选粉色还是绿色刘舒雅还没做决定，所以换好衣服后就推开新娘更衣室的大门。她刚想询问，只见刘舒雅的手中拿着一支香烟，正呆呆地看着她。唐心反应迅速，急忙冲了出去，拉住夏云起的衣袖："云起，舒雅有急事找你，快和我一起去。"

夏云起莫名其妙地被唐心拉进了更衣室，见到了还穿着婚纱的刘舒雅。他问刘舒雅有什么急事，刘舒雅甜甜笑着："哪有什么急事，就是想问你领带到底选什么颜色。"

"不是已经确定选蓝色的了吗？"

"是啊，我刚才已经想起来了，想叫住唐心，可她怎么都不听。"

更衣室里没有窗子，香烟不可能被丢到外面，而地上也干净如新，唯一的可能就是香烟被藏在了婚纱的裙子底下。唐心故意尖叫了起来："老鼠！有只老鼠在你裙子下面！"

"怎么会有……"

刘舒雅的话还没说完，唐心已经猛地掀起了她的裙子，而刘舒雅一声尖叫。她恼怒地涨红了脸："唐心你到底在做什么！我知道你对我有意见，可你为什么要这样让我丢脸！"

"我真的见到了老鼠……"

唐心讪讪地说，只见夏云起和刘舒雅的脸色都越来越难看，心里真是又气又急。她怎么都找不到香烟，无法抓刘舒雅现行，见夏云起面色不善，只能硬着头皮道歉："抱歉，我可能看错了。舒雅，你别生我的气。"

"我们是好朋友，我怎么会生气。你们出去吧，我要换衣服了。"刘舒雅故作大度地说。

于是，唐心只好垂头丧气地走了出去，没看到她走后刘舒雅终于松开手心，把香烟丢在了地上。她的掌心一片鲜红，而她冷笑："想跟我斗，就凭你？"

可能是觉得自己的未婚妻受到委屈的关系，夏云起对刘舒雅越发温柔体贴，也让唐心越发心碎。回去的路上，唐心和顾邵松一起坐在出租车后排，其"恩爱"程度让见多识广的意大利司机都侧目不已。顾邵松假借搂着唐心，拼命把自己身体重量往她身上压，唐心就拼命反抗，趁机掐他几下，而他们的"打情骂俏"让其他人看不下去了。夏云起呵呵一笑："邵松、唐心，你们的感情可真好。"

"是、是啊，好得不行呢。"唐心就要被憋死了，艰难地说。

"当然，我们可是最恩爱的好情侣。"顾邵松忽视唐心踩住他的脚,毫无压力地说。

刘舒雅觉得唐心是故意演戏给自己看,实在看不下去,打断了他们的亲热:"云起,待会儿我父母会到宾馆,中午大家一起吃个饭吧。"

"叔叔、阿姨不是明天才来吗?"夏云起诧异地问。

"是我让他们提早一天到,尽快分享我的喜悦。云起,你不会不高兴吧。"

"当然不会。"夏云起轻声说,吻了一下刘舒雅的手背。

刘舒雅见夏云起还是一如既往的温柔,很快就喜悦起来,而唐心悲悯地看着她。

他当然不高兴。唐心默默想着。

夏云起是一个非常有时间观念的人,什么事情都按照计划来,虽说偶尔会有激情时刻,但计划之外的变数还是会让他感觉到不适。刘舒雅的父母提前一天来,就意味着他必须改变自己的安排,甚至今后几天的计划都要随之改变——这可不是一件简单的事情,一定会让他暴躁不安。

唐心想着夏云起对刘舒雅的不满,就忍不住笑了起来,都没看到顾邵松一直若有所思地看着她。

中午,夏云起接刘舒雅的父母到达宾馆。夏云起为了他们忙前忙后,虽然看起来满是"中国好女婿"的殷勤,但唐心敏锐地发现他脸上的笑容根本到不了眼睛。

多年不见,唐心没想到刘舒雅的母亲居然会胖成以前的三倍体积,忍不住多看了她几眼,而刘舒雅的父母早就不认识唐心。经过刘舒雅的介绍,他们都想起了这个曾经的第一名,对唐心非常热情,也让她极为尴尬,总有一种"虎落平阳被犬欺"的感觉。刘母对酒店的布置赞不绝口，但想到女儿就要结婚止不住地伤感："舒雅，你结婚后可就不是小孩子了。要温柔贤惠，多照顾云起，知道吗？"

"妈，云起对我很好，你放心啦。"刘舒雅撒娇说。

"云起啊，我女儿被我宠坏了，她有什么做得不好的你对我说，我帮你骂她。"

"阿姨客气了。"夏云起淡淡说。

这时，夏母插话："亲家母，我看你这戒指水头很不错啊，是老货吧。"

虽然不喜欢刘舒雅，但夏母也有些看不惯儿子的冷淡，急忙打圆场，刘母也急忙接了话头，两个人就首饰话题相谈甚欢。唐心几乎都没胃口吃饭，竖着耳朵听着两个女人打机锋，暗暗学习要怎样不动声色地在吹嘘自己的同时贬低对方，只觉得收获颇丰。说话间，刘母递给刘舒雅一个包装精美的盒子，里面居然是一件保存完好的婚纱。刘舒雅一下子愣住了："妈，这是……"

"这是妈给你的结婚礼物，但愿没太晚。"

"当然不晚，我一直没选到合适的婚纱，我爱你妈妈！"

虽说早就定好了婚纱，但刘舒雅不忍心让妈妈失望，表现出兴高采烈的样子，刘母也非常喜悦。夏云起温和地说："阿姨，谢谢你的礼物，这是您特别为舒雅选的吧？"

"是我结婚时候穿的婚纱。"刘母骄傲地说。

夏父正在喝茶，茶水一下子就喷了出来，唐心也极力忍住不让自己笑出声来，所有人都在想这样紧身的婚纱刘母当年是怎样穿进去的。夏云起看着刘母和刘舒雅，想的却是三十年后自己妻子的体型，冷汗一下子就流了下来。他的脑海中忍不住浮现出体积有现在三倍大的刘舒雅，不敢再想下去，而这时服务生端来了特色烤羊肉。芬香的味道让大家都食指大动，刘舒雅的父母更是吃得不亦乐乎。

157

刘母见女儿一直没有动餐具，甚至不看桌上一眼，奇怪地问："舒雅，你怎么不吃？你不是最喜欢吃羊肉的吗？"

唐心竖起了耳朵，等着刘舒雅的解释，没想到她反应迅速："妈，那都是小时候的事情啦，我现在和云起一样是素食主义者。"

"可你上高中的时候也很爱吃肉啊。"唐心故意说。

"你一会儿错看了老鼠，一会儿记错了我的喜好，你的记性还真差。"刘舒雅冷冷地说。

唐心语塞，一句话都说不出。就在气氛有些尴尬的时候，有人抱着一大束玫瑰花朝他们走了过来。刘舒雅的眼睛一下子就亮了起来。

"云起，我们都要结婚了，你还搞这些做什么啊。"刘舒雅假装责怪夏云起，脸上满满都是幸福。

"其实，虽然我也很想这样做，但这个不是我的主意……"

"什么？"

刘舒雅的笑容僵在脸上，而唐心不安的情绪也越来越强。因为她几乎能断定这又是迈克尔的手笔。

与中国男人含蓄内敛的个性不同，这个意大利男人的热情简直让她招架不住。最初的惊喜早就被惊恐所取代，她都不知道什么时候又会遇到这个男人导演的奇怪事件。

在她洗澡的时候，窗外会突然响起歌声，吓得她险些从浴缸里滑倒；在她吃饭的时候，四周突然会有人奏乐，即使她当时正在咬牙切齿地啃鸡腿；最让她受不了的就是根据字条去海边赴约的时候，却突然看到了一个巨大的盒子。她好奇地打开，迈克尔从盒子里跳出来，阳光灿烂地拥抱她，吓得她几乎心脏病发作……

所以，虽然迈克尔是个不折不扣的美男子，但唐心觉得这样的男人实在不适合她，开始不动声色地和他拉开距离。现在，她只能眼睁睁看着捧着玫瑰花的人朝她走来，熟悉的音乐声也又响起。她头痛地捂着额头，多么希望在场的人突然集体失明，但她只能郁闷地听他们奏完整个曲子。刘舒雅酸酸地说："唐心，想不到你还很受欢迎嘛。有了男朋友还这样不好吧。"

"我没有……"

"优秀的女人总是不缺追求者，看来邵松那小子要当心了。"夏云起笑着帮唐心说话。

他们刚提起顾邵松，他就端着饮料过来，刘母一见顾邵松就愣住了，脸色变得有些奇怪，手里的盘子都险些抓不住。夏母一点都没看出来他们之中的端倪，还偏偏介绍说："这位就是伴郎了。他叫顾邵松，是云起的同学。还有位伴郎现在不在宾馆，晚上介绍你们认识。他们都是很不错的孩子，和我们家也都是世交。"

"阿姨好。"

顾邵松这次很给面子，装作和刘母一点都不认识的样子，乖乖打招呼，刘母也僵着笑容点头。顾邵松堂而皇之地搂住了唐心的腰，在她耳边轻声说："晚上我来找你。"

"找我做什么？"

"当然是约会。"

唐心想起晚上可能是自己赢得夏云起的好机会，就不太愿意浪费这宝贵的时间。她不耐烦地说："哪天不能约会啊，非要今天？"

"嗯，非要。"

眼见顾邵松一脸坚定，唐心怕惹到这个恶少，只能点头答应。他们甜甜蜜蜜地坐在一起吃饭，刘母看了很久，终于忍不住问："唐心啊，你和这位顾先生是……"

"他们就要结婚了。"张杰说。

刘舒雅手中的叉子掉在了地上。她极力掩饰自己的情绪，说：

159

"妈，一会儿我带你在岛上转转好吗？"

"好啊，我都三年没来意大利了。"刘母高兴地说，"云起，一会儿可要麻烦你了。"

"没什么，是应该的。"

看到夏云起和他们谈笑风生的样子，唐心把手里的牛排想象成刘舒雅，狠狠割着，叉子和盘子摩擦出尖锐的声响。所有人都吓了一跳，唐心忙笑着说："抱歉，手滑了一下。"

"宝贝，你要小心点。"顾邵松演戏上了瘾。

唐心白了他一眼，嘴角轻轻抽搐，继续沉默地吃着饭。这时，她突然觉得有谁的脚轻轻擦过她的脚踝，然后只见夏云起的脸色有些不对劲。她的心猛地一跳，暗想会不会是夏云起对她示好，却又不敢相信。她假装把叉子掉在了地上，弯腰去看，只见刘舒雅的小脚正轻轻蹭夏云起的裤腿，要多恶心就有多恶心。

唐心突然想起了第一次见面时桌下的异样动静，明白了他们居然当着她的面就这样调情，别提有多气愤了。她既恨刘舒雅的淫荡，又恨夏云起那么容易被勾引，眼珠一转，计上心来。她坐直身子，对准夏云起的方向狠狠踹了一脚，只听夏云起一声惊呼，然后恼怒地看着刘舒雅。

"怎么了？"刘舒雅诧异地问。

夏云起怎么好说出口，只是尴尬一笑。这时，唐心站起身说："我突然想到还有点工作没忙完，我先走了。"

"你饭还没吃完呢，不用那么着急吧。"夏母关心地问。

"没关系，婚礼第一。"

唐心说着，匆匆离去。顾邵松微微一笑，看着她的背影若有所思，不知道在想些什么。他去取水果的时候刘舒雅也跟了上去，她轻声问："你真的要和她结婚了？"

"和你有关吗？"顾邵松笑着问。

"邵松，我知道你恨我，但你不能拿婚姻赌气。你根本不知道她有多卑鄙狡诈，她和你根本不适合！"

"我倒觉得她挺好的。"

"我和她认识十多年，我对她的了解总比你多。她的温柔贤惠都是装出来的，她是一个不择手段、自私自利到极点的女人。她一定是知道了我们之间曾经恋爱过才会故意讨你欢心，你真的不能上当。"

看着刘舒雅急切的眼神，顾邵松笑了："你这样着急，我会觉得你还喜欢我。"

刘舒雅愣了一下，轻声说："别开玩笑了。邵松，不管怎么说，我们至少是朋友，你知道我不会害你。"

"你也许不会害我，但你不会愿意看到她好过。刘舒雅，你这么假装真的不累吗？你打算一辈子都迎合他的喜好活着？"

"我不懂你什么意思。"刘舒雅强硬地说。

顾邵松只是嘲讽一笑："收起你的小心思吧，你又不是人民币，不可能全世界的人都爱你。"

顾邵松说着，扭头就走，跟上了唐心的步伐。唐心并不知道有个人一直尾随着她，独自走到婚礼的看台前。到了这里，她才觉得令人窒息的感觉好了一些。

举行婚礼的时间就快到了，准备工作也进行得差不多，他们家长见面了……一切的一切，似乎都预示着这场婚礼已经不可更改。还有三天的时间，她真的能力挽狂澜吗？难道就要眼睁睁地看着夏云起和那个女人结婚？

不，我不要！我不要每个人都幸福美满，只有我一个人是失败者！我不要！

161

　　现在是午饭时间，工人全都消失不见了，气球洒了一地，而唐心看着乱糟糟的场地，忍不住发了脾气。虽然不喜欢这场婚礼，但强迫症与完美主义促使她去把掉在地上的气球全部捡了起来。当看到悬挂的气球少了几个时，她好像看到牙齿缺了门牙一样，特别不舒服。她见没有打气球的工具在，干脆自己鼓着腮帮子去吹，一边吹一边想象着三天后这里举行婚礼的场景，眼泪一下子就流了下来。这时，她的肩膀被人重重一拍，急忙擦干眼泪回过头，没好气地说："顾邵松，你不吃饭跑这里来干吗？"

　　"看看我的女朋友。"顾邵松悠哉地说。

　　"无聊。"

　　"亲爱的，你发誓要在第33场婚礼前把自己嫁出去，可结果不但没嫁出去，还要参加喜欢的男人的婚礼，不知道你现在是什么心情？"

　　"再烦我就把气球塞你嘴里了啊。"

　　唐心不再理会他，继续吹气球，吹了两个后就觉得自己就快因为肺部用力过猛死在这里了。她弯下腰，不停喘着粗气，却见顾邵松捧着一大束气球过来，她大吃一惊："是你新吹的？"

　　"嗯。"

　　"大少爷，你上辈子是吹气球的吧，怎么技术那么好啊。"

　　"只是找到了工具罢了。"顾邵松指指脚下的充气工具。

　　为了不让自己丢面子，唐心硬着头皮继续用嘴费力地吹气球，顾邵松就在一边凉凉地说："唐心，你为什么从来不听劝？"

　　我哪有不听劝。

　　"就拿这个吹气球来说，明明有最简便的方法，你偏偏选了最难的。"

　　我高兴我乐意你管得着吗。

"我想，如果你早点和夏云起说出你的感受，一切也许会不一样吧。"

"噗！"

唐心只顾着听顾邵松说话，没想到他突然说这个，都没留意手中的气球什么时候到了极限。气球一下子炸开，她吓了一大跳，捂住胸口说："你不要突然说这样的话，害得我都险些被毁容——那个，你到底为什么这样说？"

"你没注意到吗，我们在一起的时候夏云起总是会神情有些不自然。"

"有吗？"

唐心细细回忆，依稀觉得顾邵松说的是真的，但又有些不可置信。顾邵松玩着悬挂着的气球，淡淡笑着："就好像这气球一样，你只会自己憋着瞎努力，从来不会想到用正确的方法，更把握不了那个度，所以你的失败也是在情理之中。刘舒雅的智商不如你，但是她的情商比你高，所以她是胜利者。"

"可她以前一直输给我。"

"所以你就这样不服气？唐心，你对夏云起到底是喜欢到不行，还是不能得到后的逆反心理？"

"你是心理医生啊，要跟你说。你有空还是管管自己的事情吧。"唐心白了他一眼，"对了，你有没有摄像机？"

"你要做什么？"

"你没看到刘舒雅看肉那眼神，绿幽幽的就和狼似的，她肯定坚持不了多久。我打算拿牛排做诱饵，诱惑她来吃，然后拍下录像给云起看，让他知道她是一个谎话精。他最讨厌谎言，知道自己喜欢上一个虚伪的女人后一定会分手。"唐心非常有信心地说。

"就快结婚了，又有你虎视眈眈，你觉得她会犯这样的低级错误？"

"是啊，她在这方面总是很有毅力。"

顾邵松的话让唐心有些心情低落，但这并不影响她的好心情——因为他说夏云起可能喜欢她！虽然只是可能，但足够她回味无穷！她不知道这到底是真的，还是顾邵松又一次恶意的玩笑，不敢再想下去，心事重重回到房间，疲惫地躺在床上看着天花板。她是多想找楚颜分享自己的心情，但楚颜最近不知道都在忙什么，竟是经常找不到她的身影。

也许，她也有艳遇吧？不知道她会喜欢什么样的男人？

唐心想着，起身给自己煮咖啡，经过梳妆台的时候却愣住了——房间好像有人来过。她清楚记得化妆包早上是摆在桌子正中央，但现在好像偏了一厘米。她疑惑地四下张望，有点怀疑房间是不是进贼了，顿时紧张了起来。她把所有衣柜打开查看，甚至掀开床单看看床底，然后为自己的神经质笑了起来。

"我可真傻。我的全部身家加起来都不及刘舒雅的一个戒指，又有谁会来偷我的东西呢？一定是错觉。"

唐心自言自语，继续哼着歌去煮咖啡，而窗外，和壁虎一样趴在墙头的迈克尔终于舒了一口气。

因为婚礼就在眼前的关系，唐心非常忙碌，简直是连喝水的时间都没有。力求完美的她把每道菜、每首音乐、每个灯光颜色都一一确认，希望展现给大家看一场最风光、最温馨、最浪漫的婚礼。当试吃完最后一道甜点后，她强压住要呕吐的感觉，终于结束了今天的工作。她疲惫地回到房间，第一时间脱下了挤脚的高跟鞋，然后匆忙洗漱，头沾到枕头就迷迷糊糊睡了过去。她不知道自己睡了多久，在睡梦中好像听到了什么声音，警惕地睁开眼，却见一个身影正站在窗口。她的脑中迅速纠结起来。

是装作什么都没发生的样子继续睡觉，还是看看歹徒到底是谁？天啊，在异国他乡遇到了这种事情，第二天报纸的头条就会是"美丽中国女孩魂断意大利"吧，中意邦交也会受到损害，她真的不想这样红颜祸水啊！新闻采访的时候，刘舒雅一定会盛装打扮，然后装作伤心的样子说："虽然唐心一直没嫁出去，一辈子都只是伴娘命，但她是一个好姑娘……"

呸，我才不要好人卡，也不要死在这里！我才不会那么倒霉！

就在唐心睁着眼睛辗转反侧的时候，门突然开了。她听到不属于楚颜的脚步声出现在房间，屏住了呼吸。她故意翻个身，喃喃说着梦话，希望那人知趣离开，但他还是站着，甚至走到了唐心床边。

靠，是可忍孰不可忍！倒要让你看看中国功夫的厉害！

唐心只觉得热血沸腾起来，猛地起身，抓起桌边的闹钟就朝来人砸去，然后听到了一个熟悉的声音。顾邵松咬牙切齿地说："看来你真的很恨我啊！"

"发生什么事了？"

唐心装作刚刚醒来的样子，迷茫看着顾邵松和地上摔得粉碎的闹钟，突然掩口惊呼："你怎么会来我的房间！你要做什么！"

她说着，遮住了胸部，顾邵松白了她一眼："好了，别装梦游也别遮你那什么都没有的胸部。你跟我出来。"

"你想干吗？"

夜深人静的时候和一个陌生男人出去吗？唐心才没那么傻。

"走啦。别忘记是你答应我的。"

"我答应你什么了？"

"晚上约会。记得带上外套。"

顾邵松实在太强势，唐心只好顺手抓起衣服就穿上，穿完后才发现她居然把内衣错穿成上次酒吧里带回来的胸衣，但也懒得去换了。唐心坐着顾邵松的车离开宾馆，看着窗外黑漆漆的景色，有些害怕："要去哪里？"

"到了你就知道了。"

"你不会卖了我吧。"

"再倒贴 100 万作为添头吗？"

"喂，你这家伙嘴巴能不能不要那么毒啊。"唐心不开心地说，却也松了一口气。

"对不起，那样我会死。"

"你不说话是会被憋死，但你说话别人会被你气死。你看看人家夏云起，多么沉默寡言、成熟稳重，女人都喜欢这种类型。你啊，多和人家学学。"

"你算女人？"

顾邵松故意上下打量她，目光猥琐。唐心哼了一声，知道和这个人实在没什么好再聊下去的，干脆不再理他。车里放着轻音乐，她在音乐声中完全放松了下来，再加上近日的身心俱疲，不知不觉间居然睡着了。当她再次醒来的时候，只见车子停在了一个空旷的平地上，面前是一座高高的山。顾邵松对她说："走吧。"

"顾邵松，你不会要我爬山吧！你这么晚出来就为了爬山？"

"不然你以为要来干吗？大老远地开到这里来听你唱歌，看你跳舞？"

"客官请自重，我可是卖身不卖艺的。"唐心认真地说。

"唐心，你别忘记这是你答应我的。"顾邵松深深看着她。

"顾邵松，你真……好吧，算我欠你的，这次就扯平了。"

"山上会冷，带上外套。"顾邵松一边说，一边往前走去。

虽然很不喜欢爬山，但唐心实在不想再欠顾邵松人情，打算舍命陪君子。她是那么庆幸穿的是居家服和球鞋，但饶是这样，没爬满十分钟就觉得气喘吁吁的。她见顾邵松倒是神情如常，喘气问：
"你……你不累吗？"

"我每天都会锻炼，这样的运动量对我来说不算什么。倒是你，怎么才那么一会就和逃难一样？"

"我是都市白领，每天坐办公室，哪有那么多时间锻炼。"唐心嘴硬地说。

"你这样想爬到山顶还真难。"

"山顶？天，那不可能。"

唐心看着遥不可及的山顶，惊讶地张大了嘴巴，急忙摇头表示自己能陪顾邵松爬这一段已经非常够义气，要她爬到山顶还不如直接要了她的命。顾邵松环着双臂看着她："还没尝试就认输了，你总是这样。"

"你什么意思？"

"没什么意思。如果我对你说你到了山顶就能得到夏云起，你还会这样吗？"

"可这根本是两码事啊。"

"到了山顶，我会告诉你一个关于他的大秘密。"

顾邵松说着，就往前走去，而唐心犹豫了一下，还是咬牙跟上。漆黑的夜里，她只能听到虫鸣和自己沉重的呼吸声，要不是一直着顾邵松的背影，她简直怀疑自己会晕倒在这里。她不记得自己停了多少次，也不记得有多少次提出不要再爬了，但顾邵松的笑容好像在告诉她，你连这个小事都做不到，怎么能赢得夏云起？

容易放弃是吗？楚颜也这样说过我。

但你们都错了！

唐心把终点想象成夏云起的怀抱，觉得力量又回来了一点，虽然辛苦但还是努力朝前走。夜晚的风很大，吹得她瑟瑟发抖，她觉得自己的手臂都在发麻。顾邵松察觉到她的不对劲，一把握住她的手，大声说道："你是白痴吗？你的外套呢？"

"刚才觉得热就丢在山脚下忘拿了。"她讪讪地笑着。

"我看你是想把这双手都冻掉吧。"

"那我能怎么办！"

顾邵松没有回答，突然拉开衣服，抓住她的手放在胸前。唐心大吃一惊，面红耳赤道："你干吗啊！"

"给你取暖。"

"不用，真的不用，我一会儿就好。"

"人的体温是最安全的取暖方式，你也不要有心理压力，野外活动都是这样的。你也不想成为维纳斯吧，对吗？"

顾邵松身体的温度实在是太暖和，再加上这里也没有旁人在，唐心干脆抛开一切束缚，安心享受起他的体温来。她感受着他强有力的心跳，觉得身体在慢慢复苏。她心中感动，但嘴上还是说："陪你爬山以后我就不欠你的了。"

"嗯。"

"我现在这样都是你害的。"

"嗯。"

"你问我到底是喜欢夏云起，还是不服气刘舒雅抢了我的男人，我要把答案告诉你。我是真的，真的很喜欢夏云起。"

……

"嗯。"

漆黑的夜里，两个人就这样相互取暖。唐心没想到顾邵松没有趁机打趣她，而是温柔得不像话，心里有着说不出的异样感觉。她不知道，自己的嗓音不停回荡在顾邵松的耳边，也让他希望这条路长一点，更长一点。

不知道过了多久，唐心的身体终于温暖了起来。她的手第一时间离开了顾邵松的胸膛，觉得自己又恢复了一些体力，可以再次踏上征途。一开始，她还有心情一边爬山一边唱歌打气，看到山顶就在眼前的时候更是激动不已。但一个小时后，山顶好像还在眼前，却始终无法触及，她更是因为缺氧变得寸步难行。呼吸变得那样奢侈，她觉得自己肺部都要爆裂。她喘着粗气，说："不行了，我真的不行了……"

"胜利就在眼前了，如果现在不爬上去，你会后悔。"

"可爬上去我真的会死……顾邵松，我不行了……"

唐心已经透支了她的体力，走的每一步路就好像走在刀尖上，她觉得自己死在这里也不是不可能。顾邵松拉起她的手："我拉你上去。"

"不，不用。"她知道顾邵松也快到极限了。

顾邵松没有再说话，而是强硬地拉着她的手往上走去。因为唐心现在已经没有丝毫力气，她几乎是被顾邵松这样生生拽了上去，心里既感动又内疚。她让顾邵松放弃她，但顾邵松就是没有松手。她闭上眼睛，任由他拉着自己继续往前走，却依稀记得在以前，以前的以前，无论是什么时候，他都没有松开过自己的手。

顾邵松……也许他真的没她想得那么坏。

还有，他真的好温柔。

当唐心被顾邵松生拉硬拽到了顶峰时，她坐在地上，突然有些想哭。她真的没想到自己居然就这样到了遥不可及的山顶，再回想痛苦的过程，觉得一切都好像在做梦一样。她看着黑漆漆的天空，问："顾邵松，你到底让我到这里来做什么？吹冷风吗？"

"还有十分钟。"顾邵松看着手表说。

"什么啊。"

"到时候你就知道了。"

顾邵松在唐心身边坐下，把她搂在怀里，看着远方。唐心受到他的感染，也沉默地坐着，心里默默倒计时。当十分钟终于过去的时候，她只见太阳从云端升起，漫天的红霞映红了整座山脉、整座城市。她激动地站起来，看着朝阳下的西西里岛，看着粉色的海洋，只觉得这是她此生见过的最美的风景。

"顾邵松，这就是你要我看的东西吧。这儿真美。"

阳光下，她发现顾邵松的面容出奇地柔和，而他们之间第一次没有剑拔弩张。顾邵松摸摸她杂乱的头发，淡淡一笑："现在，你觉得你的付出是值得的吗？"

"当然值得！我已经到山顶了，你快把夏云起的秘密告诉我。"

"那个秘密就是……他喜欢在洗完澡的时候光着身体唱歌。"顾邵松一本正经地说。

"胡说，云起才不会这样！"

"为了保持皮肤水嫩，他还会偷偷去会所做面膜。"

唐心更是无法想象夏云起做面膜的场景，"你胡说！"

"他是红绿色盲，为了防止自己出错所以只穿深色系的衣服。"

"你再诋毁他我咬你啊！"

唐心心中和男神一样的男子就这样在顾邵松的口中沾上泥垢了，而她坚决不相信这些，认为这一切都是出于顾邵松的羡慕妒忌恨。顾邵松耸肩："为什么你们女人总是只相信自己看到的而不相信真实的？夏云起他再优秀也只是一个男人，不是神，当然会有缺点。"

唐心咬牙切齿道："他当然会有缺点，但肯定不是你说的那样！你就是羡慕妒忌恨！"

顾邵松看着唐心，终于放弃了劝说："好吧，随你怎么想。"

唐心见顾邵松脸色难看，又想起他方才的"舍身相救"，倒是有些内疚起来。她不再谈这个话题，而是惊喜地说："顾邵松，我知道你为什么要带我来这里，要告诉我什么了。不经历苦难怎么能赢得幸福，我现在的努力都是为了以后能真正赢得夏云起！谢谢你告诉我这个！"

　　"如果我说我的意思不是这个呢？"顾邵松冷笑。

　　"什么？"唐心疑惑地看着他。

　　"就拿爬山来说，山顶的风景、登顶的快乐固然美妙，但沿途的风景也很漂亮。你可能没注意到山间的小溪、停在树枝上的小鸟，还有……"

　　唐心呆住了。

　　在黑暗中，她确实只顾着爬山，其他什么都没有放在心上。她也曾听到了很奇怪的声音，曾闻到了异样的芬芳，但她从没抬头看一眼。就好像工作中她最关心的就是结果一样，她永远只关心最后的结局是什么，却忘记这个过程中本身就有多么美妙。

　　难道她错了吗？可能吗？

　　不知道为什么，她只觉得心乱如麻。

　　"顾邵松，想不到你还挺有文化的啊，都会借事喻人了。"唐心故意开玩笑。

　　顾邵松的尾巴顿时翘了起来，"那要看和谁比。总比某些英语8级是作弊……"

　　"停！你到底还要记住多久啊！"

　　"少说十年，多了的话就是一辈子吧。说不定下辈子还带着这记忆转世。"

　　……

　　唐心和顾邵松在山顶忙着斗嘴，而此时张杰正悄悄往她的房间走去。为了得到楚颜的欢心，他特地喝了一晚上的酒，现在终于有了问她能不能一起出去的勇气。他不断练习着一会儿要说的台词，彬彬有礼地敲门，摆出了帅气的 Pose，没想到房门却是打开的。他好奇地走了进去，然后只觉得头部一阵剧痛……

"老大，打错人了。"雪梨冷静地说。

迈克尔也想不通为什么来的人不是唐心而是这个蠢货，只觉得头都开始疼了。他忍不住抽烟，在房间踱步，最终下了决定："把他带走。"

"可他没有作为人质的价值。"

"我知道！但除了他之外我们现在没有其他人选！那该死的钻石到底在哪里！"

迈克尔终于忍不住暴走，然后意识到这样不对，深呼吸调节情绪。他冷静地说："等会留张字条，让他们带着钻石来交换人质，不然我们就杀了他。"

"如果他们不肯交换呢？"

"只有把这家伙卖到泰国了。"迈克尔嫌弃地说。

他们商量好以后，就好像风一样消失不见。半小时后，晨跑回来的楚颜推开门，一下子呆住了，发出了凄厉的尖叫。

当唐心和顾邵松重新回到旅馆后，她觉得自己又恢复了往日的淡定，能用最平常的心态去面对一切。所以，即使是看到已经搭建好的婚礼现场，想象着刘舒雅和夏云起在这携手一生的场景，她也能控制住把这里烧成灰烬的想法——最多只是想把所有布置都毁坏罢了，这是多么大的进步啊。

唐心和顾邵松原打算分别回房补觉，却见其他人都聚集在日落酒吧，目光炯炯地看着他们。唐心突然有了一种被捉奸在床的窘迫，装作什么都没发生的样子想和他们打招呼，楚颜根本没有心情管她晚上去了哪里，而是带来了一个令她无法置信的消息："房间遭贼了，张杰也失踪了。"

"什么？遭贼？不对，这是两件事，你为什么在一起讲？"唐心疑惑地问。

难道她是在暗示那个小偷是张杰？不，不可能，张杰怎么会做这种事，他又怎么会有智商做出这样复杂的事情来！

"因为我总觉得这两件事有什么关系。"楚颜皱眉说。

"你多心了吧。我们确实一到意大利就一直不顺心，总觉得有小偷跟着，但张杰他应该是自己去了什么地方，没有来得及说罢了。也许他晚上就回来了啊。"

"他不会什么招呼都不打就这样失踪。"

"你为什么那么肯定？"唐心好奇地问。

楚颜欲言又止，没有回答。

"好啦，再耐心等等吧，说不定吃午饭的时候他就回来了。我很累，先回去睡觉了。"

唐心没把这件事放在心上，自顾自去房间补觉，没想到到了晚上张杰还没回来，这下大家都紧张了起来。楚颜焦躁不安，不停在酒吧踱步，唐心还是第一次看到她这样焦急的样子，忍不住有些好奇。就在大家都等待张杰消息的时候，夏云起神情凝重地走了过来，给大家看一张纸条："这是我在你们房间门口看到的。"

"我看看！"

唐心急忙抢了过去，神情也变得非常凝重。众人小心翼翼地问这到底是怎么回事，她严肃地说："我看不懂。"

……

唯一懂意大利文的顾邵松终于忍不住上前，然后轻松地说："没什么，是张杰的朋友说他们准备自驾玩一阵，等婚礼前回来。"

"这孩子，总是这么不着调！"

见张杰没事，大人们放了心，而唐心却敏锐地觉得事情没那么简单。她趁着四周没人，找到顾邵松问："到底出什么事了？"

"他被绑架了。"顾邵松说。

"什么？有谁要绑架他啊，他们是不是脑子坏掉了！你确定他们没绑架错人？"

"虽然我也不理解他们为什么要这样做，但事情就是这样发生了。也许意大利人的喜好比较特殊？"

唐心皱眉道："真是想不到居然会发生这样的意外。对方要赎金了吗？"

"没有要钱，但是要了一个很奇怪的东西。"

"要了什么？"

"你的……内衣。"

要不是顾邵松的神情实在太过严肃，唐心真怕自己会控制不住一巴掌扇在他的嘴巴上。她不可置信地重复一遍："要什么？"

"不许报警，要你拿内衣亲自交易。不然的话他们就杀了张杰。"

"这会不会是一个恶作剧？或者说有电视台记者潜伏起来要看我们反应什么的？你们出来吧，我都看到你们了！"

唐心装腔作势，四处寻找摄像机的身影，但她什么都没发现。顾邵松轻轻一叹，道："他们送来了张杰的头发，还说第二次就是手指，第三次就是眼睛了。"

唐心愣住了。

她真的不知道自己到底得罪了何方神圣，居然会有这样的事情发生，潜意识里还是觉得这是一场恶作剧，不愿意相信。

夏云起知道这件事后坚持要报警，刘舒雅也同意他的看法，只有顾邵松和楚颜坚决反对。顾邵松表示现在敌暗我明，而且又在异国他乡，张杰的安全非常成问题，还是谨慎为妙。他看了一眼迈克尔，低沉地说："而且，对方说不定一直在监视我们，又或者他们在我们这安插了间谍也说不定。"

刘舒雅忍不住说："这怎么可能！你是侦探片看多了吧。"

"那可说不定。"

顾邵松的目光在迈克尔身上游离，迈克尔还保持着微笑，心里却忍不住怀疑他是不是看出了什么。而顾邵松偏偏问："迈克尔，你有什么意见？"

"这是你们的事情，我不方便插嘴。"迈克尔谨慎地说。

"迈克尔，你就说吧。"唐心求他。

"我也是赞成不要报警，先静观其变。意大利的男人……有些人你们真的惹不起。"他若有所思地说。

"可我们真的没有惹到他们啊！他们为什么要找张杰麻烦？"

迈克尔耸肩，表示自己也不清楚，而唐心突然想到了什么。她飞快地跑进房间，脱下昨天晚上随手抓来穿上的胸衣，看着胸衣上那颗夺目的"水钻"，一咬牙把它拽下来用力往地上摔。"水钻"在她的伤害下丝毫无损，她不甘心又把它在地上使劲划，然后她呆呆地坐在床上。她透过光看它，第一觉得它居然是这样绚丽夺目。

这就是他们的真正目的吧……这钻石肯定价值连城，说不定还是黑帮的赃物，她简直无法相信自己居然惹了这么大的祸！不过为什么要找上张杰？他是无辜的！

一切的一切，似乎都能圆起来了。为什么行李会突然被抢走，为什么总觉得有人在跟踪，为什么觉得房间进了贼……这个不属于她的东西，他们直接来拿就好了，为什么非要采取这样复杂的手段？他们不知道拾金不昧是中华民族的传统品德吗？

175

不管怎么样，既然事情是由我引起的，就让我去解决吧。唐心默默想着。

唐心拿着钻石走出了卧室，在酒吧找到了顾邵松。她把钻石放在桌上，说："这是他们想要的东西。"

"这是……钻石？"顾邵松愣住了。

"嗯，我想应该是上次在酒吧的时候……总之，这是我的错。没有我的话，张杰不会被抓走，他只是替罪羊罢了。"

"你打算去赴约？"

唐心深吸一口气："是的。"

"对方训练有素，不是简单人物。"

"可这件事是我惹下的，当然要我一个人承担。"

顾邵松深深看着她，而唐心毫不畏惧地与他对视，目光中满是坚定。顾邵松最后轻轻一叹，说："我和你一起去。"

"谢谢。"唐心感激地说。

她从来没感觉她和顾邵松之间是如此亲近，她甚至在想，在发生了那么多事情后，幸好有顾邵松在身边。

不过，如果要死在意大利的话……至少要让夏云起知道我的心意吧。

唐心想到自己很可能不能活着回来就心中酸楚，第一次主动约夏云起见面。出发前，她猛地喝了一杯鸡尾酒，因为只有这样才能带给她勇气，也才能让她说出自己的心意。唐心向夏云起说了自己的决定，夏云起非常不理解："对方就是疯子，可能对你造成伤害，就算这样你也要去？"

"这是我应该承担的责任。"唐心轻声说。

"不行，我不会让你犯傻。我绝对不会让你去送死。"

唐心没想到夏云起现在还是坚持报警，夏云起也没想到唐心居然那么有个人英雄主义，两个人就这样争论起来，谁都无法把对方说服。后来，还是唐心率先投降，欺骗了他："好，我知道了，我不去就是。"

"真的？"

"真的。"

看到唐心终于听劝，夏云起松了一口气。唐心想到这可能是自己最后一次见到夏云起，心里苦涩难言。她强忍住泪水道："其实，有件事我一直没告诉你。"

"什么事？"

"我喜欢你……喜欢了三年。"

看着夏云起愕然的表情，唐心真是说不出是什么感觉。她强忍住泪水，转过身："我告诉过你，希望在第33场婚礼前把自己嫁出去，但我没告诉你，我希望嫁的人是你。我没想到你会和刘舒雅结婚，没想到你会让我当伴娘，但我总是想，你会不会改主意，会不会有一点喜欢我，所以跟你们一起来了意大利。夏云起，这话我早就该说了，现在说出来真的轻松很多。我不想破坏什么，只是想让你知道，有个女人曾经这样爱过你。"

唐心说着，转身就想走，却被夏云起一把抓住了手臂。夏云起的笑容很苦涩："为什么我什么都不知道？"

"你不知道？"

"你看到我的时候总是落落大方，从来不会紧张，所以我从来没有往这方面去想。我有时候约你出去，你都会找借口不去，所以到后来我也不再约你。至于舒雅……真的是一个意外。"

"你的意思是……你也喜欢过我吗？"唐心颤抖着问。

夏云起僵硬地点头。

"云起……"

"我只是觉得你太优秀，没想到你也……"

"可是现在说什么都晚了。"唐心黯然说道。

她没想到夏云起会突然吻她。

她愕然地睁着眼睛，看着夏云起放大的英俊容颜，觉得自己很久以来的梦想好像终于成为了现实。夏云起的嘴唇和她想象中的一样温柔，她意犹未尽地看着他，而夏云起痛苦地说："对不起……"

"不，我也想……真的。"

酒意逐渐上涌，唐心主动亲吻上夏云起，而这个吻带给她的不仅仅是满足，更多的是绝望。她含泪看着他："我们早就该这样，也早就该结束了。今天以后，我们还是最好的伙伴和朋友。"

"唐心，我要冷静一下。我真的要冷静一下。"

夏云起在痛苦纠结，唐心在痴迷地看着夏云起，两个人都没看到刘舒雅一闪而过的身影，以及刘舒雅眼角的泪痕。

第八章　疯狂的"石头"

　　唐心没有告诉夏云起，她最终还是决定前去赶赴这场死亡之约，而他可能再也看不到她。为了把最好的形象留在人间，她穿上最漂亮的衣服，给自己化了最漂亮的妆容，想对镜子里的自己微笑，却发现那个笑容真是僵硬至极。她想，就算再装作不在乎，但自己到底还是畏惧死亡的，她是那么害怕就这样离开这个美丽的人间。

　　可是，再害怕她也要去。因为这是她要承担的责任。

　　出发之前，唐心突然想到万一直接被爆头，血流了一脸，再漂亮的容貌都会变得血肉模糊，顿时打了个寒战。所以，她非常贴心地选了几张自己最漂亮的写真，存在电脑桌面的文件里，并上网下载了许多身材惹火的超模图片。她给楚颜留言：媒体要是想用配图，可以选我这几张照片。要是他们想要全身照，请把我的头P在超模身上，谢谢。

　　就算要离开，我也要留给大家最美的回忆。她默默想着。

　　唐心做好了一切准备，甚至准备好了遗书，却没想到一个最关键的东西不见了——钻石。她以为自己看错了，不可置信地把梳妆台翻了个底朝天，但那颗钻石还是不见踪影。冷汗顺着额头静悄悄地流淌，她找遍了房间的每一个角落，甚至把洗手间的马桶都翻开看了，但钻石还是不知所踪。她不知所措地把这个噩耗告诉顾邵松，顾邵松简直不敢相信会发生这么乌龙的事情。

"什么？钻石不见了？"顾邵松强迫自己耐着性子，"是不是掉在哪里了，你好好想想。"

"我一直随身带着，怎么会掉？就连睡觉我都把它放在枕头下！对了，我去吃早餐的时候出去了五分钟，记得顺手把它放在了梳妆台……"

唐心的声音越来越小，顾邵松看她的眼神真是恨铁不成钢。他的声音严厉了起来："然后钻石就不见了？"

"嗯。"唐心苦着脸点头。

"在此期间有没有谁来过？"

"应该没有。"唐心犹豫地说，"可能服务员来过，也可能是清洁工……"

"还可能是酒店的其他一干人。"顾邵松嘲讽地说。

"顾邵松，现在怎么办？张杰他……"

顾邵松叹气："我已经收到第二封恐吓信。信上说明天晚上不把钻石给他们的话，他们就会杀了张杰。"

"天！那……那到底该怎么办？"

"你说呢？"

"我不知道！我怎么会知道！为什么会有这种事情发生！"

唐心再也控制不住情绪，悲愤地在游泳池边走来走去，这时泳池里突然露出一个金灿灿的脑袋，把她吓了一大跳。迈克尔披上浴巾走到她身边，担心地问："唐心，你真的要去赴约吗？这样太危险，还是把钻石交给我，让我陪你去吧。"

"钻石都不见了，陪个屁啊。"唐心没好气地说。

顾邵松阻止不及，只好任由唐心把实情说了出来，也发现迈克尔唇边露出冷笑。那道笑容转瞬即逝，迈克尔惊讶地问："不见了？"

"是，不见了！凭空消失了！"唐心愤愤地说。

"那你们的朋友的安全可是很成问题了。意大利人……从来不是那么好脾气。"迈克尔若有所思地说。

唐心没空去想迈克尔里话外的意思，去酒吧点了一杯红酒大口喝着，来稳定自己纷乱的情绪。她见桌上有报纸，随手抓起一份看，目光被一张照片吸引住。她喃喃地说："布莱登家族。"

"什么？"跟来的顾邵松问。

"那钻石叫天使之泪，布莱登家族也有一块！你看，真是一模一样！"

经过唐心的提醒，顾邵松也想起了那颗钻石为什么那么眼熟。他看着报纸，摸着下巴说："这钻石我听说过，据说一共有两块，一块在意大利的布莱登家族里，另一块在大家都不知道身份的一个神秘老人手里。既然报纸上说布莱登家族的老先生要戴着钻石下葬，那证明你得到的那块就是神秘老人的。"

"既然对方要的是钻石，我们让那个什么家族把钻石给我们，然后……努力赚钱还他们可以吗？"

顾邵松气极反笑："你觉得你几辈子还得起？"

"那就眼睁睁看着张杰死吗？"

"据我所知，布莱登家族最近陷入了财政危机，要向他们买钻石也不是不可能。"

"你有这么多钱？"唐心满怀希望地问。

"当然没有。"

"靠！那你想怎么样？"

"羊毛出在羊身上。"顾邵松说。

直到晚上，唐心才明白顾邵松的用意。

她看着眼前的赌场，只觉得从小接受的道德教育受到了极大挑战，站在门口愣是不敢入场。顾邵松挑眉问："怎么了？"

唐心咽了一下口水："我总觉得和你认识以后我的三观都离家出走了……你确定要去赌场？"

万一输光了怎么办？你卖身还债吗？这句话唐心没敢问出口。

"你不信我吗？"

顾邵松看着唐心，眼中是罕见的认真。为了不让他有心理压力，唐心拼命摇头，顾邵松笑了："其实我也不信我自己。"

……

"你到底想怎么样！"唐心咬牙切齿地问。

"把你身上所有的钱都给我。或者，我们等着给张杰收尸吧。"

为了张杰，唐心咬牙把所有积蓄都给了顾邵松，只觉得心疼得欲哭无泪。她抓住顾邵松的衣袖，不停地说："顾邵松，我全部身家都给了你，你可不能辜负我啊。"

"怎么这话听着那么像你把你的身心都给了我，让我别抛弃？放心，我不会嫌弃你年纪大又长得不好看的。"顾邵松安慰地说。

"人生最悲惨的事情不是人死了，钱没花完，而是钱花完了，人没死！要是你全输光了，我也不去救张杰了，直接跳海得了。"

"嗯，然后大家会觉得你们的殉情实在很凄美，说不定你跳海的地方还会成为意大利的一处风景胜地。"

"真的不能买个假的钻石来骗骗他们吗？"

顾邵松叹气："对方不是街头的小混混。他们当然有最专业的珠宝鉴定师，要是你用假的会在第一时间被发现，然后被……"

顾邵松说着，做出了抹脖子的动作，唐心不寒而栗。她耸肩道："好吧，当我没说……那个，我们进去吧。"

"嗯，走吧，宝贝。"

随着侍者恭敬的开门，他们两个人昂首走进了赌场。唐心还是第一次来这种地方，发现这里和她想象中的乌烟瘴气的场景极为不同，在一瞬间她还以为到了什么高级的宴会场所。她情不自禁地紧紧抓着顾邵松的衣袖不放手，和他一起在一张赌桌前坐下。唐心紧张地说不出话，而顾邵松一副怡然自得的样子，问自己的女伴："今年多少岁？"

"二十六。"她轻声说。

"说实话。"

"是实话啊！"

"拿你的岁数买数字，赢的几率比较大。"他认真地说。

唐心咳嗽一声，讪讪说："二十七。"

"多少？"

"二十七！"

"好，就买二十七。"

顾邵松微笑着买了数字，堆上筹码，然后就等着转盘停下。随着转盘的转动，唐心不住祈祷，当看到转盘在二十八的位子上停下的时候，简直恨不得抽自己耳光！她看着顾邵松阴沉的脸，欲哭无泪地说："对不起，我骗了你……其实我今年是二十八岁。"

"没关系，反正输的是你的钱。"

顾邵松用吃了什么脏东西的眼神看着唐心，唐心讪讪笑着，一句话也不敢说，心里是多么憎恨自己为了面子居然撒了这样的谎话——损失的可是她的钱！真的好心疼！这时，庄家宣布开奖，唐心绝望地捂住了耳朵，却看见顾邵松面前多了一大堆筹码。唐心瞪大眼睛，而顾邵松轻飘飘地说："我用一个筹码买了二十七，其他都买了二十八。"

"为什么啊！"

"因为我知道你会说谎，实际年龄要再加上一岁。"

看着顾邵松得意洋洋的样子，唐心真想把桌子扛起来对准他的脸丢去！她恶狠狠地盯着顾邵松，在心里想象着怎样把他生吞活剥，而顾邵松在她耳边轻声说："注意看，游戏真正开始了。"

接下来，就是一场神话——或者说是单方面的屠杀。

唐心并不懂赌博，却也看得懂庄家的脸色越来越难看，顾邵松面前的筹码越堆越高。在不知不觉间，他们已经成了全场的焦点。所有人都在议论着这对神奇的中国人，而赌场老板脸上的汗水怎么也擦不干净。凌晨四点，他们终于收手，拿着几大箱欧元走出了赌场。唐心觉得很热，随手拿一张纸币擦汗，更是讨好地给顾邵松用纸币点上烟："接着我们要去哪里？"

"睡觉。"顾邵松霸气十足地说。

他们入住了当地最豪华的酒店，一起住在最昂贵的总统套房里。因为已经不是第一次和顾邵松"同居"，唐心对和顾邵松共处一室一点心理压力都没有。她第一时间抢占了天台，躺在按摩浴缸里泡澡，看着灯火辉煌的意大利，喝着红酒，只觉得这样的生活就是天堂。

今天晚上，是她二十八年的人生中度过的最刺激的夜晚。她觉得自己好像是电影里的女主角一样，穿着华服在赌场上绽放风情，赢得所有人的目光——要在以前，这简直是她无法想象的叛逆行径。不知道为什么，她突然感激起刘舒雅出于报复硬是拉她来的这趟意大利之行了。因为她知道，这会是她最疯狂的日子，也会是她最美好的回忆。

回忆……是啊，这一切注定成为回忆。如果真能安然无恙回国，她会脱去华丽的外衣，穿上得体的职业装，又会变成那个不动声色的女强人。她会穿着制服和平跟皮鞋，穿着形色各异的伴娘礼服，成为老板最放心的下属，成为每个新娘身边的绿叶，也会成为芸芸众生中最普通、最平凡的那一个。

好像，突然有些不甘心呢。真想多过几天这样的生活，再多几天……

唐心闭上眼睛，陷入了沉思，都不知道顾邵松是什么时候端着酒杯坐在她身边，和她一起看着夜色。顾邵松问她："怕吗？"

"我怎么会怕。"唐心嘴硬地说，"顾邵松，今天晚上实在是太刺激了，我会一辈子记住。只是，不知道张杰现在怎么样，真是有点担心。"

"他们应该不会对他动手。"

"你怎么知道？"唐心好奇地问。

"我们在赌场赢钱的消息应该已经传遍了，对方会怀疑这是我们对他们的警告和蓄意报复，出于谨慎不会对张杰出手。记住，如果现在示弱，只会死无葬身之地。"

顾邵松说着，把红酒一饮而尽，唐心也沉默了。她当然知道顾邵松的说法是对的，却更明白要是那天没有冲动的话，一切都不会发生。她自责极了："说到底，还是因为我当时太冲动了。要是我没有拿那件衣服，这件事根本不会发生。是我对不起张杰。"

"后悔勾引夏云起了？"

唐心对他粲然一笑，"当然不后悔。说来你可能会觉得好笑，但在意大利的这段时间确实是我活得最肆意的日子，我一辈子都不会忘记。就算和夏云起到底有缘无分，我也没什么好遗憾的，至少我曾经努力过。我失去的是一个不爱我的男人，而他失去的是一个爱他的女人，怎么算都是他比较吃亏。"

"你真的这样想？"

"当然不是了！"唐心白了他一眼，"如果可能的话我真恨不得抢婚……输给那女人算怎么回事！对了，反正说到这个了，你和刘舒雅到底怎么回事，你说说呗。"

看着唐心满脸的求知欲，顾邵松爽快地说："还不就是她死心塌地迷恋我，后来发现高攀不上自己黯然离去的故事啊。"

"我才不信。我好像听你说让她找到金主了就别来找你之类的，那应该是你们谈过，但她嫌你穷所以把你甩了吧。顾邵松，不是我看不起你，虽然你长得是不错，比较招小姑娘喜欢，但婚姻是现实的，你这样的男人不吃香。我们喜欢的都是夏云起那样成熟稳重又有一定经济实力的男人。你啊，不行。"

在酒意的作用下，唐心的手指划过顾邵松的脸颊，边笑边摇头，而顾邵松一把抓住她的手。他凑近她的脸："真的不行吗？"

唐心必须承认，顾邵松是一个长得非常好看的男人。她想，要是他的个性再好一点的话，估计会有无数女人哭着喊着想要包养他，即使是知道他恶劣本质的自己，在看到他的脸时也会有瞬间的怔然。她强压住剧烈的心跳，咯咯一笑："你也不要太失望，你在别的地方还是有自己的长处的嘛，比如坑蒙拐骗偷什么的……"

顾邵松定定看着她，在唐心几乎误以为他会吻自己的时候，他突然说："你没有说错。我上大学的时候和舒雅是情侣，交往了一年的时间，她是我的初恋。那时候我们的年纪都还太小，我根本不知道自己想要的是什么，而她却比我成熟得多……后来，她移情别恋，和我分手。"

"哈哈，我就知道你是被甩的那一个！不，我的意思是你当时很痛苦吧。"唐心小心翼翼地问。

"当然痛苦，也想过要报复，但后来却发现自己有多幼稚。我要感谢她让我迅速成长，现在她对我而言只是一个陌生人，和我没有任何关系。"

"那你就眼睁睁看着你兄弟掉进苦海？你明知道刘舒雅是什么

样的人啊！"

"我们都曾经受伤，也曾经伤害过别人，没有哪个人是那么无辜。而且，感情的世界也不是你对我错，而是你情我愿。所以，对别人的事情，还是不要管太多了吧。"

"道理我都懂，可还是会不开心啊……就好像如果张杰突然混得比你好一千倍，你会那么淡然？"

"不要说不可能的事情。"

"假如嘛。"

"这个假如根本不会存在。"

"切，你这人真是无聊。如果刘舒雅现在回头，哭着喊着说她爱的还是你，你会怎么办？"

"我说过，我早就不爱她了，她对我而言只是陌生人。错过的就是错过了，不可能逆转。"

"你们男人还真是绝情。"

"那你会怀念你的前男友？"

"当然会，我还把他的照片贴在墙上呢。"

唐心没告诉顾邵松自己把前男友照片贴在墙上是为了当飞镖的靶子，急忙转换了话题："说起来，真是好想张杰啊。对了，你有没有觉得他长得很像一个歌手，叫什么来着……对，好像叫伍佰！"

"是吗，我觉得他只有一半像。"

"……"

"你好毒。"

"谢谢夸奖。"

"我才没夸你。"

"我知道。"

唐心和顾邵松有一搭没一搭地聊着，听着远处传来的缥缈歌声，只觉得从来没这样放松过，居然在不知不觉间悠然入睡。当她醒来的时候，第一眼见到的是顾邵松熟睡的容颜。

看到几缕发丝就这样软软地垂在顾邵松的额头，她的手几乎控制不住，轻轻抚摸顾邵松的面颊。然后，她在心里轻轻地说谢谢。

顾邵松，谢谢你陪着我，谢谢你理解我。

能认识你，真的很好。

"布莱登先生，这真是太让人伤心了。"

"谢谢。"

"这真是太让人遗憾了。"

"谢谢。"

教堂门口，站着悲痛万分的布莱登兄弟和他们的妻子。穿着黑色礼服的亲朋好友一个个和他们握手、亲吻，然后走进教堂参加葬礼。他们都没想到的是，人群中突然出现了一对奇怪的中国人，他们对死去的老布莱登的态度真是让人奇怪万分。

"布莱登先生啊……你怎么就死了呢……你死得好惨啊……"

唐心一边擦眼泪一边哽咽地说，随时都准备晕倒在地，而顾邵松就沉重地拍拍她的肩膀，安慰这个伤心欲绝的女人。兄弟俩一时之间真是怀疑死掉的究竟是自己的父亲还是那个中国女人的父亲，敏感地上下打量她，生怕她说自己是他们父亲的私生女，掀开遗产大战的帷幕。他们正准备询问，顾邵松忙有礼貌地道歉："抱歉，我的女朋友有些激动。她和布莱登先生一直是知己，没想到这次却……"

"请问小姐和家父是怎么认识的，为什么从没听家父提起过？"个子矮的那位谨慎地问。

唐心抽泣着说："我们都是在网上交流，虽然没见面，但已经神交很久。"

高个子疑惑地说："可家父已经瘫痪很多年了，他也不会使用电脑。"

唐心没想到自己一句谎话居然引来这么大的把柄，都忘记哭泣了，忙讪讪地说："想不到……想不到他都瘫痪了，还这样，真是太感人了……"

唐心捂着脸哭泣，旁人也不好意思再追问下去，而顾邵松轻轻掐了她一把，皮笑肉不笑："演戏够了啊，再下去就假了。"

"人家还不是为了可信一点吗。"唐心也不动嘴唇地说。

"进去吧，宝贝。"

"呵呵。"

他们擦着眼睛走进了教堂，看着正对面的黑漆漆的棺材，唐心突然有些恐惧。她想象着一个干瘪的瘫痪老人就这样躺在里面，下意识打了个寒战，强迫自己转移目光，却还是被放在一旁的精致盒子所吸引。她定睛看了很久，又看到棺材的另一边躺着一条懒洋洋的棕色长毛狗，心想这应该是死者的宠物吧——不知道它会不会懂得主人已经离开了它，会不会伤心？

"那就是一会儿要和他一起入土的钻石吧。"唐心轻声说。

"应该是这样。"

得到肯定答复后，唐心目光炯炯地看着盒子，简直有一种抢了盒子就走的冲动，心中不断计算着这样做的话被抓住的几率有多大。顾邵松看出了她的焦躁，握紧她的手示意她安静，而这时音乐响起，神父的声音传进了每个人的耳朵。

"静静流逝的一切，这个世界没有终结。安息吧，我的爱人，你的灵魂，将会延续。你的诞生与你的生存只是为了传递那希望的诗篇，直至永远，将此泪水献给你，这是崭新的爱语，我们将感谢你给予我们梦想与幸福的日子。在这个地方与你初次相逢，直至永

189

远。我走过那片阴暗的草坪，我不会感到恐惧，因为你的灵魂与我同在……"

在那瞬间，唐心觉得自己好像跟随神父一起走过了黑暗的森林，蹚过湍流的小溪。她仿佛听到了悦耳的鸟鸣，闻到了芬芳的空气，有的不是对于死亡的恐惧，而是对于新生的向往与祝福。她从来不知道一个人的声音居然会有如此魔力。他让她的心情在不知不觉间平复，所有的烦躁与不安消失殆尽，她看着头顶上仿佛有光环的神父，轻轻闭上了眼睛。

比起中国葬礼上凄惨的哭声，欲拒还迎的送礼、收礼，她还是更喜欢这样简单的葬礼形式。人不要多，十几个亲朋好友足矣，大家都诉说着逝者的生平和对他的思念，带着无尽的伤感与无限的祝福。死亡固然令人心碎，但他们相信着死者的灵魂会在某一个地方幸福地注视着他们，眷顾着他们，这是多么美好的事情。

要是这场葬礼是我的，又会有多少人为我哭泣？如果我明天就要死亡，我今天又要做什么？

唐心想，也许没有哪个人是不带着遗憾离去的吧。生命实在太短暂，青春的日子更是如同草叶上的露珠一样容易消散，而他们能做的仅仅是不要让自己那么遗憾。不要等躺在床上不能动弹的时候才怀念起远足的美好，不要等妻离子散的时候才怀念家庭的温馨，更不要等已经人老珠黄的时候才后悔当初没有说"我爱你"……

不管怎么样，她想老去的时候，至少不会后悔。

"阿门。"

所有人都在轻轻说"阿门"，唐心也跟着他们在胸口比划十字，而接下来就是参观死者，然后把棺木入土的仪式了。她注意到老狗一直趴在老人的棺木前纹丝不动，脑海中不由自主浮现出"忠犬八公"的故事，心想这一定是一条因为主人离去而伤心欲绝的狗，倒是有些伤感了起来。她围着棺材慢慢走着，眼睛直勾勾盯着装钻石的盒子，要不是顾邵松拉着她的手拖她走，她简直挪不开步子了。她轻声问顾邵松："你觉得他们会出售钻石吗？"

顾邵松微微一笑，然后低声说："葬礼结束后这钻石就是我们的了。"

"啊？你是怎么做到的？"唐心尖叫了起来。

顾邵松捂住她的嘴，然后说："钱是万能的，宝贝。"

顾邵松对唐心微微一笑，没有提自己方才与布莱登先生的长子威廉——个子高的那位交谈、砍价最终成交的过程，心中却是为老布莱登居然生了这样的儿子而不值。唐心虽然即将得到想要的东西，但也有些于心不忍："据说这钻石原来是打算和那个老人一起下葬的，我们这样真是……"

"没什么好纠结的，大家各取所需罢了。"

"你说得对。坏事都做了，还要多余的同情心做什么。"

唐心自我解嘲地一笑，知道自己的"好心"是多么苍白无力，干脆什么都不去想。他们目送棺材就要被放入青翠的草坪中，看到那颗钻石居然要跟着一起下葬，唐心急忙去掐顾邵松，急得简直恨不得自己跳下去。顾邵松不以为然道："只是做个样子，最后撒土的时候会把钻石拿在手里，然后和我们完成交易。"

唐心嘟囔道："不知道为什么，我总觉得事情进展得有些太顺利了。"

顾邵松神色一凛，道："这样不好？"

"不，当然好。"

真的希望不要再有变故了。唐心默默想着。

当最后一把土终于撒上，钻石也被威廉不动声色地拿到手中时，唐心深深舒了一口气。现在，她只要熬过最后的道别仪式，就能得到钻石，然后去拯救张杰了。就在神父念着悼词，大家亲吻家属脸颊时，突然有一个穿着黑色风衣的男人出现。他带来了一个令所有人吃惊的消息："大家好，我是老布莱登先生的律师。请先不要把钻石下葬，因为我带来了他的最新遗嘱，其中的内容和钻石有关。"

兄弟俩互看一眼，都愣住了："遗嘱不是早就被宣读过了吗，你那怎么会还有什么遗嘱？"

"从日期判断，应该是以我手上这份为准。你们不想听听吗，亲爱的先生们？"

继承人们互视一眼，似乎在进行激烈的思想斗争，后来终于咬牙答应，而一旁的唐心真不知道他们为什么会有这样强烈的反应。威廉紧张地抽烟，自言自语："爸爸答应把财产给我四分之三，再把钻石给我，遗嘱一定是这样的。"

矮个子笑道："威廉，你确定父亲说过这样的话？父亲曾说过把钻石给我，让我掌管家业，而你什么都得不到。"

威廉怒道："罗伯特，你不要胡说，这根本不可能！钻石是我们家的传家宝，只给长子，怎么会给你！"

"你确实是长子，但你也是声名狼藉的瘾君子，是家族的耻辱。父亲是曾经想把家业都交到你手上，但你让他非常失望，所以他改了遗嘱，把所有东西都给我也是很有可能的事情。"

威廉轻蔑地说："我确实是瘾君子，没有你那么会伪装，但你根本不是我们家族的人！罗伯特，父亲和母亲分居了两年才复合，和好后五个月就生下了你。难道你是穿越了时空，提前让精子和卵子相遇？"

罗伯特的脸色一下子变了。他踮起脚，拽住威廉的衣领，恶狠狠地说："你再说一遍！"

"再说100遍都没问题，你是野种，野种！"

葬礼突然就成了兄弟俩的斗殴。他们彼此的妻子先是企图让他们住手，后来也加入了战斗。律师才不管场面的混乱，自顾自说："你们确定不要听遗嘱了？"

"你先把你的手从我头上拿开！"

"你也把你的脏手从我鼻孔里抽出来，混蛋！"

他们好像瞪着杀父仇人一般恶狠狠地仇视对方，后来终于一起放手，然后愤愤地分别整理衣衫。律师等他们都整理好，慢条斯理地宣读遗嘱："我把我的所有现金财产和房产平分我那两个不孝顺的儿子，我所收藏的珠宝首饰通通归我最好的朋友——奥利弗所有。他死去，我的珠宝将由博物馆收藏。史密斯·布莱登。"

"什么，这不可能！爸爸不可能把钻石给一条狗！"威廉叫了起来。

"这根本不现实，我要看看遗嘱。"罗伯特冷静地说。

律师高傲地看着他们，冷冷地说："先生们，请恕我提醒，但相比以前的遗嘱而言你们已经得到了足够的现金财产，应该满足。"

"爸爸！你是不是老年痴呆了，怎么会做这个决定！我不接受！"

虽说比之前所知道的，一分钱都拿不到的遗嘱已经好太多，但老布莱登的儿子们还是不知足。他们跳脚咒骂，痛哭流涕，而唐心目瞪口呆地看着这一场闹剧，最后目光挪到一旁的老狗身上。她觉得它一点都不惹人怜爱，简直是让人恨不得杀狗灭口！

该死的，为什么"天使之泪"偏偏给了一条狗！这下该怎么办！和狗谈条件，问它能不能出让吗？

唐心心急如焚，可是她只能眼睁睁看着那盒子被放到了狗的面前，觉得自己的眼泪都要掉下来了。

"怎么会发生这样的事情！你不是说十拿九稳吗！"她轻声问顾邵松。

"十拿九稳，并不是百发百中。"顾邵松死撑着说。

"现在该怎么办！买肉骨头贿赂这条比我们都值钱的狗吗！或者它喜欢吃牛排？"

唐心天马行空地想着，顾邵松无奈摇头道："原来那家伙是想用低价把钻石卖我，但现在钻石的产权已经不属于他，他什么都做不了。不过，幸好我们没有交易，因为恐怕这钻石的所有权从头到尾都不属于他。"

"总而言之，我们失败了？"

顾邵松缓缓点头。

"不行，我不能放弃！事情都到这一步了我怎么能放弃！"

"唐心！"顾邵松阻止不及，眼睁睁看着她从眼前跑过。

"天啊！"

此时，人群中突然传来了凄厉的惨叫声，因为那条叫奥利弗的狗居然打翻了盒子，趁着众人不注意把钻石吞下了肚子，甚至还满足地打了一个饱嗝。在大家都惊讶得说不出话来的时候，只见唐心好像小炮弹一样冲向了奥利弗，把它抢入怀中。她飞快朝汽车跑去，顾邵松也迅速反应了过来，急忙跟在她身后。于是，他们两个人就这样在众目睽睽下抢走了身家几千万的泰迪狗，唐心抱着狗一边擦汗一边说："不管怎么样，钻石到手了。"

"是，我们也会上头条，第二天被通缉。"

"再说吧。只要能救张杰就好。"唐心轻声说道。

顾邵松好像开飞机一样开着汽车，在逃窜了几个街区后终于把追兵甩了，成功到了旅馆，瘫倒在床上久久不能说话。唐心倒是精神十足，甚至有心情给奥利弗洗澡，直到水的颜色重新变得澄清才把它抱出来吹风。她不知道这狗已经有多久没有被好好照顾，看到它恢复成白色的皮毛，只觉得有些心酸。她忍不住摸摸它的头，轻声说："小东西，一会儿吃泻药的时候可要听话。不要着急，我晚上就送你回家。"

"你在说说什么？"浴室外的顾邵松问。

"没什么。"唐心镇定地说。

半小时后，她拿着钻石走出了浴室，把钻石放在事先准备好的盒子里。顾邵松看着她的脸色，决定不问这钻石是怎么取出来的，抓起桌上的饼干咬了一口。唐心都来不及提醒他这是给狗准备的，只好把话咽到了肚子里，只是目光炯炯地看着他。顾邵松吃完饼干后，又慢条斯理喝了一杯咖啡，唐心终于忍不住问："下一步该怎么办？我们什么时候去交易？迟则生变啊！"

"我想，事情有变化。"

"什么意思？警察已经来抓我们了吗？"唐心紧张地看着窗外。

"不是。"

"那还好。"她舒了口气。

"钻石是假的。"

顾邵松把钻石丢给呆若木鸡的唐心，站在窗边，呼吸新鲜空气。唐心愣了一会儿，然后急忙在灯光下看钻石，但怎么也看不出这里面有什么瑕疵，甚至觉得它和自己丢失的那块一模一样。顾邵松递给她专业检测工具，皱眉说："这是人造钻石，用专业仪器一看就知道，根本造不了假。"

"为什么会这样！难道路上被掉包了？这不可能啊！"

"我想，可能是老布莱登到后来已经接近破产，但是不想让自己的亲人和客户知道，所以故意假借把大部分财产都捐给慈善机构，给儿子们造一个好名声，也避免客户一起追债搞垮企业。这钻石怕是早就被变卖了换钱，只是知道的人实在太少，包括我们。"

"我靠，他还真是坑爹！那我们现在要怎么办？要么干脆拿钱

195

给绑架张杰的人吧，反正他们要的就是钱啊！"

"首先，就我们那点钱肯定不够买钻石；其次，他们应该非常注重信誉。要是主顾要的是钻石，而他们交上去的是钱，你觉得他们会怎么样？"

"会被夸奖会做生意？"

顾邵松忍住掐死唐心的冲动，轻轻摇头，而唐心眼中的光芒逐渐暗淡了。她看着晶莹剔透的水钻，苦笑说："不管怎么样，总要试试看，说不定这帮为所欲为的家伙真被我们蒙过去。如果我们都不尝试的话，张杰就死定了。"

"你想过后果吗？"顾邵松定定地看着她。

"当然。"

也许这个后果是我不能承担的，但那又能如何？我总不能看到旁人因为我而死。我也是时候负担起应负的责任了。

虽然还有很多遗憾的事情……但人生怎么可能事事完美。至少，我能在夏云起心中留下一个最美的身影，让他永远铭记。

唐心不敢再想下去，笑嘻嘻地对顾邵松说："好了，不说这个了，我们快去吃点东西吧。晚上，我还有硬仗要打。"

顾邵松若有所思："你想做什么？"

"没什么，就是肚子饿了。走啦走啦。"

第九章　一次说走就走的旅行

"Cheers。"

"Cheers。"

摇曳的烛光中，晶莹剔透的水晶杯发出了动人的声响，唐心觉得好像连空气中都弥漫着红酒的芬芳。昏暗的烛光实在是最好的美颜利器，无论是皮肤多糟糕的女性都会在这样的环境里显得美丽迷人，男人也是如此——不然她为什么会觉得连对面那个家伙居然也有了一些优雅的风范？错觉，这一定是错觉。

唐心看着面前还流着血丝的牛排，觉得怎么也下不了手。思想斗争许久后，她终于咬牙去切。刀叉在盘子上划过，一直发出"吱吱"的抗议声，也让她鸡皮疙瘩起了一地。后来，顾邵松终于看不下去了，和她交换了盘子："你吃我的吧。"

"为什么？"她装作诧异的样子问。

"当我没说。"

顾邵松白了她一眼，收回了盘子，自顾自切着牛排，一点都没管唐心的眼珠子就要粘在他的盘子上。天知道她有多后悔刚才选了一成熟的！这让她觉得自己简直是一个茹毛饮血的怪物！

虽说出入高级场所的机会不多，但这并不意味着她是一个见识浅薄的女人。出国之前，她就搜罗了意大利的各色美食，知道这家以牛排著称的餐馆讲究的是原汁原味，一成熟的牛排更是广得食客们的赞誉。所以，在服务生问她需要什么样的牛排时，她装作非常了解的样子点了一成熟，甚至还在心里耻笑点了七成熟牛排的顾邵松。

真是太没品位了。要是云起在，他一定会做一样的选择。唐心默默想着。

虽然对周围并没有人为她的正确决定起立鼓掌觉得有些遗憾，但这并不妨碍唐心的好心情，她甚至做好了看顾邵松笑话的准备。可是，当她看到血淋淋的招牌牛排后一下子就呆住了。她看着顾邵松盘中焦黄可口的美味，那么希望顾邵松能和她交换，但她也知道一切都只是幻想。她都准备硬着头皮把昂贵的菜肴吃下去，没想到顾邵松真的愿意交换，更没想到他居然因为自己的一句话就把牛排收了回去。

哼，真是小气的男人！他难道不知道自己可能就在死在西西里岛，这是她最后的晚餐吗！他和风度翩翩的夏云起比真是差了一千倍！

唐心愤愤想着，看着顾邵松兴致勃勃切牛排的样子，闷气喝红酒、吃沙拉，一言不发。她没想到的是顾邵松把一盘牛排切好后居然一块都没吃，把盘子递给了唐心："吃吧。"

"给我的？"唐心不可置信地问。

顾邵松托着脑袋看着她，"或者你可以带回去给奥利弗吃。"

唐心原本很感激他的好意，但这句话硬生生把气氛破坏了。她恶狠狠瞪他，却也松了一口气——这才是他们的惯常相处方式，不是吗？唐心小口吃着牛排，品着红酒，心中怀念的却是家乡的咸菜和清粥。

算起来，出来已经快有半个月了吧。再漂亮的景色、再可口的食物终于变得腻烦了起来，她怀念起家乡喧嚣的气息，怀念起忙碌的工作，甚至怀念起各式各样的奇葩新娘。她不知道作为旅行作家的刘舒雅大半年时间都泡在国外是怎样生活的，但她深切知道恋家的自己要做这行可不太合适。只能说，外表光鲜亮丽的工作和生活并不一定适合她，而她一直厌恶的却其实也没那么讨厌。

就好像，那个男人一样。

顾邵松的个性从始至终都是那样骄傲、跋扈、不合群，但她已经在不知不觉间对他改观。她知道，即使他有再多缺点，但和他在一起是那样安全，她也无法否认他与生俱来的对于女性的致命吸引力。

如果他不是小白脸，如果是他们先遇到了，她会不会喜欢他？甚至比喜欢夏云起还喜欢？

唐心不知道答案，因为这个世界上从来没有"如果"啊。

唐心不知道自己怎么会突然想到了顾邵松，还往那方面想了，解嘲地一笑，又喝了一大口红酒。这时，顾邵松说："对方说晚上六点在街心公园的雕像前见面，只能你一个人去。"

"好。"

"你要提出先见张杰然后才给钻石，尽量放松对方的警惕心理，也尽量拖延时间。你只是一个外国女人，我想他们对你不会有太多提防，你可以把钻石丢到远方然后飞速和张杰往两个方向逃跑，我会去接应你们。"

"嗯。"

唐心心烦气躁地又喝了一杯酒，对接下来要发生的事情只觉得一片绝望，不敢再想下去。她摇头道："其实再多的计划都也只是计划，一切还是只能听天由命。不管怎么样，我会尽力地活下去。"

"你一定要活下去，不然你怎么去抢夏云起？"

唐心苦笑："这算是对我的安慰吗……其实，我已经放弃了。"

顾邵松挑眉："为什么？这可不像你。"

唐心轻声说："我也不知道为什么，但我真的觉得好累。夏云起就好像高山，是我一直努力的方向，我总是在追赶，在奔跑……就算我再坚强，也会累，也会寂寞。如果不是为了他，我不会做出那么多匪夷所思的事情，张杰更会安然无恙……说到底，罪魁祸首都是因为我的不甘心罢了。"

"唐心，你现在怎么变得那么喜欢自我反省，倒还真让我不习惯。"

"我一直是知错就改的好孩子啊。"唐心愤愤地说。

"不，你以前可不是这样。遇到麻烦，你会习惯性地推到别人身上或者怨天尤人，更是活在别人的期望里，是一个非常可怜的女人。就拿这牛排来说，你明明喜欢吃熟一点的口味，却因为大家都爱生的，你也随大流，但后来结果又怎么样？"

"顾邵松，我好讨厌你说教。"唐心瞥了他一眼。

"其实，我也很讨厌，就是看到你时会忍不住。"顾邵松坦率地说。

唐心看着他，眼珠一转，突然问："顾邵松，我们也这么熟了，对吗？"

顾邵松顿时和她划分界线，警惕地问："你想怎么样？"

"啊呀，不要摆出一副我要强暴你的样子来！你说，你知道我那么多秘密，我才知道你和刘舒雅交往过这一个秘密，是不是太不公平了？"

"所以？"

"所以，在我要去赴约前，你是不是要告诉我点什么，让我有个好心情？"

唐心说着，期待地看着顾邵松，顾邵松笑了："你真美。"

"咦，你怎么突然说起实话了？"唐心捂着脸害羞地说。

"想得美。"

……

和顾邵松的插科打诨让唐心紧张的心情放松了很多。他们很有默契，对即将面对的事情都避而不谈，因为该发生的无论如何总是会发生。现在，他们唯一能做的只有祈祷好运了——也许在罗马的许愿池真的会带给唐心好运气也说不定。

晚上六点，约定的时间到了，行动也终于开始。顾邵松开车送唐心到了公园，唐心深吸一口气就要下车，但顾邵松一把抓住了她的手臂。注意事项、事件有突发状况要怎么办他已经说了一路，唐心不知道他还有什么要交代的，正准备洗耳恭听，但顾邵松很久都没有说话。她奇怪地看着他，突然顾邵松把她一把抱住，搂在了怀里。

扑通。扑通。

这是心脏跳动的声音。

唐心不敢动，任由顾邵松抱着，是那样渴求这难得的温暖。顾邵松抱了她好像足足有一个世纪才开口，他的声音轻得不像话："虽然防弹背心能保护你，但还是要一切小心。我不给你准备手枪，你也不要在他们面前表现出有任何威胁，越安分听话越好。"

"我知道。"唐心也轻声说。

"你不回来的话，我就把你的所有秘密都告诉新闻媒体。比如你的真实体重、真实罩杯、喜欢闻汽油味的诡异嗜好……"

"顾邵松，你敢！"

"所以，一定要安全回来。我等你。"

顾邵松笑得眼睛都弯成了月牙，终于放开了手，目送唐心进了公园。

现在，一切都只能靠她自己了。

唐心觉得自己就好像黑帮电影里的女主角一样，身上担负着重任，而想要活命只能靠自己的智慧……以及运气。她按照对方的要求，在雕像前坐下，静静等着人来接头。她目光炯炯地盯着从自己面前走过的每一个人，凄厉的目光把情侣、中年夫妇、牵狗的老人都吓得离得远远的，生怕这个女人会突然发疯上前咬上一口。她并不知道，不远处正有人拿望远镜看着她，露出了满意的笑容。

"老大，我过去拿钻石。"雪梨跃跃欲试。

迈克尔阻止她："不要着急，再等等，看看她有没有带着其他人一起过来。"

"除了送她来的那个小子，没有见她和其他人有所接触，也没有报警，算是非常听话。老大，我真的不觉得她是哪个组织请来的杀手，她的样子一点都不像。"

"意大利有句谚语，那就是不要小看女人，谨慎点总是好的。如果他们真的简单，又怎么会去我们管辖的赌场赢了那么大一笔钱？这就是对我们的挑衅！呵，委托人确实只想要钻石，我却想知道是谁敢在我们头上动土，要让他知道我们的厉害！"

迈克尔说着，唇角露出了冷酷的弧度，而雪梨无所谓地挑眉。她戴上墨镜，说："无论怎么样，总要试试看吧。老大，我去拿钻石。"

"不，我亲自去。"迈克尔说。

"又能看老大展示易容术了。"雪梨期盼地说。

迈克尔没有回答，只是傲慢一笑。

二十分钟后，一个驼背的老人走出了树丛。他慢悠悠地走，漫无目的地四处打量，但要是你认真观察，会发现他的眼神异常锐利。他走到唐心身边，压低了嗓音说："钻石。"

"什么？"唐心诧异地问。

"钻石。"他再次重复。

唐心心目中的交易对象应该是穿着黑色西装的俊美男人，没想到却是一个糟老头，忍不住怀疑他的身份。她问："大爷，你说的是钻石？不是钻头什么的？"

迈克尔没想到唐心居然用这种方式侮辱他，努力控制住了怒气。他不愿和她纠缠，直接使出了杀手铜："交出钻石，不然我们会杀了张杰。"

"呀，你好吓人，难道你是黑手党？大爷，你这样年纪的在我们那早就退休了，没事养养花、种种菜，抱抱孙子多好，怎么你们这还要出来工作啊！真是万恶的资本主义！"

唐心一副悲悯样子看着他，态度真挚到让迈克尔都依稀觉得自己做的工作确实不是什么好事，有些悲从中来。他摇头，把不该有的思绪通通抛走，继续重复："把钻石给我！"

"我要先看到张杰。"唐心坚定地说。

"你把钻石给我，我自然会让你看到他。"

"不见兔子不撒鹰，我看不到他不会把钻石给你。"

迈克尔怒了："我们意大利人非常讲信誉，你这是看不起我吗？"

他想说，唐心的担忧真的是多余的。

虽说也有不少人会把人质撕票，但他重视承诺又有节操，说到的话自然会做到——而且，如果可以的话，他也真想把这个人质快点脱手！

迈克尔想到每天都要吃要喝，一点都不把自己当外人，甚至经常调戏雪梨的张杰，就觉得怒从心来，真想快点把这个令人厌恶的委托完成。他想最后一次问唐心要钻石，要是她不给的话就把她也抢走当人质引出幕后黑手，却没想到唐心突然凑近他，若有所思地皱起了眉。她还没开口，雪梨突然看到有一大帮人接近公园，急忙告诉了迈克尔。迈克尔收回手枪，冷冷地说："我记得我说过，只让你一个人来。"

"我是一个人来的。"唐心心虚地说。

迈克尔不再说话，只是冷笑，转身就走。唐心急了，伸手去抓他，居然抓住了。她哀求地说："我真的没喊人来，我把钻石给你，你把张杰还给我啊！"

迈克尔看了她许久，终于说："明天中午 12 点在哈森酒店 1021 房间。要是再有其他人来，你知道后果。"

于是，唐心只好眼睁睁地看着迈克尔远离自己的视线，一下子颓唐了起来。她疲惫地坐在长椅上，顾邵松站在她的身边，他们之间距离那么近，但他们一句话都没有说。他们一起看着一大帮学生就这样拿着乐器，在他们面前演奏起来，最后还是唐心打破了沉寂："我搞砸了。"

"没关系。"顾邵松硬邦邦地安慰她。

唐心只觉得自己委屈得想哭："这帮人明明和我没关系，他为什么要记到我头上？就差一点，就差一点我就成功了！"

顾邵松只好给她泼冷水："他们根本没带张杰过来，不是诚心想做交易，我看这样倒是不错的结果——总比抢了你的钻石，又把张杰撕票了来得好。对了，他们有没有提出继续交易？"

唐心沉默许久，终于说："没有。"

顾邵松不疑有他："别想了，我们先离开这里吧。你放心，坏事过了好事就来了，生活总是这样。"

唐心没想到顾邵松居然会说了和那对老夫妻一样的话，一时之间真不知道这到底是巧合还是命运，呆呆地看着他。顾邵松伸手在她面前晃："怎么了，是不是被我的睿智惊呆了？"

"是啊……是啊。"

唐心终于笑了起来，也在心里下了一个决定。

当西西里岛的太阳悬挂在高空，城市充满了喧嚣与活力时，唐心独自开车来到了约定的哈森宾馆，进了房间。然后，她看到了被绑成粽子的张杰。

张杰呜呜地哀号，满眼泪水地看着她，这让唐心几乎咬碎了牙齿。她看着站在张杰身边的漂亮女人，总觉得她非常面熟，却想不起来是在哪里见过。雪梨用生硬的中文问："钻石带来了吗？"

唐心指指手中的盒子，在她面前猛地一晃，然后把盒子重新放在了口袋。她坚定地说："你先把他放了我才会把钻石给你。"

"你先把钻石给我。"

"你先把他放了。"

"你先把钻石给我。"

她们好像学舌鹦鹉一样各说各的，坚持己见，谁都不肯让步。雪梨不耐烦了，干脆拿枪对准了唐心，而唐心强迫自己不畏惧。她大声说："我只是一个没武器的女人，难道你会害怕我吗？先把我的朋友放了！"

"听她的。"

房间里突然传来了一个男人的声音。唐心只见一个矮个子男人从套房的另一边走过来，忍不住瞪大了眼睛——他居然是葬礼上看到的那个布莱登家族的小儿子！这下，所有的事情好像都能连起来了。

罗伯特一心想得到钻石，知道从父亲那里得到无望，就找人去偷了钻石。他加大对"神秘老人"的宣传，让众人误以为市面上的钻石不是他们家族的，为将来的脱手做好准备。可是，他万万

205

没想到交易被唐心破坏了，完美的计划瞬间成了泡影。他因为做贼心虚，又害怕引起哥哥的注意，反而不敢大张旗鼓地找回自己的东西，只能派迈克尔私下行动，并刺探唐心背后那个人到底是不是自己的兄弟。

因为误打误撞，他们对唐心一行人非常忌惮，再加上唐心和顾邵松居然去了葬礼，他更是怀疑自己的一番打算已经败露，越发谨慎了起来。可是，就在刚才，他突然醒悟到就算唐心背后真的有人，那也没什么——在这里悄无声息地把她解决根本没有人会怀疑到他，更能把钻石失窃的事情都怪到她头上。

罗伯特心中盘算好了一切，索性露出了自己的本来面目，示意雪梨放人——他已经打定主意把这两个人都解决掉。雪梨有些诧异，但还是顺从地放了张杰。张杰见到唐心就趴在她的肩膀上痛哭起来，唐心轻轻拍张杰后背，不停地安慰他，而罗伯特伸出手："钻石。"

"给你！"

唐心把钻石朝他一丢，然后拉着张杰的手拔腿就跑，可她显然把事情想简单了。刚一推开门，一把枪对准了她的额头，她瞪大了眼睛："迈克尔？"

"你好，宝贝，我们又见面了。"迈克尔微笑着说。

"你，你怎么会在这里……"

唐心的心一点点往下沉。

其实，在遇到那个奇怪老人的时候，她就觉得他身上的味道有些熟悉，却没想到一切居然都是这位熟人布下的局。和迈克尔相识的一幕幕在脑海中回放，她心中如同掀起了惊涛巨浪，只觉得苦涩难言。她突然想起自己和顾邵松的赌约，终于明白了自己是多么幼稚和自恋，苦笑摇头。她定定地看着他，问道："所以，一切都是骗局，是吗？"

你从来没有喜欢过我，而我只是活在自己幻想里的笨蛋罢了。

"不，你是真的很可爱，只可惜没有钻石可爱。说吧，你的老板是谁，为什么要抢我们的钻石？你要是说了，我还能考虑饶你一命。"

迈克尔的枪把唐心重新逼进了房间，她和张杰步步后退，终于退到了梳妆台前。她强迫自己气势不输人："我没有老板，我只是不小心拿了你们的衣服，对此我非常抱歉。"

"你看起来像白痴吗？"迈克尔突然问了一个奇怪的问题。

"不，当然不。"唐心忙说。

"既然这样，那你怎么指望我会相信这个白痴的谎言？我是绅士，不会对女人下手，但你的朋友就……"

迈克尔说着，重重打了张杰一拳，张杰被打翻在地。张杰捂着红肿的脸颊，气得话都说不清楚了："靠，唐心不肯说你为什么打我啊！"

"不说吗？"

又是一拳。

唐心根本不是什么不畏严刑拷打的刘胡兰，而是她根本不知道该怎么解释，只能眼睁睁看着张杰被打成了猪头。看到迈克尔逐渐丧失耐心朝她走了过去，她心一横，指着罗伯特说："我的老板是他。"

"罗伯特先生……"迈克尔玩味地看着他。

"迈克尔，不是这样的，这家伙是在胡说！这钻石本来就是我的，我为什么要抢走自己的东西？"罗伯特急了。

唐心虽然不明白迈克尔为什么居然会真的有点相信，只能闭着眼睛编瞎话："他让我去抢走钻石，说这样就不用付你高额的佣金了。要不是这样，我怎么会知道他家什么时候举行葬礼，你们的一举一动我又了如指掌？他又怎么敢和我见面？"

　　"那是因为我已经打算杀了你们！"罗伯特不顾一切地大吼。

　　唐心强忍住恐惧，伶牙俐齿地附和：“对，杀了我们！你确实想把我们都杀了！"

　　"都住口！"迈克尔终于忍不住怒吼。他走向罗伯特，怀疑地看着他：“我的行踪一向隐秘，但在她那里总是失败，我一直怀疑有内线，现在看来一切都很清楚了。你们要不是事先认识，你为什么故意放走这个中国男人？刚才要不是我在门口，他们可就会消失得无影无踪了。"

　　"我知道了，你们才是一伙儿的！你们把一切栽赃到我头上，就是为了独吞钻石吧！我不会让你们得逞！"

　　罗伯特气急败坏，掏枪就想对准了迈克尔，没想到迈克尔抢先扣动扳机。随着罗伯特的轰然倒地，唐心眼睁睁看着一条生命就这样死在自己面前，只觉得浑身发凉，连站立的力气都没有。她终于知道，这一切不是电影，而是真刀实枪地和暴徒对决！她就算死在这里也不会有人知道！

　　用力捂住嘴巴，她生生抑制住自己的尖叫，而她唯一庆幸的就是给顾邵松的柠檬水里加了安眠药，让他逃过一劫。

　　顾邵松，我从来不是什么好姑娘，也很抱歉把你牵扯到了这件事情里。让你离开，是我做的唯一正确的事情了吧。

　　唐心想着，只觉得眼睛酸涩难忍，而她强迫自己不能哭出来，不能在这个男人面前露出自己软弱的一面。迈克尔吹吹手枪上的硝烟，拿出仪器检查钻石，然后走到了唐心身边，拿枪对准了她的下巴。他脸上阳光灿烂的笑容此时显得那样阴霾，唐心为自己居然会以为这样的家伙喜欢自己而羞耻。她抑制不住发抖，迈克尔的声音是那么温柔：“钻石是假的。说，真正的钻石在哪里？"

　　"迈克尔，我找到了这个。"

雪梨从唐心的车子里找到了放钱的皮箱，那也是唐心最后的杀手锏。唐心心中一片苍凉，终于知道和这帮意大利人比起来，自己是多么天真幼稚。她轻声说："对不起，真的钻石被我弄丢了，这钱是给你们的补偿。"

"是补偿还是酬金？"迈克尔的笑容到不了眼睛。

"这钱是我们在赌场赢的，并不是卖了钻石拿到的。我相信以你的能力会知道我说的不是假话。"

"我关心的不仅仅是钻石，更关心到底谁是你们的主使。真的是罗伯特？"

"是的。"唐心不敢让自己看地上的尸体。

"好吧，看来事情就要这样结束了。我说过我不杀女人。所以，雪梨，你来。"

迈克尔把手枪给了雪梨，雪梨耸耸肩，对准了唐心的额头，而唐心闭上了眼睛。在那一瞬间，她的脑海中浮现出很多过去的场景，其中有快乐也有悲伤，而她发现自己居然没有太多遗憾。

也许，这就是我的结局了吧……好歹还有条狗为布莱登先生而难过，不知道我的葬礼上又会有谁哭泣？夏云起会难过吗？顾邵松又会怎么样？

终于，还是到了说"再见"的时候了啊……

唐心听到了一声巨响，没想到打中的不是她，而是迈克尔。满脸是血的迈克尔回头看着拿着花瓶的张杰，不可置信地缓缓倒地，而张杰继续拿花瓶对准了雪梨，企图救唐心。一边是拿枪的暴徒，一边是拿着花瓶的大笨蛋，谁强谁弱一眼就能看清，而张杰偏偏不肯放弃。唐心眼睛酸酸的，忙喊："快跑出去报警！"

"我不能丢下你。"张杰决绝地说。

"傻瓜，你留在这里我们两个人都只能死！你快出去报警，快！"

209

　　唐心和张杰的交谈雪梨听不懂，但她居然笑了，放下了手枪，真让唐心怀疑她是不是受得刺激太大，在瞬间变成了神经病。这时，门被踢开，一群警察冲了进来，唐心也被一个温暖的怀抱抱住，让她几乎不能呼吸了。

　　"顾邵松……"她艰难地喊着他的名字。

　　"你真是笨蛋！"顾邵松狠狠敲着她的脑门。

　　"请问这到底是怎么回事？这个女人……"

　　"自我介绍一下，我是墨菲警官，已经在这个男人身边卧底了五年。我一直找不到合适的机会把他逮捕归案，现在终于有了十足的证据，真要感谢你们。小看女人，真的会有报应的哦。"

　　墨菲说着，鄙夷地看了一眼倒在地上的迈克尔，而唐心愣住了。她说的每个单词唐心好像都懂，但连起来怎么都不明白，只能疑惑地看着顾邵松。顾邵松只好为她解释。

　　原来，顾邵松早就在第一时间报警，联系了意大利当地警方，获得了警方的支持。他故意去赌场赢钱，希望可以引蛇出洞，没想到对方非常谨慎。警方经过查证后意外得知真钻石早就被卖给了一个外国男人，唐心拿到的，和要跟随布莱登先生下葬的两颗钻石都是高仿品，所以他们只能将计就计救张杰并且给迈克尔定罪。

　　再后来，一切就是唐心所知道的了。

　　唐心没想到顾邵松早就知道了一切，就是不和自己说，只觉得心中五味陈杂。她愤愤地说："要是你晚点来我都死了！你就那么放心我吗？"

　　"墨菲是国际刑警，有她在你很安全。"

　　"靠，可迈克尔拿枪对准了我的下巴！下巴！"

　　唐心抬起下巴给顾邵松看，顾邵松也心虚了起来，但嘴上还是说："我不是早就给了你防弹衣了吗。"

"可我们都没想到对准脑袋开枪会是怎样！"唐心怒吼。她突然想到了什么，疑惑地问："我明明在柠檬水里下了安眠药，你怎么好好的？那药过期了？"

"我根本就没有喝。"

"为什么？"

"因为我知道你这个傻瓜会自己一个人去，什么事情都一个人扛。别闹了，现在你安全了，我的宝贝。"

顾邵松说着，对唐心微微一笑，笑容竟是绝代芳华。唐心看着他，还想摆着臭脸，却实在控制不住，也笑了起来，心中有着无限的安心和感激。

她当然知道，要是没顾邵松的话她可能今天就要交代在这里，但她偏偏不愿意说出感激的话让这小子得意。她真的不明白，为什么她的一举一动，甚至心里在想什么都会被这小子知道得一清二楚，难道在飞机上暴露的秘密真的让她成为透明人了？还是说，他有那么了解自己，甚至比夏云起还……

就在他们"深情对视"的时候，张杰终于忍不住，怯生生地说："请问，能带我去医院吗？我的手刚才好像用力过猛，断了。"

看着张杰憋屈的脸，唐心和顾邵松终于大笑了起来，笑声一扫近日来的所有苦闷与压抑。唐心笑着拍拍张杰的头，突然僵住了："今天是不是 18 号？"

"是啊。"

"那现在几点？"

"下午 2 点，怎么了？"

"婚礼是晚上 6 点开始。"唐心怔怔地说。

她整个人好像被雷劈了一样，简直是呆若木鸡。

　　以最快速度带张杰去医院处理了伤口后，他们三人踏上了旅途。从宾馆开到举办婚礼的酒店足足需要 3 个小时，也就是说他们没有一点时间可以被浪费。躺在副驾驶的位子上，唐心满脑子都是刚才发生的血腥场景，觉得自己怎么也没法忘怀。她忍不住从口袋里掏出了结婚戒指，静静看着，然后轻轻叹气。

　　再过几个小时，就是夏云起和刘舒雅的婚礼了。努力了那么久，可他们到底还是没有取消婚礼，她不得不承认自己输了。她以为自己会愤怒、会癫狂，但心里有的只是淡淡的失落和伤感。因为，她知道自己已经做了百分之百的努力。就算结果不那么如意，她好歹对得起这份情，对得起自己的心。

　　可是，还是会难过。虽然只是一点点罢了。

　　鬼使神差般，唐心把铂金戒指带在了自己手上，觉得这样式真是和自己适合到了极点。她欣赏着自己戴着婚戒的漂亮手指，想象着站在夏云起身边的人是自己，最后轻轻一叹。她想要把戒指摘下来的时候，却发现它居然怎么都拿不下来了，心中一凉。她急忙用力，但戒指还是纹丝不动，急得她险些从座位上跌下去。她做出那么大动作，惹得顾邵松瞄了她一眼："怎么了？"

　　"没什么。"她急忙说，用袖子遮住了戒指，心怦怦直跳。

　　"不出意外的话，婚礼应该赶得及。"顾邵松看着手表。

　　"是啊，夏云起他们一定很高兴。"

　　唐心想着夏云起和刘舒雅步入婚礼殿堂的场景就觉得不舒服，看到无名指上的戒指更觉得难受万分。她拼命去摘戒指，到后来觉得手指都要断了，可戒指还是牢牢套在手指上。路过一家加油站的时候，张杰要下车上厕所，他们也只好停车等待。唐心不敢让顾邵松看到自己的手背，假借下车买饮料去了便利店，顺便买了创口贴和润滑油。她到一边，不断用润滑油涂抹戒指，正在努力的时候张杰突然拍拍她的肩膀：“唐心，你买了什么？”

“随便买了点日用品。”唐心把东西藏在身后，慌忙说。

“润滑油是日用品？”张杰眼明手快地抢过了润滑油。

“你不懂，还给我。”

唐心瞪了张杰一眼，把润滑油抢了过来。她正准备上车，没想到张杰突然捂着肚子说肚子疼，又跑向了厕所。唐心一边看着手表一边等他，心情焦躁不安到了极点。她好不容易等到张杰出来，突然见到一辆保时捷跑车在自己身边停下。车窗摇下，露出了一张美丽动人的脸。那美女撩动头发，笑盈盈地问张杰：“帅哥，你知道我在哪里能找到一个异国男人和我共度浪漫夜晚吗？”

哟，这小子艳福不浅啊！这美女的眼睛真是瞎了，居然会看上张杰！

唐心目瞪口呆地看着来人，心中暗暗妒忌着张杰的好福气，要不是性别问题的话她简直恨不得自己代替张杰来享受这场艳遇！她以为张杰会激动得说不出话，没想到他沉思一会儿后，说：“你往前走 100 米，那里有个餐厅，肯定有你想要的人。”

美女的笑容顿时凝固在了脸上。她狠狠瞪了张杰一眼，发动车子离开，而张杰突然醒悟了过来。他急忙冲了上去，拼命敲车窗。美女满怀期待地重新拉下车窗，只听见张杰对她说：“等等，我犯了个致命的错误！”

“什么？”美女含笑看着他。

“餐厅不是往前走 100 米，而是 120 米，抱歉我说错了。如果你真的走 100 米，你会掉进水沟里。”

张杰说着，指着远处的水沟，而唐心和顾邵松真是险些一头栽倒在地。唐心一边喝饮料，一边摇头：“世界上居然真的有这样的奇葩。我想我明白了他为什么没被撕票——绑架他才是对方的噩梦啊。”

"你的手指是怎么回事？"

顾邵松注意到了唐心无名指的戒指。唐心愣了一下，然后笑嘻嘻地说："刚才买着玩的，好看吧。"

"和云起的婚戒很像。"

"我是觉得像才买的。"

"是啊，好巧啊。"

"嗯，真的好巧。"

唐心和顾邵松互视假笑，唐心满心以为瞒过了顾邵松，没想到顾邵松突然发起了脾气。他用力捏她的脸："靠，你真的觉得我会相信？唐心，你的脑子到底装的是什么！"

"痛，痛啊！"

"你说你是不是脑子有病！"

虽然唐心不明白顾邵松到底为什么那么火大，但他确实好像生气了，而且还气得不轻。唐心后退几步，下意识地把手往后缩，但顾邵松抓起她的手："摘下来。"

"不摘。"唐心硬着头皮说。

"你就真那么想嫁夏云起？"

"当然想！不然你以为我为什么到意大利，为什么会忍受和你们在一起？"

唐心一不小心说了实话，紧咬嘴唇，突然有些后悔。她偷偷看顾邵松的表情，生怕他和刚才一样生气，却发现他居然看不出一丝情绪。他轻声说："原来是这样。"

"顾邵松……"唐心不知道说什么好。

而顾邵松也不再说话。

后来，就算是迟钝如张杰也感觉到唐心和顾邵松之间的汹涌暗流，控制住自己不再说话，只是跟着音乐哼唱着歌曲。顾邵松又开了一段后，实在疲惫得不行，换张杰开车，再三叮嘱他不能分心，张杰拍着胸脯答应。唐心暗暗决定要看好张杰，不让他再闯什么祸，却没想到车子的颠簸让她自己也情不自禁地睡了过去。当她清醒过来的时候，只见张杰早就打起了呼噜，而车子居然朝着羊群撞去！

"天啊！"

唐心的尖叫声叫醒了顾邵松。顾邵松急忙要去刹车，但已经来不及了，车子就这样冲进了羊群中，最后撞在了树上。他们三人好不容易才从车里爬出来，那么庆幸大家都没有受伤，至于满嘴羊毛什么的那都可以忽略不计了。唐心已经连责怪张杰的力气都没有了，她简直无法想象为什么倒霉的事情都在自己身上发生。她看着陌生的环境，再看看手机上的时间，只觉得欲哭无泪。

现在，距离婚礼只有三个小时了。

夏云起，我到底还是要错过你的婚礼吗？

唐心心急如焚，而她不知道的是此时的夏云起也正和刘舒雅发生一场激烈的争吵。

刘舒雅藏在枕头下的钻石被夏云起无意中发现，他简直不敢相信自己的未婚妻做了这样的事情。夏云起不可置信地问："舒雅，你不知道这钻石有多重要吗？它不见了的话，张杰会没命，唐心也会没命！别告诉我它是自己长了脚才到你枕头底下的！"

"云起，你不信我？我真的不知道这是怎么回事！"

刘舒雅嘴硬，而夏云起只是冷冷一笑。他接下来的话让刘舒雅丧失了所有理智："我知道你为什么这样做——你一直妒忌唐心。"

那么多天的伪装，就因为夏云起的这句话被彻底撕裂。刘舒雅只觉得自己心里埋藏最深的秘密就这样赤裸裸地被暴露在了众人面前，她好像又回到了那个自卑、抑郁的过去，头也越发疼了起来。

理智再也无法控制住她的情感，她怒气冲冲地指责夏云起："放屁！你知道……你知道什么！我和她的事情你有多少了解，你凭什么这样说我！你知道我以前都过着什么样的日子，你又知道她是什么样的人吗！你什么都不懂！"

气愤的刘舒雅把房间里的所有东西都扫在了地上，花瓶溅起的碎片刺破了夏云起的脸颊，鲜红色的血液让两个人都安静了下来。过了很久，刘舒雅讪讪地说："对不起，刚才我失态了……云起，这是我第一次这样发脾气，我真的不知道自己是怎么了。你、你原谅我好吗？"

"不需要。我想，我们都该好好考虑一下。"夏云起说。

"云起，你这是什么意思？"

夏云起没有说话，只是看着地上还没吃完的鸡排的包装袋。刘舒雅反应迅速："我妈在这里吃了鸡排还没带走，真是粗心。她明知道我连肉的味道闻了都会想吐。"

"喜欢白葡萄酒、素食、轻音乐……舒雅，我以为我们之间非常有默契，但现在看来似乎不是这样。你的欺骗还要多久？"

"我说了都是我妈做的，不是我做的啊！云起，你为什么就不相信我？"

"真的是这样吗？甚至第一次见面时对于葡萄酒的理解，都是和网上的文章一模一样？"

在夏云起锐利的注视下，刘舒雅发现谎言是多么苍白无力。她索性不再装下去，愤怒地说："是，我是有地方骗了你，但那也是因为我喜欢你！你为什么不为我感动而是指责我？我知道了，都是因为唐心对不对！她到底对你说了什么？我告诉你，她不是好人，她就是得不到你才蓄意报复我！"

"你知道唐心喜欢我？"

夏云起的话让刘舒雅愣住了。过了很久，刘舒雅终于点头，而夏云起看她的眼神充满了失望："所以，你是故意喊她来做伴娘？你不知道自己这么做很残忍吗？"

　　"云起，不是这样的！"

　　"舒雅，我对你太失望了。今天的婚礼暂时取消，我会向我父母说，你父母那也麻烦你说一下。我想，我们都需要冷静一下。"

　　夏云起说着，拿着钻石就走出了房门，而刘舒雅瘫倒在地，捂住了胸口。

　　她真的没想到，十年后又被唐心赢回了一局。

　　不过，现在还不是最终结局，不是吗？她恨恨想着，只觉得头痛欲裂。

　　"顾邵松，你到底行不行啊，怎么没一个女人为了你停车啊。"

　　"也没男性生物为你停车，不过你应该早就习惯了自己糟糕的魅力。"

　　无论是做手势还是露大腿，都没有一辆车停下，唐心和顾邵松的火气也越来越大。他们忙着吵架，而张杰就苦恼地抱着膝盖坐在路边，心中满是悲凉。他真的很想提醒他们再这样吵下去也没有任何结果，今天的婚礼估计是赶不及了，但他明智地没有说话，生怕战火蔓延到他身上。可就算他极力降低自己的存在感，顾邵松还是开始骂他："都是你这个混蛋被抓走了，不然现在怎么会流落街头！你当初是怎么上当的？"

　　"我只是去找唐心，然后脑袋一痛，醒来就发现自己在车子的后备箱里。我怎么知道他们用了什么手段啊。"

　　"你不会报警吗，不会求助吗？你还把车开到羊群里！万一那群不是羊而是狼可怎么办！"

"好了，你别怪张杰了，他也不是故意的。说起来你也有责任，你累了让我开车就好，为什么非要找他？"

顾邵松把怒气都发在了张杰身上，唐心反而帮张杰说话，更是把顾邵松气得七窍生烟。他们三个都快扭打起来，突然一辆豪华轿车在他们身边停下。唐心一见司机是一个帅气的男人，就急忙冲了上去，摆出了自认为迷人的笑容。可是，那个帅哥却问："抱歉，你身上的裙子可以给我吗，我愿意出高价。"

唐心的笑容一下子僵硬了，用见到色狼的眼神恶狠狠地鄙夷他，帅哥急忙解释："我知道这样很失礼，但我真的是没办法……我和我的未婚妻要举行婚礼，但伴娘突然有事来不了，我们也没时间再去买伴娘的礼服裙，你的着装正好和我们定制的一模一样。你要是能把衣服给我们，我们会感激不尽。"

"没有伴娘的话不是什么重要的事，你们才是主角啊。少一个伴娘的话，再减少一个伴郎不就好了。"唐心不解地说。

"可伴娘、伴郎都是对于婚姻生活的祝福，也是我们最好的朋友。要是少了一个的话，婚礼是不圆满的，我们的心里也会遗憾万分。"

"就没有其他亲朋好友可以替代吗？"

"他们都已经结婚了。"男人遗憾地说。

倒霉到这个程度，让同样倒霉的唐心都忍不住同情他们了。几乎是下意识地，她忍不住轻声说："要不，我给你们去做伴娘？"

"真的吗？"男人的眼睛一下子就亮了起来。

唐心大大方方地说："我没有结婚，而且我有着丰富的伴娘经验，应该可以胜任。"

"那真是太好了！"

男人高兴得不行，而张杰小声说："唐心，我们参加完这个婚礼可能会赶不上云起的。”

“是啊，不过舒雅有那么多好姐妹，不缺我一个。”

“你真的甘心？”

顾邵松阴阳怪气地问，而唐心只是微微一笑：“有什么甘心不甘心的……虽然真的很讨厌这种事，但就是拒绝不了啊——又或者我根本不是那么讨厌做伴娘？”

唐心真正做了决定，反而不着急了，跟着帅哥一起去了海边。婚礼的场地早就搭建好了，新娘见到新郎终于到来，热情地给了他一个吻，然后失望地问：“凯瑟琳还是没来吗？”

“对，但我给你找了来自中国的小伴娘。”

“嗨。”

唐心落落大方地和新娘打招呼。新娘见她身上的礼服裙居然和伴娘的款式、颜色都一样，感到非常惊喜，直叹这可真是缘分，急忙拉着她的手和她讲述婚礼要注意的事项，唐心听得非常认真。然后，顾邵松和张杰只见唐心变身为犀利女神，反客为主地指挥工作人员布置场地，顿时让原来只是有些温馨的场景变得浪漫无比。

她一个人当几个人用，给新娘细心化妆，帮她盘发、管理酒水和餐饮，把一切准备工作都弄得妥妥当当。当婚礼进行曲响起的时候，新娘简直舍不得放开唐心的手。唐心在新娘身边，虔诚地看着她走向新郎，神色圣洁到让顾邵松觉得仿佛第一次认识她。

他从来不知道，原来唐心居然有这样美的一面。十天的时间，她已经脱胎换骨，破茧成蝶。他不得不承认，唐心变成了一个非常有魅力的女人，让他神往，让他心动。

可是，这样的女人爱着的却是他的好兄弟。

顾邵松怔怔看着唐心，而此时婚礼已经到了最后一个环节——丢捧花。无论是中国还是外国都有大批恨嫁的女人，她们对于婚

第九章　一次说走就走的旅行

219

姻的向往要是实物化的话，简直能和核弹媲美，所以抢到代表自己能嫁出去的捧花更是一场体力与智慧的博弈。唐心只见环肥燕瘦的女人们站成几排，各个虎视眈眈地盯着新娘，心中只觉得好笑——喂喂，请问那个拄着拐棍的阿婆怎么进去了？难道她还想来个第二春？

意大利彪悍的民风让唐心很感兴趣，她不知不觉间都忘记要躲到角落的一边，而这时新娘已经开始兴高采烈地抛捧花。那束花好巧不巧地砸中了唐心的脸，然后只见一帮女人"嗷"地朝她扑了过去，唐心生生被她们压在了最下面！她觉得自己真的要死在这里了。

"放手……放手啊混蛋！"她终于怒吼。

在中国，抢捧花只是象征性的游戏，但在这里简直成了一场橄榄球赛，整个礼堂哀号声不绝于耳。为了活命，唐心发疯一样地把所有人推开，终于能站起来，看到顾邵松若有所思的样子简直觉得自己的脸丢到了姥姥家去。唐心费力地整理裙摆，突然听到顾邵松说："这是你的第33场婚礼。"

唐心一愣，然后说："是啊，想不到第33场婚礼不是夏云起和刘舒雅的，而是这两个陌生人的。"

顾邵松见唐心神色平淡，进一步提醒她："你没有在此之前把自己嫁出去。"

唐心撇嘴："没嫁出去就没嫁出去，你好烦啊。"

"你的愿望没实现，你不该痛不欲生吗？"

"我还发誓要成为首富，发誓要比范冰冰还漂亮呢，怎么可能每个愿望都实现啊。没关系，我可以给自己下命令，要在第34场婚礼前把自己嫁出去，要是还不行到时候再往后延期呗。"

顾邵松看着唐心笑盈盈的面容，一时之间不知道说什么好。唐心远眺前方，感受着怡人的海风，说："来意大利前，我觉得这会是一场灾难，现在发现用'灾难'来形容简直还太客气。你说，遇到你们后我怎么就那么倒霉啊？"

在顾邵松没有开口前，她又笑着说："不过，虽然发生了那么多事，还险些死掉，但我很高兴能来这里，也很高兴能和你们相遇。就算我得不到夏云起，在这里发生的一切会是我最美好的回忆。顾邵松，我真的很高兴遇见你。"

顾邵松看着唐心的笑颜，很想告诉她以后不许这样对着别人笑，因为她根本不知道她笑起来有多美丽。这时，唐心看手表，发现现在距离夏云起的婚礼只有不到半小时，一下子绝望了。张杰也艰难地从人群里挤了出来，走到他们身边，痛苦地说："唉，想不到云起的婚礼上我们几个好兄弟都没去，他一定会失望。"

唐心沉默不语，只是摸着无名指上的戒指，心中一片悲凉——也许这就是命运吧，她和夏云起到底是有缘无分。新郎走上前，看着唐心："对不起，我不小心听到了你们的对话。你们是要去什么地方吗？"

唐心强迫自己笑着说："谢谢你的好意，但我们去那宾馆起码要2小时的车程，怎么也来不及的。"

"哦，这样。如果用飞的呢？"

唐心瞪大了眼睛。

当婚礼还有半小时开场时，天空中突然出现了一架非常霸气的直升机，吸引了所有人的目光。夏云起眼睁睁看着顾邵松、张杰一个个从直升机上走了下来，看到最后出来的唐心时，只觉得心脏剧烈跳动了起来。

微风吹动着唐心的发丝，她的脸上带着淡然的微笑，正是他所熟悉的样子。他不知道自己为什么会那么久才发现自己身边有一个

221

那么好的女人，想到险些永远失去她就觉得心如刀绞。他忍不住冲上前去，一把抱住了唐心："欢迎回来，唐心。"

唐心吓了一大跳，险些摔倒在地。她过了很久才找回自己的声音："云起……"

"你还在，真好。"

看到唐心的瞬间，饶是最善于控制自己情绪的夏云起也忍不住在人前对她关怀备至。所有人都用奇怪的眼神看着刘舒雅，不明白新郎怎么会对伴娘那样火热，更有人开始八卦地窃窃私语。刘舒雅没把他们解除婚约的事情告诉任何人，原想这样逼迫夏云起就范，没想到他居然来了这样一出，气得眼泪就这样掉了下来。刘母非常不悦："云起，你就要和舒雅结婚了，和别的女人搂搂抱抱算是怎么回事？"

"阿姨，我和舒雅的婚约已经取消了，难道她没告诉你？"夏云起彬彬有礼地说。

"什么？你怎么能说取消就取消！你这个混小子！"

刘母没想到夏云起居然会那么心狠，伸手就打夏云起，夏云起生生受了这一巴掌。他微笑着说："舒雅，对不起，都是我的错。"

刘舒雅的脸上带着凄凉的笑，"云起，你真要那么绝情？"

"我想，我们的结合本来就是一个错误，只是现在错误终于被纠正了。对不起。"

"好，感情的事情本来就是你情我愿，你既然对我无意，我也不会纠缠。"

"舒雅！"刘母急了。

刘舒雅拒绝了母亲的提醒，对唐心微笑道："唐心，你终于赢了。我恭喜你。"

不知道为什么，唐心见刘舒雅这样平静的样子心里有些害怕。

她的脑子还没能消化这些情节，只能言不由衷地说："谢谢。"

刘舒雅的视线在唐心的无名指上停留，嘴角露出嘲讽的笑容："一切恩怨，早就该结束了。"

刘舒雅轻轻说着，朝唐心走了过来，居然一把抱住了她。唐心身体僵硬，任由她抱着，没看到刘舒雅眼中仇恨的光芒。在顾邵松提醒唐心前，她只觉得被人重重一推，身体不由自主地就朝下跌去。

然后，她什么都不记得了。

第九章　一次说走就走的旅行

第十章　一场奋不顾身的爱情

当唐心醒来的时候，发现自己正躺在医院，身体动一下就会钻心地疼。她刚睁开眼睛，正巧来查房的护士就发现了她苏醒，急忙出去叫医生。唐心看着右手上白白胖胖的石膏，知道自己的手臂骨折了，要过一段时间才能休养好，忍不住苦笑。

刘舒雅这女人可真是够狠，要不是她落地的时候拿手臂挡了一下，恐怕真的会毁容吧——她倒是不继续在夏云起面前装无辜、装贤惠了！现在看她还怎么再伪装下去！还有，不知道他们后来结婚没有……要是没结婚的话，这手臂伤得也算值得。

唐心当然还记得自己当初的誓言——只要得到夏云起，她什么都愿意付出。所以，如果心愿达成的话，只是付出了一条胳膊的代价已经很幸运了，不是吗？

唐心正想着，门突然开了。她没想到进来的不是医生，却是夏云起，一时之间不知道该怎么反应。夏云起看起来非常疲惫，坐到唐心床前，温柔地看着她：“感觉怎么样？”

“还不错。”唐心轻声说。

“是吗？”夏云起看着她手上的石膏。

唐心鼓足勇气问：“云起，那个……”

“如果你想问婚礼的事情——婚礼已经被取消了，我们会在三天后离开意大利。"

"对不起，我……虽然我真的很想这样，但……"

唐心只觉得自己手足无措，不知道该说什么，但夏云起居然全部都懂。他轻捋唐心的头发，轻声说："唐心，我懂。这不是你的错，这是我的选择。我要感谢你让我认清了自己，避开了一段错误的婚姻。"

"你和舒雅真的一点都不可能了吗？"

夏云起轻轻摇头。

不知道为什么，得到了这个答案的唐心觉得自己没有想象中的高兴，甚至有些怜悯刘舒雅的遭遇——毕竟，不是每个女人都能接受在婚礼前被悔婚，这会让她成为亲朋好友间的笑话，甚至是一生的噩梦。她不敢再想下去，忍不住问："舒雅她现在怎么样？是不是回国了？"

夏云起的脸色变得很奇怪："不，她没有回国。其实，她也在这家医院。"

"她受伤了？"

"不是受伤。是脑瘤。"

很久的时间，唐心都不敢相信夏云起说了什么。她仔细回味夏云起说的每一个字，还是发现她无法相信，总觉得这是刘舒雅的又一次阴谋。她不可置信地问："真的？"

"嗯，许多专家都来会诊了，误诊的概率并不大。如果她没有在推倒你后昏倒在地，然后被送往医院，不知道她的病情要过多久才会被发现。医生说她需要做开颅手术，手术的成功几率很低。"

"不，这不是真的。"唐心喃喃自语。

她简直不敢相信电视剧里的剧情会在现实生活中出现，而这个悲情的女主角会是刘舒雅。她记忆中的刘舒雅，是一个安静倔强的孩子，是一个漂亮风情的成熟女人，"肿瘤"怎么会和她搭边？她还不到三十岁！

"我们都希望这不是真的。"夏云起轻声说。

"我……我想去看看她。"

夏云起微微点头，没有阻止唐心。

在医院的另一头，唐心见到了刘舒雅。只是一天没见罢了，但刘舒雅好像变了一个人一样，让她几乎认不出这就是她从小到大的仇敌。刘舒雅那头漂亮的长发被剪得很短，身上穿着病号服，脸色苍白，简直没有了往日一丝一毫的美丽。她的父母在哭泣，而她只是望着窗外，脸上没有一滴泪水。看着她，唐心突然想起了以前的事情。

刘舒雅从来不是一个喜欢哭泣的女人。

无论是被老师责骂，还是考试成绩不如她，刘舒雅从来都是笑吟吟的，好像对未来充满了无尽的希望。唐心想起很多年前，因为自己成绩好又受老师宠爱，那帮坏小子们不敢报复自己，都把恶作剧弄到了刘舒雅身上，甚至有一次在她的椅子上放了大青虫，把她雪白的裙子弄得一身绿汁。当时，所有的女生都吓哭了，唐心也吓得眼泪汪汪，但刘舒雅居然还是没有掉泪。她把虫子的尸体丢到捉弄她的男生脸上，气势汹汹地叉腰："有本事光明正大地来啊，只会欺负女生算什么！"

刘舒雅的彪悍让男生不敢再惹她，而那时候的她和现在的她相比简直就是两个人。多年后再次相见，她们都变了。后来，唐心习惯了她故意装可怜的样子，习惯了她嚣张跋扈的样子，却还是第一次看到她那样安静的样子——就好像以前的她一样。这样的安静，让她不习惯，更让她心酸。

虽然不喜欢刘舒雅，但这并不意味着她想看到她离开。她们，毕竟有过那么美好的曾经。

"真的不可能是误诊吗？"回到病房，唐心轻声问。

夏云起摇头道："他们会在明天去美国做系统检查，但误诊的几率可以说是微乎其微。"

"我很难过。"唐心说。

夏云起紧紧地搂着她，唐心把脸埋在了夏云起的胸口，无声啜泣了起来。夏云起见到唐心这样心碎的样子，只觉得心痛万分，想亲吻唐心的嘴唇安慰她，而唐心下意识避开了。唐心也没想到自己居然会反应那么大，忙掩饰地说："对不起，可舒雅她现在……"

"我知道。"夏云起微笑着说。

中午在病房用了午餐后，夏云起要去处理一些事情，离开了医院。唐心一个人在床上躺着，发现自己怎么都睡不着，后来还是忍不住买了一束花，去了刘舒雅的病房。见到她，刘舒雅的父母都露出了愤怒的神色，刘母更是要把她推出去，不让她见自己的女儿。可是，刘舒雅阻止了他们，只是淡淡地说："唐心，真是想不到你会来。爸妈，你们出去下，我和她有话说。"

"舒雅……"

"我现在连这个主都不能做了吗？"刘舒雅冷笑。

刘舒雅都这样说了，她的父母只好恨恨地看着唐心一眼，一起走了出去。病房里只剩下她们二人，寂静得可怕，而她们谁都没有说话。刘舒雅一直看着唐心笑，那笑容让唐心不寒而栗。后来，还是唐心忍不住站了起来："我把花插到花瓶里。"

"很漂亮的小雏菊，谢谢你。"

唐心一顿，然后说："我记得你以前最喜欢小雏菊。你现在喜欢什么花我也说不准，如果买错了你别介意。"

说话间，她已经把花瓶放在了刘舒雅的床前。看着淡紫色的雏菊为病房增添了几分活力与香气，唐心的心情也好了一些。刘舒雅很赏脸地闻着花香，微微一笑："我总是对男人说我喜欢白百合，因为这个年纪的女人说喜欢雏菊是一件非常丢脸的事情。到后来，我也觉得自己喜欢的是娇嫩的百合花，倒忘记了雏菊的清新才是我的最爱。"

"你喜欢就好。"唐心轻声说。

她们两个人都没打算一开始就谈论那场没有举行的婚礼，谈论夏云起，但这个话题她们根本逃避不了。刘舒雅拿出床头柜里的香烟，用力吸了一口，享受地说："好久没能痛快吸烟了，还真是舒服。"

"抽烟对身体不好吧。"唐心轻声说。

"对健康的身体不好，对我这样的身体也无所谓了。呵呵，你是不是很好奇那天烟头被我放到了哪里？"

唐心没想到刘舒雅会主动谈起这个话题，下意识点头，刘舒雅眯起了眼睛，说道："我放在了手心。"

"那不烫吗？"唐心惊讶地问。

"当然烫，但总比被你抓住小辫子好。"

刘舒雅笑嘻嘻地说着，神情居然有些调皮。她看着唐心打着石膏的手臂，笑着说："你没报警告我蓄意伤害，我真要谢谢你。"

"没关系，休息一阵子就好。"唐心违心地说。

"如果我没有得了脑瘤，你不会放过这个打击我的机会吧。现在，我没有了漂亮的脸蛋、成功的事业和优秀的男人，你终于赢了。十年后，赢的人还是你。"

刘舒雅的认输原是唐心努力到现在的动力，但现在的唐心根本没有任何喜悦，有的只是失落与伤感。她强迫自己微笑："舒雅，你不要瞎想。现在医疗那么发达……"

"你真漂亮。"刘舒雅突然说，打断了她的话。

"漂亮？你在开玩笑吧。"唐心情不自禁地摸着自己的脸说。

"呵呵，真是好笑。以前我唯一能胜过你的就是美貌，现在我连这个也没了……唐心，你知道我有多妒忌你吗，你知道吗？"

刘舒雅强迫唐心到她旁边，和她一起照镜子，而唐心惊讶地发现自己似乎真的很美丽。得体的妆容突显了她五官的优点，过于富有棱角的脸在卷发的装饰下显得柔和了许多，再加上因为最近没心情进食而瘦削下来的身材，她居然真的成为自己最厌恶的人——不折不扣的大美女。与她相比，刘舒雅消瘦而憔悴，眼中是掩饰不住的怨恨，令人触目惊心。她们在一起，一个是娇艳欲滴的红花，一个是不折不扣的绿叶，而她，居然是红花。

那么多年后，她终于又成了红花。

唐心心里不知道是什么滋味，安慰的话一句都说不出，因为她们都知道这话有多苍白，又有多虚伪。刘舒雅自顾自地说："唐心，你是不是很得意？以前，你抢走了我的所有风头，就算是十年后你还是把我压得死死的。我真的好妒忌你。你漂亮又有事业，而我的工作根本就是朝不保夕，我的美丽是那么容易消散，男人都只愿意和我调情而不愿意把我娶回家——他们想娶的，都是你这样的女人。唐心，我真的好妒忌你，好妒忌啊。"

刘舒雅梦吟般地说，摸着唐心的脸颊，让唐心有些不寒而栗。她不相信自己居然也是刘舒雅的妒忌对象，下意识地问："真的？"

"我骗你有什么好处？"刘舒雅冷笑，"唐心，你从小到大都是老天的宠儿，你是不会明白我的悲伤的。无论在哪里，你都是焦点，而我连自己的名字都没有，大家只会喊我'唐心的朋友'，或者是'唐心的小跟班'。很多事情，你可能不记得了，但我至今还历历在目。上课的时候我们讲话，老师为了提醒你，罚我站了一节课，就

229

因为他们舍不得罚你！当时的我确实是笑着的，但你知道我的心里是多屈辱吗？还有一次我考试侥幸赢了你，可老师却觉得我是抄袭了你的试卷才得了第一，逼着我承认作弊。我死都不承认，她就让我以后每次考试都一个人坐在第一排考，说这样才能看出我的真实水平……在那么青春、那么敏感的年纪，我的生活乌云密布，甚至连暗恋男生都不敢，你能想象我过的是什么样的日子吗？不，你什么都不知道，你只是享受着掌声和鲜花，你只把我当成一个可有可无的附属品，而不是一个人。每一次我受到屈辱，你从来都没有为我开口，和以前一样和别的同学谈笑风生。你没有为我说一句话，一次都没有。"

"对不起，我真的、真的不知道……"

看着刘舒雅苍白的脸，回忆突然好像潮水一样涌入唐心的脑海。她不知道人是不是有选择性遗忘症，但刘舒雅说的那些确实是在她提醒后她才记起。回忆里，她确实是风光无限，刘舒雅确实一直跟随她，而她也确实在老师诬陷刘舒雅的时候一言不发，甚至默认了男生对她的挑衅。她简直无法想象以前的自己会是那样。

可她却还记得，刘舒雅坐扁了青虫后那张惨白的脸。她一言不发，听着刘舒雅骂着那帮调皮的男生，气势汹汹地叉腰："有本事光明正大地来啊，只会欺负女生算什么！"

当时，刘舒雅的下一句话是："这次就算了，下次你们谁敢欺负唐心，我一定会告诉老师！"

那时候是什么时候，小学还是初中？无论是哪个阶段，都已经过去好久好久了啊……久到她忘记自己的残忍，也久到她忘记自己和刘舒雅曾经是多么好的朋友。

"舒雅，对不起，我真的不知道会这样。其实，我根本不值得你羡慕……"

唐心没有为过去的事情道歉，而是终于把自己的伤口撕裂在自己最讨厌的女人面前。她向她说起自己的不如意，说起自己遇到的奇葩，说起对夏云起求而不得的感觉，说起对刘舒雅的妒忌，刘舒雅也愣住了。过了很久，她冷笑："哄骗一个就快死的人有意思吗？"

　　"不，这都是真的。舒雅，你过着我最期盼的生活，你不知道我有多妒忌你。"

　　"你、你真的会妒忌我？"

　　"是的，非常非常妒忌。妒忌到想要自杀，或是杀死你的地步。"唐心坦率地说。

　　刘舒雅不可置信地看着唐心，到后来终于哈哈大笑，一直到笑出了眼泪。她流泪说："我曾经赢了夏云起，可我每天都活在谎言里，我一点都不开心。现在想来，要是没有你的刺激，也许我也不会下决心非要和他结婚吧。为了达到目的，我压抑本性，我成为了另外一个人，但那个人根本就不是我自己。我装作喜欢吃素，装作喜欢安静，装作名门淑女，但我喜欢的明明是肆意妄为的生活啊！我根本不喜欢清淡的白葡萄酒，我喜欢的是热烈的红酒，我为什么要为了他这样改变自己？我真不知道自己怎么了，发疯一样地妒忌你……"

　　她无声地啜泣，唐心走上前，用力抱住了刘舒雅："舒雅，你要快点好起来，让我继续妒忌下去。"

　　"唐心，对不起……很多事情，都对不起……"

　　刘舒雅终于说出了"对不起"，抱着唐心号啕大哭，唐心的心也是说不出的酸楚。在这样阳光明媚的午后，她们说了很久很久的私房话，过去的恩怨好像也在泪水中一扫而光。当刘舒雅终于睡着后，唐心细心地给她盖好被子，走出病房。她刚出门，就有护士走来，递给她一个戒指："小姐，这是给您打石膏的时候医生从您手上取下来的。"

"啊，谢谢。"唐心下意识说。

"这是婚戒吧。放心，我们取下来的时候很小心，没有损坏哦。"

看着护士一副求表扬的神情，唐心只好再次道谢，没有解释她根本不是戒指的主人。她随手把戒指放进口袋，信步走到了医院的公园里，然后见到了站在一旁的顾邵松。

"你怎么没回旅馆？"唐心问他。

"我在等你。"

"等我？你怎么知道我会在这里？"

为什么你总能找到我？唐心想着，但这句话她没有问出口。

"一起出去走走吧。"顾邵松没有回答。

跟着顾邵松一起走出了医院，唐心觉得自己终于能在压抑的空气中呼吸。她看着不远处的湛蓝大海，看着晒成健康肤色的人们在冲浪、嬉闹，再想着躺在医院里的刘舒雅，心里是说不出的难过。她轻声问："去看过舒雅了吗？"

"嗯。"

"你们见面会有些尴尬吧。"

"都是那么久以前的事情了，谁会有这样的好记性。不管怎么样，我们都是朋友，她这样……总是让人难过。"

看着顾邵松沉静的表情，唐心的心里越发难受。她忍不住说："顾邵松，我错了。如果不是我的话，舒雅现在应该已经快乐地结婚，而不是悲伤地躺在医院。这一切都是我的错。"

"你不要什么都怪自己。就算你不出现，她的病也不会消失不见，甚至可能更晚被发现。"

"但她至少能完成了自己的心愿。无论如何，云起和她已经是不可能了，她现在这样也不可能找别的男人，我真的……真的很对不起她。"

"怎么，现在良心发现了？"

"不，只是非常难过。我从没想过生命如此脆弱。顾邵松，还记得我们来意大利的那场空难吗？那时，我们险些就死在了飞机上。有时候我会想，要是我真的死了会怎么样，是遗憾，还是觉得自己没白来人世一遭？为了不遗憾，后来我努力完成自己的心愿，以为这样会好过，却发现无论什么时候死去，都会那么不甘心……顾邵松，活着真是人世间最美好的事情。可舒雅却……"

"你和夏云起打算怎么办？"顾邵松打断了唐心的哀怨。

"我们……我们要怎么办？"

"你不想尽快和他结婚吗？"

"舒雅现在这样，我可能和他结婚吗？而且，而且我们都没恋爱，说结婚的事情太早了。我们起码要谈几年的恋爱，互相了解，然后见家长，然后算个好日子领证……"

"然后一起合葬到一起。"

"顾邵松！"

"唐心，按照你这算法没十年八年根本结束不了，你觉得有几个男人会有这样的耐心？你最大的愿望不就是要在最快时间内和夏云起结婚吗，现在变了？"

唐心一愣，然后吞吞吐吐地说："现在不是有突发状况吗……顾邵松，我的心很乱。真的很乱。我不知道自己到底该怎么办。"

"因为刘舒雅？"

"也因为……云起。"

唐心当然不会告诉顾邵松夏云起企图亲吻自己时她的异样感受，她突然有了一种自己追寻的东西似乎是错误的感觉。她不敢再想下去，而顾邵松突然说："我觉得他们没结婚真是一件好事。"

"为什么？"

　　"你别用那种眼神看着我，不是因为你——刘舒雅为了结婚，把自己置身在谎言里，现在终于清醒了过来，做回了自己。这是好事。"

　　唐心不知道到底该怎么评价刘舒雅的成败，只是轻声说："那个，回国之前能陪我去一个地方吗？"

　　"你不让夏云起陪你去？"

　　"可以吗？"唐心反问，而顾邵松点头。

　　和顾邵松告别后，唐心和夏云起一起共进晚餐。夏云起挑选的是她最喜欢的法式餐厅，但两个人都默默无语，似乎平时喜欢谈论的话题此时都不能被谈及。他们不能聊工作，不能聊最近的生活，甚至不能聊自己心仪的异性……一时之间他们都不知道说什么好，只能沉默不语地吃饭，或者偶尔赞美一下今天的菜色。

　　唐心小口地吃着美味佳肴，只觉得这一个小时比以前的一个礼拜还要难熬，甚至饭后和夏云起一起漫步海滩似乎也没什么值得期待。他们都对某个话题避而不谈，但这一页不会因为他们的逃避而消失不见。唐心犹豫了很久，还是主动开口："云起……"

　　"嗯？"

　　看着夏云起温柔的面容，唐心突然觉得什么话都说不出口，只是微微一笑。夏云起握着她的手，她想和以前一样脸红心跳，却悲哀地发现自己居然淡然无比。唐心装出羞涩的样子，轻声说："对不起，我偷偷戴了你给舒雅的戒指，后来找了医生才把戒指摘了下来。现在还给你。"

　　她说着，把戒指盒子交给夏云起，而夏云起没有收下。他说："这本来就该是你的，唐心。"

　　"我……我的？"唐心愣住了。

"舒雅找过我，对我说早就想和我分手了，还让我快点结婚不要再烦她。我知道这是气话，也知道最近我们当然不可能在一起，但是等舒雅好点后……我想，如果你愿意，我们可以先交往，然后再结婚。唐心，我记得你的愿望是在第33场婚礼前把自己嫁出去，我们结婚的话正好没有错过时间。所以，嫁给我好吗？"

梦想中的一切终于成为了现实，唐心只觉得自己眼前一片模糊，几乎不敢相信这一切都是真的。过了很久，她才结结巴巴地说："我们，进展得也太快了吧。"

"我们已经认识三年了，唐心。我想，我们也该冲动一回。"

夏云起亲吻着唐心的嘴唇，唐心极力让自己回应，可不知道为什么心中却平静得可怕。没有了刘舒雅的刺激后，她对夏云起的感情好像也没有之前那样炙热，而这可真是一个令人恐惧的发现！一个亲吻结束后，她还是笑盈盈地看着夏云起，而夏云起突然颓然放手。他艰涩地问："你不爱我了，对吗？"

"不，不是这样的。我当然爱你。"

唐心说着，手指不自觉地缠在了一起，然后突然想起了顾邵松对自己说谎时的描述，一下子呆住了。她简直不敢相信，自己居然会这样欺骗夏云起。她沉默许久，然后笑着说："虽然那个吻确实没什么感觉，但我们可以再来一次。"

夏云起微微摇头："不需要了。其实我早就有预料，但总是劝说自己你会改变，没想到还是……唐心，是我的错。"

"云起，不是这样的，我真的很喜欢你啊。你为什么这样说？"

唐心没想到夏云起直接否定了自己那么多年来的暗恋，急忙解释，而夏云起只是笑着握着她的手："我相信来意大利之前，你确实非常喜欢我，但你已经在不知不觉间变了。虽然我很不愿意承认这一点，但我们……好像错过了。"

第十章　一场奋不顾身的爱情

"云起……"

"唐心，你诚实地告诉我，对于那个吻你有什么感觉吗？"

唐心纠结了一下，最后还是诚实地摇头，而夏云起笑了。他轻声说："我想，你已经不再爱我了。也许从我和舒雅在一起的那刻起，你就不爱了。你只是不甘心自己的感情就这样化为乌有罢了。而我，虽然已经不爱舒雅，但我确实也不该在这样的情况下争取你。"

唐心多想说自己有多爱他，但她发现自己什么都说不出口，而更让她悲哀的是她发现夏云起说的每句话都是对的，她在他面前是那样无处遁形。过了很久，她才说："对不起。真的对不起。云起，其实我之前真的很想结婚，也很想嫁给你……"

"不，该说抱歉的是我。抱歉，我就这样错过了你。"

"云起，其实你喜欢的根本不是我。我讨你喜欢的一切都是伪装的……"

唐心把自己的计划一五一十地告诉了夏云起，说起她的不甘心，她的改变，听到后来夏云起居然笑了起来。唐心愕然地问："你不生气？"

"当然不生气。我很庆幸有个女人喜欢我到愿意改变自己。"

"可我骗了你。"

"每个人都有两面性，谁都不例外，不然就算你再伪装也不会成为别样的自己。唐心，你没有骗我，你只是发掘了自己的另一面罢了。而你的另一面也特别可爱。"

"真的吗？"唐心不信。

"现在的你，真是非常美丽。"

加上刘舒雅，这已经是第二个用"美丽"来形容自己的人了，唐心想她应该相信。以前的她坚信自己是女强人，一举一动都往职业女性上靠拢，反而被框死在自己设置的角色中，少了活力与乐趣，但现在她不会这样。

谁说美丽只是花瓶的权力？现在，她终于蜕变成为一名真正的女人，一个比昨天更好的女人。这真是太美妙的事情。

"唐心，真的对不起。"

"云起，真的没有关系。"

夏云起痛苦地再次抱住了唐心，但这个拥抱和爱情无关。唐心闭上了眼睛，知道她和夏云起再也不可能进一步，而他们都是那样无能为力。

要是刘舒雅没有得病，也许他们会进行一场或细水长流或轰轰烈烈的恋情，但现在一切都成为泡影。就算他们再努力避开，但他们都过不了自己心中的那道坎，不愿在一个即将离开人世的女人面前展现自己的恩爱和幸福。

说到底，赢的那个人还是刘舒雅。她用自己的命赢了这一局。

"云起，你有什么打算？舒雅那边……"

"我打算和他们一起去美国，陪着舒雅看病。虽然做不成夫妻，但我们总是朋友，他们单独去我不放心。"

"嗯。"

这就是夏云起，总是那么温柔、那么好心的夏云起。唐心看着这个自己深爱了多年的男人，有的不是妒忌，而是酸楚和骄傲。她为自己爱上了这个男人而自豪。这时，夏云起问她："你有什么打算？"

"两天后回国，然后一切如常。"

"和顾邵松没下文吗？"

"啊？我和他……"

唐心到底还是没有说出自己和顾邵松之间只是一场闹剧，微笑着摇头，而夏云起认真地说："唐心，把握住机会，争取在第 33 场婚礼前和他在一起。"

唐心笑了："不用了，我早就参加完第 33 场婚礼，也放弃那个无聊的愿望了。给感情规定一个期限本来就是一件特别没有道理的事情，缘分是算计不来的，总会在不知不觉间悄悄降临。"

"呵，你还真是变了。要是他欺负你，我会给你报仇。"

"谢啦，云起。"唐心没放在心上。

"嗯，你可能不需要我的保护——如果真的有人被欺负了，那人也只可能是他。因为他舍不得。"

"什么？"

"他是那么喜欢你啊，笨蛋。"

看着夏云起含笑的眼眸，唐心只觉得心猛地一跳。她不敢相信顾邵松真的会对她有好感，不住催眠自己，终于抑制住了内心的冲动。她眯着眼睛看着他，突然问："云起，你真的会去 SPA 做保养吗？"

"你……你怎么会知道这个？"夏云起诧异地问。

唐心和夏云起在一起喝了很多酒，都不记得自己是怎么回的宾馆。回到房间后，她默默地收拾行李，一想到就要离开意大利还真是有些不舍。翻开笔记本，她发现自己想做的似乎都已经做到了，甚至不想做的也做了个全……

这趟旅行，还真是值得，她想自己永远不会忘怀。

"你和夏云起分手了？"楚颜一边喝果汁，一边问她。

"啊……其实也不算分手吧，只是大家都把话说清楚了。"

"你被甩了？"

"没有！是我不想和他在一起！"

"原来是这样。"

楚颜终于知道了真相，了然地笑，而唐心没想到自己就这样说出了实情，气恼地咬着嘴唇。她看着杂乱的行李，轻声说："唉，这次旅行才半个月，可我总觉得好像过了一年。"

"我也没想到这半个月对你居然有这样大的改变。"

已经不是一个人说唐心变化很大，唐心早就从一开始的惶恐、不相信变成现在的落落大方，只是轻声说："人都会变的。我还挺喜欢现在的自己。"

唐心说着，把高跟鞋、连衣裙通通放进了箱子，因为她发现自己喜欢的还是舒服的休闲打扮。她戴上了帽子准备出门，楚颜奇怪地问："你要去哪里？"

"罗马。"唐心微微一笑。

再一次站在许愿池面前，唐心发现这里还是人来人往，只是那些面孔早就不是她之前所见到的了。想起自己在这里许下的愿望，唐心突然有一种物是人非的感觉。

半个月前，她在这里投下了硬币，因为她希望得到夏云起，为此不惜付出一切代价。后来，她真的得到了夏云起的心，虽然她放弃了，但她并不后悔。她相信许愿池的灵验，所以她要在这里许下另外一个重要的愿望。

唐心正想着，突然看到了一个熟悉的身影。阳光下，去买冰淇淋的顾邵松朝她走来，身体好像镀了一层金色，柔和得简直不像平时那个毒舌恶少。不知道为什么，唐心看到他的瞬间居然想起了传说中的阿波罗，总觉得要是阿波罗长在东方的话，就是顾邵松这个模样——而不是迈克尔那张虚伪的脸。可是，顾邵松嫌弃地把冰淇淋给她，一下子破坏了美好的画面："喂，你要的。"

"顾邵松，你来罗马的旅费可都是我出的，请问你能不能不要摆脸色给我看啊。"

"你那点钱只够这样的服务，要是想我对你笑脸相迎，再加一倍。"他伸出了两根手指。

"财迷！"

唐心懒得理他，别扭地用左手吃冰淇淋，好几次都险些把它弄掉了。顾邵松实在看不下去，干脆拿着冰淇淋放在唐心嘴边，让她吃起来方便一些。他不动声色的温柔让唐心心动，唐心想起夏云起说的话，心有些乱了。她看着往许愿池里投币的年轻男女，试探性地问顾邵松："你有愿望吗？"

"有啊。"顾邵松爽快地说。

唐心惊讶道："你居然也会有愿望，也会相信这个？你是希望自己赚大钱呢还是希望有个富婆瞎了眼掉到你碗里？"

"我想和你在一起。"

冰淇淋险些就这样掉在了地上，唐心诧异地看着顾邵松，只觉得不敢相信自己的耳朵。她强笑："你这个玩笑一点也不好笑。"

"不是玩笑。你问过为什么我总能找到你，那是因为我喜欢你。"

顾邵松的眼睛是那么温柔，下巴的弧度是那样好看，唐心只觉得自己好像受到了蛊惑一样，情不自禁地盯着他看。许久，她才问："为什么？"

你明明知道我有多么龌龊，也知道我的所有谎言，为什么还要和我在一起？爱情要的不是最美好的东西吗？而我从一开始就把我的所有缺点都让你知道……

夏云起没有回答唐心，而是自顾自地说："其实我的身高是179.5而不是180，别人惹了我我不会发火，而是会后来找机会报复；我妒忌夏云起的家庭关系；我曾经酒醉后和张杰亲吻在一起……"

唐心越听越吃惊，瞪大了眼睛，简直不敢相信做出这些事情的人会是面前这个衣冠楚楚的顾邵松。她忍不住"噗嗤"一声笑了，然后说："你和我说这个做什么？"

　　"现在，你也知道了我的所有秘密，我们是公平的了。请问，我可以追求你了吗？"

　　唐心真的没想到顾邵松说这些事都是为了她，眼圈一下子就红了。她想起顾邵松一路来的陪伴，想起他嚣张外表下那颗温柔的心，想起她每次难过他都陪伴在身边……心，不由自主地乱了。

　　要是有个人知道你的伪装，知道你的缺点，知道你难过的时候会躲在哪里……知道你所有不为人知的秘密，却还爱着你，那会是真正的毫无保留的爱情吧。

　　就好像顾邵松对她一样。

　　和顾邵松在一起的画面不停在脑海里回放，唐心的心一点点变软，而她不打算欺骗自己的内心。根本不需要喝鸡尾酒来麻痹神经、增加勇气，她紧咬嘴唇，许久才叹气："真是服了你。"

　　"唐心，你的回答我会认为是你答应了——恭喜你，这是你这辈子做的最好的选择。"

　　顾邵松自顾自地说，在唐心开口前吻上了她的嘴唇，而唐心在他的亲吻中轻轻踮起了脚尖。传说中的心跳、呼吸加速等症状一下子都回来了，她终于知道自己之前和夏云起之间的问题出现在哪里——他们已经不相爱了。虽然顾邵松并不是最好的丈夫人选，但那又怎么样？人生什么事情都是按部就班又有什么意思？

　　唐心想着，只觉得自己做了人生中最不理智、最大胆的决定，可她不会后悔。她对顾邵松微笑，握住了他的手，顾邵松一愣，然后紧紧反握。许愿池边，他们十指交缠，他们相互依偎，就好像一对最普通的恋人，没有人知道他们在不久前还是恨不得咬死对方的仇敌。后来，还是唐心打破了沉默："你不许愿吗？"

"我的愿望已经实现了，机会就让给其他人吧。"

"好，那我许愿了。"

"你还有什么愿望？"顾邵松警惕地问。

"不告诉你。"

唐心说着，把一大把硬币都扔到了许愿池里，然后闭上了眼睛。睁开眼睛后，她看着顾邵松，对他微微一笑，而顾邵松也了然地点头。

快点好起来，刘舒雅。

一定要好起来啊。

这是我们所有人的愿望。

唐心只觉得自己完成了一个重要使命，终于舒了一口气。她和顾邵松甜蜜地坐在喷水池边，正准备说一些符合现在气氛的情话，却突然愣住了。

"顾邵松，那边的人好像有点眼熟。"唐心看着不远处的红发男人。

"谁？"

"就是那个红头发的男人啊。我想，他应该是街头艺术家吧，你看他桀骜不驯的发型、迷离的眼神、伸到口袋里的修长的手……靠，那口袋是别人的口袋啊！我想起来了，他是抢我婚纱还搂我的那混球！"

"扁他。"顾邵松简单明了地说。

顾邵松满心想在自己新女友面前好好表现一下自己，可他没想到的是唐心跑得比他还快。唐心举着手臂上的石膏对准那男人的脑袋就是狠狠一砸，然后，他们又被请到了警察局。再然后，"中国功夫勇抓小偷"的新闻上了意大利的头版，唐心举着石膏对着镜子微笑的样子也成为一个最美丽的定格。

把被刘舒雅偷走的假钻石和警方进行交接后，唐心又把奥利弗还给了布莱登家族，她在意大利的一切终于画上了圆满的句号。顺利回到中国的唐心原以为把小偷痛扁一顿的事情发生在意大利，根本不会有人知道，没想到她的所有同事、好友、三姑六婆都知道了她的英勇行为，一时之间她被冠以"女汉子"的称号，风头无限。同事们对婚礼突然取消的事情非常感兴趣，一直逼问她到底是怎么回事，唐心只好说因为新娘生病所以婚礼取消，然后和大家一起感慨这世界还真是世事无常。

回国后，生活就这样步入正轨。唐心打算继续做她的金牌伴娘，心甘情愿地当着绿叶，因为她终于知道看到新娘的笑靥会比什么都快乐，这也是她坚持做这份工作到现在的一个重要原因。唐心觉得自己的心态成熟了很多，看到可可和男人撒娇的样子会觉得她也是为了工作才这样辛苦，甚至在可可坐在客户大腿的时候会给她准备一杯热牛奶供她补充体力，这倒让可可怀疑唐心的脑子是撞坏了还是有别的阴谋，对她更加忌惮。

唐心原以为自己这辈子就会这样混下去了，没想到老张把她喊到办公室。老张并没有一开始就说找她有什么事情，翻看着报纸，诧异地说："外国人的脑子是什么长的，怎么有人要嫁给一条狗？"

"是吗，报纸给我看看。"

唐心好奇地抢过报纸，没想到映入眼帘的是一个熟悉的身影。她一下子笑了起来："居然有人向奥利弗求婚，这个世界还真是……"

比起被关进监狱的迈克尔、死去的罗伯特、因为贫困潦倒只能靠乞讨度日的威廉，那只叫奥利弗的狗简直是生活在天堂里。它拥有巨额财产，每天都有佣人伺候，甚至有金发大胸美女愿意和他跨种族恋爱，简直是世界上最好运的狗。老张敏锐地问："别告诉我

243

你和这件事情有什么关系。你在意大利到底经历了什么？"

"只是遇到了一点点小意外，不足挂齿。"唐心忙笑着说。

老张似乎信了，终于说了正题："唐心，我有个好消息和坏消息要告诉你，你要听哪个？"

"还是坏消息吧。"悲观主义者顿时说。

她猜到了也许老张终于决定要升可可做副总，虽然有些不是滋味，但也总算为这些天的悬而不决松了一口气——不就是当不成副总吗，有什么关系，她还会继续努力。

老张对她的回答很满意："坏消息就是你的工作量会增加很多。"

"不会是其他伴娘都集体辞职，我要一天之内赶好几个场子吧！靠，这是什么事啊！"唐心怒了。

老张显然没想到自己最优秀、最任劳任怨的员工唐心也会有抱怨的一面，愣了一下，然后才说出了下面的台词："好消息是我打算升你做这里的副总，我去美国后这里的一切都交给你打理。"

"副、副总？"

唐心没想到自己搞砸了订单后还有做"总"字头的那一天，一下子呆住了，而这样的表情才是老张期盼已久的。他迅速拿出手机"咔嚓"一下记录下了唐心目瞪口呆的样子，喜滋滋地说："这照片要挂在墙上，作为你的形象照片。哈，我等了那么久就是为了等这个表情，你再来一次！"

"张总，这是真的吗？今天不是愚人节吧！"

"当然是真的。你是很优秀的员工，我相信你会把公司打理得很好。努力啊，年轻人，这只是你的一个起点。"

唐心如梦似幻地离开了老张的办公室，一走出门就被漫天的彩纸洒了满头，看到笑容可掬的同事们觉得头大了起来。被升职的喜悦突然就被继续要和这些极品打交道的认知而冲淡了，面对大家要她请吃饭的哄闹，她无奈地说："今天不行，改天吧。"

"又要和你的帅哥男朋友约会啊！"有人妒忌地说。

"不是，我今天有同学聚会。"唐心笑着说。

坐在电脑前，闻着顾邵松送来的玫瑰的芬芳，唐心对即将到来的聚会充满了信心和期盼。

那么多年不见，不知道大家都变成什么样了？他们还认得出她吗？老师的身体还好吗？她也当然知道曾经的同学当中，会有如意的也会有失意的，曾经的好学生现在混得不一定好，但那又怎么样？只要自己无愧于心就好。

因为顾邵松今天晚上有饭局，唐心独自一人去参加了聚会，当她走进宴会大厅的时候发现这里正在办寿酒。她好奇地往里瞄了一眼，居然看到了不少明星，忍不住问服务员："是谁办酒啊，怎么排场那么大？"

"哦，是邵老夫人的八十大寿。邵家可是我们这儿的土豪，排场当然不一样啦。"服务员得意地说，似乎都以邵家能在这里举办酒宴而自豪。

唐心当然听说过在房地产、金融、文化产业都有举足轻重地位的邵家，但这样的有钱人对她而言可望不可及——与其关心这个，还不如关心晚上要怎么让顾邵松赔罪请她吃好吃的来得现实一点。她没把这件事放在心上，走进了同学聚会的包间，只觉得眼前衣香鬓影，竟是刺得她睁不开眼睛。她非常怀疑以前那些同学是不是把家里的所有首饰都戴出来了，一个个把自己打扮成了圣诞树一样华丽，暗暗后悔自己穿得还是有些低调。可饶是如此，唐心的出场还是吸引了所有人的眼球。

"王老师，好久不见，你还是那么帅。"唐心第一时间和老师打招呼。

"小唐心啊，你真是比以前漂亮多了！"王老师惊讶地看着唐心。

"咦，你是唐心啊，还真没认出来！"

"是啊，还真是女大十八变，青蛙变公主。"

同学们都围住了唐心，七嘴八舌地说，而唐心真不知道自己在大家记忆中到底有多难看，心里既是得意又是悲哀。她环视四周，发现大头居然没来，和她以前关系好的几个人也都没参加，忍不住问："大头他们没来吗？"

有个大腹便便的男人说："我早就喊他们了，可他们不肯来，估计是觉得自己混得比较惨，没脸来吧。唐心，听说你现在在婚庆公司打工，做得怎么样？"

"是什么婚庆公司啊，等我有空的时候也去看看。不过我最近都忙着和客户谈几千万的大生意，不一定有时间啊。"

"啊哟，你可真忙。不像我，天天待在家里让老公养，没事儿就去欧洲血拼，真是太无聊了啦。"

所有人都在炫耀着自己如今有多么富裕，多么成功，和他们一比，至今只是公司副总的唐心显得那样力不从心。她的心里当然有酸涩，但她只是微微一笑，并不搭腔。唐心的淡然让他们有一种一拳打空的感觉，突然觉得对一个根本不在乎的人炫耀有些索然无味。就在这时，刘敏走了进来，又掀起轩然大波。

上学时期并不出色的刘敏现在是一个三流明星，虽然出演的都是电视剧里丫鬟、姨太太之类的配角，但饶是如此还是同学中最有知名度的一个，周身的气派也在人群中脱颖而出。唐心眨眨眼，忍不住估算着她这一身行头的价值，而刘敏倨傲地对身后的保镖说："今天是我的同学聚会，你们在一边守着就好。同学们，你们可以有半个小时的时间请我拍照签名，一个个来，不要抢哦。"

刘敏的话虽然让人不悦，但大家已经都是成年人了，当然知道和她交好能有什么好处，所以还是一个个上前恭维。刘敏见唐心还站在原地，没上来讨好她有些不悦，故意问："唐心，听说你要给舒雅做伴娘，现在怎么样了？"

"舒雅她……现在在美国治病，所以赶不及这次同学聚会了。"

"那她不是还没结婚？唉，真是太可惜了，我还想介绍我未婚夫给她认识呢。"

"刘敏，你什么时候订婚的？我怎么不知道啊。"

"是啊，报纸上都没说呢。"

刘敏得意一笑，晃动手上的鸽子蛋："我没有对外公布，所以你们是第一个知道的哦。我的未婚夫叫邵云，是邵家的高管。他现在在那边参加生日宴，一会儿就会过来。"

虽然邵云只是邵家的旁支，但也是不折不扣的高富帅，在本城可算得上是人上人了。这下，大家看刘敏的眼神越发羡慕妒忌恨，让刘敏得意不已。刘敏见唐心还是镇定自若的样子，心中越发来气，偏偏不肯放过她："唐心，你男朋友怎么不来？他是做什么的？"

"他是赛车手，今天晚上有事所以没来。"唐心硬着头皮，把顾邵松的爱好当成他的职业。

"哦，玩赛车的啊，收入不高又很危险啊。据说他长得很帅，还很年轻？唉，没想到你这个年纪就包养小白脸了，还真是'成功女性'。"

刘敏说着，捂着嘴娇笑起来。直到这时，唐心才发现刘舒雅的绿茶属性是多么可爱，因为刘敏实在是太嚣张，太讨人厌了！她刚想说什么，刘敏的未婚夫走了进来，搂住了刘敏的腰，也成为新的焦点。

邵云是一个富翁，当然也有着富翁的标配相貌，特别富态。唐心看着邵云肥胖的身材、光亮的脑门，忍不住想象他把瘦削的刘敏压在身下的样子，忍不住打了个寒战，心中对刘敏居然能向他毫无压力地撒娇敬佩不已。刘敏向邵云介绍了唐心，再次逼问她男朋友现状、他们的收入、是否买了别墅和游艇。唐心只觉得力不从心，正打算豁出去说实话，身后突然响起了顾邵松的声音："唐心，你怎么在这里聚会？我刚才看到一个人觉得很像你，原来还真是你。天都凉了都不知道加衣服，你脑子是怎么长的？"

顾邵松一边说一边脱下自己的西装给唐心披上，语气虽然责怪，但唐心感觉到了满满的暖意。顾邵松的出色容貌让在场的女人都羡慕妒忌恨起来，而男人们则暗想他虽然帅气却是一个小白脸，一点竞争力都没有，自以为是地鄙夷。刘敏没想到唐心的男友居然那么英俊，心里酸酸的，不断安慰自己有钱才是真的好。可是，她没想到自己的未婚夫突然冲了上去，谄媚地说："邵松，你怎么到这里来了，外婆刚才一直在找你。"

"她是我的外婆，不是你的外婆，请不要乱攀关系，谢谢。"

"呵呵，说得对，说得对！瞧我这记性！"

邵云对顾邵松的毒舌一点都不介意，点头哈腰的样子让刘敏觉得大失面子。她忍不住问："他谁啊，你干吗这么对他说话？"

"嘘，他是邵家的外孙，下一任继承人，顾邵松！"

"啊？"

刘敏的眼神顿时充满了妒忌，而唐心吃惊地看着顾邵松，简直不敢相信这个小白脸居然是一个金龟婿。顾邵松对她微微一笑，拉着她的手往外走，唐心终于忍不住问："你真的是邵家的人？"

"嗯。"

"你不是说你玩赛车吗？"

"副业而已，正业是打理公司。"

"那你怎么姓顾？"

"我爸也很有能力，并不是入赘，所以我还是跟我父亲的姓。"

"可、可你妈是独女，那邵家的钱……"

"不出意外的话，应该都是我的。"顾邵松爽快地说。

唐心吃惊地捂住了脸："天，你居然、你居然……那我问你给你付账的是不是年纪大却风韵犹存的女人，你还点头啊！我误会你是小白脸，你为什么一直不说？"

"给我付工资的是我妈，她当然是年纪大却风韵犹存的女人。我不告诉你是因为这样很好玩，而且我是那么期待你知道真相的那天。"

"顾邵松！"

"难道不高兴吗？"

"当然高兴了，总比你是穷小子却骗我是百万富翁要好。"

顾邵松当然听出了唐心话语中的赌气，哈哈大笑，一把搂住了她："不管怎么样，我都是我，你也都是你。反正都来了，不如去参加我外婆的八十大寿吧，她肯定愿意见到你。"

"不是吧，那么突然！他们……会喜欢我吗？"唐心忐忑不安地问。

"他们都以为我和张杰是同性恋，只要我找个女人就会高兴地烧香拜佛，更别说像你这样的正常女人。所以，走吧，我的宝贝。"

面对顾邵松伸出的手臂，唐心没有拒绝。虽然会恐惧，会害怕，但是有他在身边就好。想着同学们诧异的面容，唐心只觉得心情好到了极点。她轻声说："对了，舒雅今天给我打电话，说手术后恢复得还不错。"

"那可真是个好消息。"

"云起好像有了新目标，是一个台湾的艺术家。还有，我昨天居然看到张杰和楚颜在一起接吻！你说我是不是眼花了？"

第十章 一场奋不顾身的爱情

"你的消息落后了，他们估计会在我们之前结婚。"

"什么？天啊！"

"呵，这家伙不喝酒都不敢和楚颜说话，没想到这次居然那么给力，关键岗位上都有了他的人！我从来不会输给他，这次也不会。所以，我们一定要抓紧时间。"顾邵松严肃地说。

"顾邵松！"

唐心和顾邵松十指相扣，一直走到了那扇紧闭的大门前。推开门，那会是一场盛宴，也将掀开新的篇章。

"准备好了吗？"顾邵松问她。

"当然。"唐心深吸了一口气。

唐心和顾邵松一起走进去的时候，全场响起了热烈的掌声。她目不斜视地看着主席台，脑中不由自主地浮现出自己穿着心爱婚纱的场景。她和顾邵松手牵手，一步步坚定地向着远方，向着未来走去。

没有在第 33 场婚礼前把自己嫁出去又怎么样，做了 33 次陪衬又怎么样？她终于等来了一个深爱她的男人，也将迎来属于自己的婚礼。

这可真是一个最完美的结局。

（完）